모든 사람의 인생에는
저마다의 안나푸르나가 있다

모든 사람의 인생에는
저마다의 안나푸르나가 있다

히말라야 – 마르디 히말 트레킹기

옥영경 글

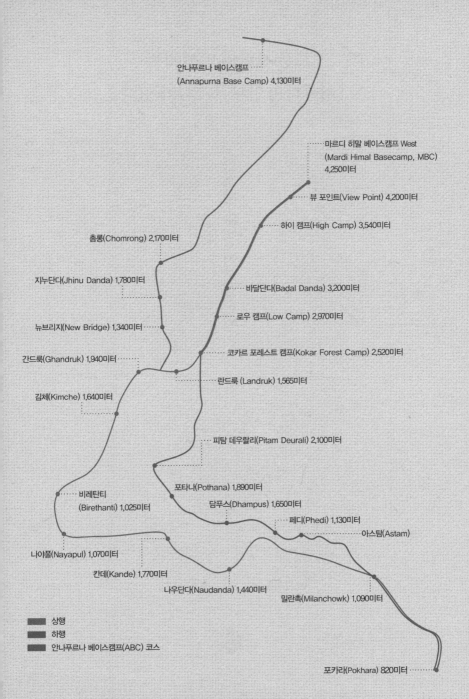

안나푸르나 베이스캠프
(Annapurna Base Camp) 4,130미터

마르디 히말 베이스캠프 West
(Mardi Himal Basecamp, MBC)
4,250미터

뷰 포인트(View Point) 4,200미터

하이 캠프(High Camp) 3,540미터

촘롱(Chomrong) 2,170미터

지누단다(Jhinu Danda) 1,780미터

바달단다(Badal Danda) 3,200미터

로우 캠프(Low Camp) 2,970미터

뉴브리지(New Bridge) 1,340미터

코카르 포레스트 캠프(Kokar Forest Camp) 2,520미터

간드룩(Ghandruk) 1,940미터

란드룩 (Landruk) 1,565미터

김체(Kimche) 1,640미터

피탐 데우랄리(Pitam Deurali) 2,100미터

비레탄티
(Birethanti) 1,025미터

포타나(Pothana) 1,890미터

담푸스(Dhampus) 1,650미터

페디(Phedi) 1,130미터

아스탐(Astam)

나야풀(Nayapul) 1,070미터

칸데(Kande) 1,770미터

나우단다(Naudanda) 1,440미터

밀란촉(Milanchowk) 1,090미터

상행
하행
안나푸르나 베이스캠프(ABC) 코스

포카라(Pokhara) 820미터

– 마르디 히말 트레킹 경로 –

히말라야 너머 영동 땅으로 보내는 축하 메시지

새벽부터 모처럼 까마귀 떼가 시끄럽게 울어댔다. 주워 먹을 게 많은 카트만두 같은 큰 도시에서는 일상적인 일이지만 내가 살고 있는 안나푸르나 산기슭의 오지 마을에서는 까마귀를 보기 쉽지 않다(네팔에선 까마귀가 나랏새로 지정 보호되고 있고, 오히려 까치가 흉조에 속한다).

그런 귀한 몸값의 새들이 떼거리로 울어댔으니 은근히 기대가 생길 수밖에 없는데, 그에 부응하듯 한국에서 반가운 메일이 날아들었다. 바로 충청도에서 '물꼬'라는 대안학교를 꾸려가시는 옥 선생한테서 온 메일이었다. '마르디 히말에 대한 여행기'를 묶어 단행본으로 출간하게 되었으니 한마디 해달라는 내용이었다. 보통 원고 청탁의 경우에 조금 뜸을 들이고 나서 승낙하는 게 나의 나쁜 버릇이었지만, 이번에는 일언지하에 바로 승낙했다.

옥 선생과의 따뜻했던 인연

그만큼 나와 옥 선생과의 인연은 특별했기 때문이다. 우리는 같은 역마살을 타고 태어난 여행 동반자여서인지 여기저기 오지를 누비며 동고동락한 처지였다. 하기야 누군들 지구별 여행 길동무 아닌 이 어디 있으랴마는……
옥 선생을 생각하면 떠오르는 추억들이 많다. 우선 수년 전 네명으로 구성된 '천산원정대'의 일원으로 중국 서부 오지 타클라마칸 사막 입구에 위치한 둔황석굴을 들렀다가 실크로드의 주요 간선인 천산북로(天山北路)를 횡단하여 눈 쌓인 톈산산맥을 넘어 키르기스스탄의 이식쿨호수에서 며칠 휴식을 취한 뒤 실크로드의 주요 루트를 누비며 40일 동안 함께했던 기억 등이다.

그리고 히말라야 기슭에서의 반가운 해후

그간 나는 오랜 병마에 시달리던 아내를 하늘의 별나라로 올려보내고 오랫동안 칩거지였던 홍천강 수리재(水里齋)를 정리하여 안나푸르나 산기슭으로 들어와 아이들에게 그림을 가르치면서 5년째를 맞고 있는 터였다.
그런데 2017년인가 한동안 소식이 끊겼던 옥 선생이 문득 히말라야의 학교로 나를 찾아온 적이 있었다. 히말라야 트레킹 길에 나섰다는 것이었다. 나는 주저함 없이 기존의 '안나푸르나 베이스캠프 코스' 또는 '푼힐 전망대 코스'보다는 참신한 '마르디 히말 코스'를 추천했다. 능선 길을 따라 마차푸차레(Machapuchare) 바로 산 아래 4,250미터 능선까지 올라가, 장엄한 안나 남봉(A. South)과 로드 시바(Lord Shiva)의 성지(聖地)이자 물고기 꼬리처럼 생긴 마차푸차레 정상을 바로 아래서 올려다볼 수 있는 멋지고 인상적인 코스였기 때문이다.

《모든 사람의 인생에는 저마다의 안나푸르나가 있다》
출간을 반기며

지금까지 그래왔듯이 유별난 인생을 살아온 저자의 삶과 우리나라 공교육의 문제점에 물꼬를 트는 대안학교의 새로운 역사를 써왔던, 저자의 탄탄한 내공이 빛나는 책이다. 이 책을 히말라야를 사랑하는, 역마살에 등 떠밀려 길 떠나고 싶어 하는, 자연주의적 자유로운 삶을 추구하는 주위의 모든 강호제현(江湖諸賢)에게 일독을 권하고 싶다.
여러 마디의 축하 글들이 무슨 의미가 있겠냐마는 그래도 멀리서 히말라야 너머 해동의 나라 영동 땅으로, 지금은 히말라야 하늘나라의 별이 되어 있는 아내의 축하 인사와 함께 그간 저자의 집필 노고에 대한 축하의 마음을 보낸다.

아마도 지금쯤 히말라야 능선 길에는 피같이 붉은 랄리구라스 꽃들이(Laliguras, 'Lali'는 '붉은'의 의미. 고산지대에서 설산을 배경으로 하여 무더기로 피어나는 장관을 연출한다) 봉오리를 터뜨리기 시작할 것이다. 때마침 내일부터 며칠간의 축제가 시작된다. 오랜만에 드림팀(A.D.T) 아이들과 함께 스케치북이나 걸머지고 학교 뒷산으로부터 연결된 오솔길에 올라 마르디 히말 베이스캠프에나 올라가 볼까?

안나푸르나 산기슭 〈안나산방〉 주인,
다정 김규현(티베트문화연구소장) 두 손 모음

나는 걷는다.

맨발로 걷는다.

아스팔트를 지나고 모래 위를 건너 흙길을 돈다.

발은 자기 몸을 가장 가볍게 만드는 지점을 찾아 바닥에 닿는다.

아까도 없고 나중도 없다.

그렇지 않으면 돌부리에 채거나 유리 조각에 찔리고 말 테니까.

어제에 대한 후회, 내일에 대한 불안에

맞서는 것, 달아나는 것도 방법이겠지만 그저 걷는다.

오직 오늘만 있다.

노동이 나를 현재에 있게 하듯

걷기는 그렇게 '지금'으로 나를 이끈다.

나는 걷는다.

길에 대한 모든 이야기는 마음에 대한 이야기다.

웅대한 자연에 대한 묘사도

그것이 사람의 마음에 앉고 그렇게 앉은 마음에 대해 들려주는

이야기.

여행기도 산행기도 트레킹기도 그곳에 대한 기본적인 안내라는

밑절미에 결국 걸었던 사람의 마음에 무엇이 남고 무엇이 흩어

졌던가에 대한 기록이지 않을지.

그것은 그 사람이 살며 보고 듣고 알았던 모든 것이기도 하다.

결국 지금은 과거의 결과물이므로 과거고,

오지 않은 미래 또한 지금을 지날 것이므로 지금은 미래다.

길은 그 모든 것이다.

길은 우리 삶의 꼴이기도 하다.

오르고 내리고 모퉁이를 돈다.

바로 앞이 대로이기도 하고 가려는 곳이 아스라이 멀기도 하다.

때로 선명하기도 하고 보이지 않기도 한다.

편평하기도 하고 거칠기도 하다.

누구를 혹은 무엇을 만날지 모른다.

오로지 분명한 건 우리가 그 길 위에 서 있다는 것.

그래서 걷기는 우리 삶, 우리 마음을 헤아려 보는 귀한 시간.

살아오며 때로 사람들과, 혹은 일어나는 현상들과 적잖이 서걱거렸다.

잘 지내는 방법을 알 수 없었다.

길이 답을 주지는 않았다.

그러나 길은 그것을 볼 수 있도록 객관적 거리를 확보해주거나 또는 사는 일이 보다 단순함을, 그저 머리가 복잡했을 뿐임을 알려주었다.

걸을 만하지 않았겠는지.

2017년, 네팔의 안나푸르나 산군 가운데 마르디 히말(Mardi Himal) 베이스캠프(MBC*)를 다녀왔다.

트레일이 만들어진 지 겨우 10년, 한국에 알려지기도 불과 몇 해 전이다.

건조하나 촉촉하고, 쓸쓸하나 충만하고, 스산하나 따뜻하고,

마치 균형을 잘 잡고 흠잡을 데 없이 자리한 바위 같은,

---

* 마차푸차레 베이스캠프 역시 'MBC'로 불리는데 이 책에서는 따로 설명이 없는 한 마르디 히말 베이스캠프를 가리킨다.
마르디 히말 트레일은 책자나 지도마다 고도가 다르게 표기된 경우가 잦다. 이 책은 '히말라얀 맵하우스(Himalayan MapHouse)'의 '마르디 히말 트렉(Mardi Himal Trek)'(NA522)을 기준으로 표기했다.
'히말라얀 맵하우스'에서 나온 지도 '어라운드 안나푸르나(Around Annapurna)'(NA503)에서는 마르디 히말 베이스캠프가 4,500미터로 표기되어 있지만, 그보다 후에 나온 '마르디 히말 트렉'(NA522)에는 4,250미터로 되어 있다. 마르디 히말 정상 또한 전자는 5,553미터로, 후자에는 5,587미터로 표기되어 있다. 후자의 정확도가 더 높으리라 짐작한다.

단문이지만 유려한 문장 같은,

그리 흥미로울 것 없는 포장지를 뜯었는데 환해서 놀라고 마는

선물 같은 곳.

비밀이 많으나 위험하지 않은 미궁 같아서

숨이 차도 다음 걸음을 옮기게 하는 그곳에

2월 말에 떠나 3월 초까지 배낭 하나로 보름을 살았다.

그런데 그 보름이 어찌 보름만일까.

그 보름은 내가 살아온 긴 날이 쌓여 거기 이른 것이다.

아주 길게 산 날이 거기 있었다.

이 책은 종주기가 아니고 원정기도 아니다.

그런 장기성(長期性) 혹은 견고성(堅固性)만이 산에 접근할 수 있

는 건 아니다.

많은 시간과 비용을 들이지 않아도,

꼭 직장을 그만둔다든가 하는 대단한 결단을 요하지 않아도

우리는 트레킹을 떠날 수 있다.

더구나 그 여행이 다른 곳을 돕는 것이기도 하다면 더할 나위

없다.

네팔은 그런 여행지 중 한 곳이다.

누가 뭐래도, 가진 것 없어도, 적어도 삶만큼은 내 것이다.

누구나 제 삶의 이야기가 있다.

이것도 그 이야기 가운데 하나이며
결국 그대의 이야기이자 내 이야기,
그대와 내 마음에 대한 풍경이다.
배경은 히말라야 안나푸르나의 산군 하나인 마르디 히말 트레일.
산에 대한 사랑으로 시작하지만
그것은 인간에 대한, 삶에 대한 사랑이고 종국에는 자신에 대한
사랑이다.
세계는 나로부터 시작되니 그 사랑은 마침내 평화로 확장된다.
포터도 가이드도 없던, 마르디 히말 트레킹을 중심으로 한 네팔
여행기.
마르디 히말에 대한 정보이자 내 안에서 들리는 목소리를 담았다.

몸을 튼튼하게 하자고 운동을 한다.
그렇다면 마음을 강건하게 하기 위해서는?
명상을 그래서 하는 걸 거다.
몸과 마음을 다 건강하게 만들 수 있다면 그만큼 좋은 게 어딨
을까.
걷기야말로 수련(운동)과 명상을 함께하는 훌륭한 수행법이다.
불과 5분 전에는 의욕으로 꽉 찼던 마음이 뭔가에 걸리면 순식
간에 바닥으로 내려앉는다.

사람이 그렇다.

삶은 늘 힘내기를 요구한다.

끊임없이 흔들리는 삶 속에서 잠시 숨을 고를 수 있다면!

글을 따라 마르디 히말 트레일을 걷노라면

누구에게는 다소의 위로와 위안에 닿을 수도 있지 않을는지.

나는 걸었다.

마르디 히말에 사는 이가 아니라 여행자였다.

내가 사는 산마을에서 나는 할머니 할아버지들을 떠나보냈다.

가령 그들의 부재를 아는 것과 모르는 것의 차이,

책임지는 것과 무책임함 사이, 그게 그곳에서 사는 자와 여행자

의 차이였다.

그러나 어디나 사람이 살고,

여행자라고 해서 삶을 살지 않는 건 아니었다.

지나고 나니 더욱

내가 걸은 그 많은 여행지 가운데 으뜸이 마르디 히말이었다!

3월에 돌아온 뒤 그해 4월부터 6월까지

한 일간지에 '산에 살아도 산이 그립다-네팔 마르디 히말 트레킹기'

를 주 3회(처음엔 주 2회)로 30회 연재했다.

마감에 쫓기며 바쁘게 넘겼던 글을

다시 읽고 책을 내자 해준 눈 밝은 편집자가 있었다.

산을 내려온 뒤 3년이 흘렀다.

그리고 삶은 계속된다…….

* 사진을 나눠주셨던 제 아름다운 벗들 신금용 님 김민수 님, 일간지 연재 당시 편집을 맡아 정성과 성실을 가르쳐주셨던 황현도 기자님, 그리고 저자를 고무시켜준 훌륭한 편집자 김현정 님, 김현숙 님께 각별한 고마움을 전합니다! 아, 오래고 귀한 인연 최윤선 님도 말하지 않을 수가 없군요. 서른 해는 지났을 그 시절 함께 글쓰고 책 읽고 놀았던 제자가 이 책의 꾸밈을 맡게 되었다니!

글을 쓰는 짬을 가능하게 한 동지이자 동료이자 도반인 신영철 님을 비롯한 물꼬 안팎식구들, 첫 번째 독자 류기락 님과 류옥하다 님도 인사 받아 마땅합니다.

옥영경 절

차례
_____

추천사 – 히말라야 너머 영동 땅으로 보내는 축하 메시지   005
여는 글   009

1장   산에 살아도 산이 그립다

지금 못 하는 건 나중에도 못 하리   021
가방 하나의 무게로   029
누구 눈을 찌르랴   038
기억은 변주된다   046
산 자들은 럼두들로, 망자들은 바그마티로   052
이 봉투는 뭐지?   060
일사천리네팔행 창공만리기서운   068
거기 정글이라구   079
걷기는 항상 길을 잃는 주제다   091
거짓말이다   101

2장   마르디 히말, 그 빛나는 기억

비단 옷자락이 한들한들   115

빨래가 모두 몇 장이지요?   125

그는 영영 돌아오지 않았다   134

남자 대여섯이 쇠파이프를 휘둘렀다   144

발을 삐었어요!   158

I'm fine, Thank you, And you?   169

일어날 일을 일어나게 하라   179

바람마저 떠난   187

해는 져서 어두운데!   198

인성교육은 무슨, 너나 잘하세요!   207

언제 바람이 그리 불었더냐   218

3장   안녕, 안나푸르나! 우린 어떻게든 살아갈 거야

세 시간을 되돌아가라고?   231

당황하지 말고 침착하게 살펴봐, 내비를!   243

폭풍이 몰아치기 전   250

자주를 잃어버린 세계에서   263

내 생각은 내가 걸어온 삶의 결론   273

비극을 건너가는 법   280

어떻게든 살아간다   292

성공이란 간절했던 열망 속에 이미 들어 있는 것   301

쾅! 하고 시간이 사라지기 전   309

닫는글   319

참고도서·참고자료   322

1장

산에 살아도 산이 그립다

지금 못 하는 건
나중에도 못 하리

해가 지자 또 외로움이 찾아들었다. 그저 회의에 빠지는 일
은 이제 드물었지만. 그럴 때면 내 전 생애가 등 뒤에 놓아
기라도 한 것처럼 심연에 옴폭 빠진 듯했다. 산에 오르기만
하면 이런 기분은 당면한 일에 몰입하느라 사라질 것 또한
알고 있었다. 아니, 그렇게 믿었다. 그러나 때때로 내가 진
실로 찾던 것이 내 뒤에 남겨진 무엇이라는 것을 깨닫기
위해 이 먼 데까지 온 것이 아닌가 하는 생각이 스미고는
했다.

— 토마스 F. 혼베인, 《에베레스트: 서쪽 능선》 가운데

비어 있던 산을 랄리구라스가 채워가고 있었다.

진달래꽃 스물 가까이를 한데 모아놓은 모양새로 봄가을 두 차
례 피고 지는 랄리구라스는 네팔의 국화다.

2017년 2월 끝자락께, 그리고 3월 들머리, 나는 마르디 히말 베
이스캠프 서쪽(Mardi Himal Base Camp-West)을 향해 오르내리며 열흘
을 보냈다.

산 아래 지낸 일정을 포함해 보름 여정이었다.

20년도 한참 더 전에 인도에서 포카라로 넘어갔던 적이 있고, 2014년 11월, ABC(Annapurna Base Camp; Annapurna Sanctuary, 안나푸르나 베이스캠프 4,130미터) 트레킹을 포함해 달포를 머물렀으니 세 번째 네팔행이다.

하지만 내 모든 여행이 그랬듯 여전히 두려웠고, 설렜다.

"그가 머무른다면 모욕, 그가 떠난다면 심연."

"들리기를 원하며, 들릴까 봐 두려워하며."

이언 매큐언의 문장들처럼.

물리적인 거리가 필요할 때가 있다.

고부간의 갈등을 그리 푼 예도 보았고, 헤어진 연인의 늪에서 그렇게 빠져나오는 것도 보았다.

나이 스물이 아니어도 떠나야겠다는 생각이 들 때가 있다.

사실 '스물'은 생의 곳곳에 복병처럼 웅크리고 있으니까.

봄이 오고 있었고, 사람을 보냈고, 일은 엉켰고, 생활에 균열이 왔고, 생이 흔들렸다.

가지 못할 이유가 일과 시간과 돈이라면 가야 할 까닭은 사흘 밤낮을 써도 모자랄 판이었다.

도망가기에 여행만 한 게 없고, 거리두기에 여행만 한 게 없으며 생으로부터 시간을 벌기에 또한 여행만 한 게 없다.

안나푸르나 1봉은 안나푸르나 산군 깊숙이 들어와 있어 ABC 에서만 볼 수 있다. 등로주의자였던 박영석 대장은 그 일행들과 이 남벽에서 새 루트를 개척하다 돌아오지 못했고, ABC 로지 뒤편에서 그들을 기리는 돌무덤과 나부끼는 룽따와 타르초가 사람들에게 말을 붙인다. 룽따는 경전이 적힌 한 폭의 크고 긴 깃발, 타르초는 경전을 적은 오색 만국기 형태다. 하지만 저걸 무어라 부르느냐 현지인에게 물어보면 구분 없이 대답하기도 한다.

하기야 지극하게 간절한 무엇이 아니라 한들 못 떠날 까닭이 또 어디 있겠는가. 지금 못 하는 건 나중에도 못 하리니!

아이가 고3이 되면서 내게 딱 하나를 부탁했었다.
"어머니, 한국에만 계셔 주세요!"

안나푸르나 1봉.
이 남벽을 올라갔다가 돌아오지 못한 박영석 대장을 부르다.

그걸 못 할까, 날마다 도시락을 싸라는 것도 아니고, 실어 나르라는 것도 아닌데!

내 여행은 일을 겸한 여행, 대개 그랬다.

그러나 이번엔 온전히 여행이 목적인, 내게는 드문 여행이 되었다.

> 할아버지는 마을을 떠나신 적이 없었다. 칸디아나 카네아에도 가보신 적이 없었다.
>
> 그의 대답은 이러했다.
>
> "왜 그 먼 곳까지 가? 이곳을 지나가는 칸디아나 카네아 사람들이 있어서 칸디아나 카네아가 내게 오는 셈인데, 내 뭣 하러 거기까지 가?"
>
> — 니코스 카잔차키스, 《그리스인 조르바》 가운데

크레타섬에서 나그네란 나그네는 다 불러들여 밥을 먹이고 잠을 재우던 화자의 외조부, 그는 밤이면 안락의자에 편히 앉아 장죽을 문 채로 귀를 기울이며 나그네를 따라 여행길로 나섰다.

누구는 0.75평 감옥에서도 우주를 유영하고 누구는 세상을 다 돌아다녀도 마음은 창살 안이기도 하더라.

사는 일이 시라 더는 시를 쓸 일이 없고 내 깃든 산마을이 우주라 사는 곳이 여행지이면서도 어느 날은 자유로운 한편 바닥 모를 늪지대에 서 있기도 했다.

나는 은둔자이고 싶었고, 한편 사람들 사이에서 잔을 높게 들고도 싶었다.

사는 일은 삶에서 끊임없이 균형을 잡는 일, 허공에서 그만 떨어져 내릴 것 같은 줄 위에서 평형이 어느 때보다 필요한 겨울 끝이었다.

그 어떤 것보다 '마음의 가난'을 견딜 길이 없었다.

나이 스물두 살에 시작한 공동체 실험과 새로운 학교 운동을 30여 년이 흐른 지금도 아주 천천히, 그러나 뚜벅뚜벅 걸으며 하고 있는 나는 민주지산(1,242미터) 아래 산마을에 깃들기를 20여 년, 산은 그 어떤 이에 비길 수 없는 위대한 스승이었다.

삼십여 년에 걸쳐 백두대간을 걷고 숱한 산을 오르내렸으며, 네팔의 ABC를 다녀왔고, 애팔래치아 트레일을 일부 접근했다.

충북 영동과 전북 무주와 경북 김천이 만나는 민주지산에 아이들과 오른 것만도 수십 차례, 산은 어떤 프로그램을 앞세우지 않아도 그 속에 들어가는 것만으로 훌륭한 교육 과정이었다.

산에 살아도 산이 좋고, 산에 살아도 산이 그립다.

트레킹을 위한 네팔행 비행기표는 한 달 전에 준비했지만 출발 이틀 전에야 마르디 히말에 대해 들었다. 그곳을 걸으리라.

내가 주로 여행정보를 얻는 《론리 플래닛*-네팔》(여전히 2012년 영어판)만 해도 내용이 들어 있지 않던 곳이다. 그리 알려져 있지 않아 정보가 적은 반면 그래서 정말 '낯설' 수 있으리.

가지고 있는 《어라운드 안나푸르나》 지도에서 마르디 히말 BC는 4,500미터, 《마르디 히말 트렉》 지도에서는 4,250미터다.

어느 게 더 정확한지 권위 있는 어디에 물어볼 수도 있었으련만 내겐 4천이든 5천이든 발길이 쉬 닿을 수 있도록 열린 곳이면 되었다.

그렇지만, 나 홀로 좋자면야 문 걸어 잠그고 방만 지켜도 될 테지만 아주 커다란 이변이 없는 한 사람들 속에서 살아간다는 조건은 달라지지 않을 사람살이라.

인가도 인기척도 없는 쓸쓸한 산, 무주공산(無主空山)이 아니라 나날을 살아가는 사람도 거하는 산으로 갔다.

안나푸르나의 마르디 히말에서도 마당에는 빨래가 널려 있었으니…….

---

* 《론리 플래닛(Lonely Planet)》은 특히 배낭여행자들과 저예산 여행자들에게 가장 인기 있는 여행안내서다. 세계에서 제일 큰 독립 여행안내서 출판사인 론리 플래닛은 1973년, 여행이 끝난 후 가진 돈이라고는 고작 27센트가 전부였던 토니 휠러 부부가 그들의 여행 경험으로 첫 책을 내면서 출발했다. 2004년 기준, 론리 플래닛 출판사는 118개국에 650여 권의 여행안내서를 내고 있으며, 영어로 된 여행서 시장의 25퍼센트에 해당하는 연간 6백만 권의 책을 판다.

가방 하나의
무게로

입방 시간에 쫓기며 무거운 짐을 어깨로 메고 걸어가면서
나는 나를 짓누르는 또 한 덩어리의 육중한 생각을 짐 지
지 않을 수 없었습니다. 내일은 '머 – ㄴ길'을 떠날 터이니
옷 한 벌과 지팡이를 채비해 두도록 동자더러 이른 어느
노승이 이튿날 새벽 지팡이 하나 사립 앞에 짚고 풀발 선
옷자락으로 꼿꼿이 선 채 숨을 거두었더라는 그 고결한 임
종의 자태가 줄곧 나를 책망하였습니다.

— 신영복, 《감옥으로부터의 사색》 가운데

트레킹이라면 등반보다는 덜 위험하고 하이킹보다는 조금 더
강도가 있는 산행, 산과 들로 떠나는 걷기 여행, 혹은 장거리 도보
여행, 더하여 산 정상을 오르는 것이 목적이 아니라 산의 풍광을
즐기는 걷기 산행쯤이라 할 수 있겠다.
세계의 지붕이라면 단연 2,500킬로미터에 이르는 히말라야
다. 서쪽의 파키스탄에서 동쪽의 부탄까지 이어지는 대산맥에는
8,000미터급 고산이 10개나 들어 있다. 이 가운데 파키스탄의 낭

가파르바트(Nanga Parbat)와 티베트의 시샤팡마(Shishapangma)를 빼면 여덟 개가 네팔과 그 국경에 있다. 하여 신들의 고향 히말라야 자락에 있는 네팔은 산꾼들에게도 꿈이고 명상 수행가들도 설레게 하며 걷기를 사랑하는 이들에게 끊임없이 손짓하는 나라다. 칸첸중가, 마칼루, 에베레스트, 로체, 초오유, 마나슬루, 안나푸르나, 다울라기리……. 덩어리가 큰 이 산들은 하나하나 자체로도 산군을 이룬다.

1950년 6월 3일, 프랑스인 모리스 에르조그와 루이 라슈날은 8,091미터의 안나푸르나* 정상에 올라 피켈(Pickel)을 번쩍 들었다. 히말라야 8,000미터급 봉우리에 인간이 처음 발을 디딘 순간을 담은 모리스의 등정기 《최초의 8,000미터 안나푸르나》는 한국어로도 번역되었다.

트레킹을 위해 네팔로 떠나는 한국인들은 네팔 중부 제일의 관광도시 포카라(Pokhara)를 기점으로 안나푸르나 산군을 많이들 오른다. 1순위가 ABC(안나푸르나 생추어리〈Sanctuary〉), 짧은 일정이라

---

* 안나푸르나는 히말라야 중부에 줄지어 선 고봉이다. 산군 길이 55킬로미터, 최고봉인 안나푸르나 제1봉은 높이가 8,091미터에 이른다. 8,000미터 이상의 고산 14좌의 하나다. 서쪽에서부터 최고봉인 안나푸르나 제1봉, 안나푸르나 제3봉(7,555미터), 안나푸르나 제4봉(7,525미터), 안나푸르나 제2봉(7,937미터), 강가푸르나(7,455미터)가 연이어 서 있고, 안나푸르나 제3봉의 남쪽에서 갈라져 나온 끝에 마차푸차레(6,997미터)가 있다. 안나푸르나는 산스크리트어로 '수확(풍요)의 여신'이라는 뜻이다.

마르디 히말 트레일의 '하이 캠프 뷰 포인트.
마차푸차레 베이스캠프 역시 MBC로 불리나
이곳의 MBC는 마르디 히말 베이스캠프를 가리킨다.

면 푼힐 전망대, 좀 긴 일정이라면 서킷(Circuit, 안나푸르나 라운드)들을 꼽는다. 에베레스트 BC, 추쿵, 고쿄피크, 랑시샤카르카, 고사인쿤드, 칸첸중가 BC, 마나슬루 BC, 마칼루 BC, 다울라기리도 퍽 알려진 트레일이다.

네팔트레킹협회는 안나푸르나, 랑탕, 에베레스트에 너무 많은 트레커가 몰리자 다른 지역과의 불균형을 해소하기 위해, 짐작건대 내적 이유로는 관광 수입을 위해 그레이트 히말라야 트레일(GHT)을 내밀었다. 동쪽 끝에서 서쪽 끝까지 높은 트레일(Upper

Trail)은 횡단 1,700킬로미터, 낮은 트레일(Lower Trail)은 1,500킬로미터. 종주에 150일에서 90일 정도로 잡는다.

그런데 너무 길지 않고 너무 무겁지도 않고 너무 붐비지도 않는, 그러면서도 제법 높은 산들이 주는 즐거움은 깎이지 않는 아직 숨은 길이 하나 있으니,

"마르디 히말 이즈 뉴!(Mardi Himal is new!)"

트레일에서 만난 현지인들은 한결같이 그랬다. 마르디 히말에 첫 로지(Lodge, 산장)가 생긴 지도 2017년 현재 겨우 10년 안짝에 불과하다. 계곡을 사이에 두고 ABC 트레일 일부를 멀리서 내려다보며 능선을 따라 오르는, 왼편으로 안나푸르나 남봉과 히운출리를 눈 시리게 바라보며, 앞으로는 건조하게 보이는 마르디 히말 너머 마차푸차레('물고기 꼬리'라는 뜻의 네팔어. 하여 '피시 테일〈fish tail〉'로도 불리는)를 만질 듯 걷는 트렉이다. '네팔의 마터호른'이라 불릴 만큼 깎아지른 바위산인 마차푸차레는 힌두교 3대 신 가운데 하나인 시바신에게 봉헌된 산으로 신성시하여 네팔 정부에서도 등정을 허락하지 않는다. 쿰부 히말라야의 아마다블람, 알프스의 마터호른과 함께 세계 3대 미봉(美峰)의 하나다. 그리고 그 앞에 솟은 암봉이 바로 마르디 히말!

마르디 히말은 베이스캠프로 따지자면 안나푸르나 산군에서 가장 높은 곳이다. 잘 알려진 ABC는 실제 원정대 베이스캠프는 아

박타푸르
카트만두에서 동쪽으로 13킬로미터 떨어진, 네팔 고도(古都) 중 하나인 박타푸르. 네팔의 건축물과 목조각과 조형물들은 박물관에 들어앉아 있는 게 아니라 현재 삶의 일부다. 가까이 만지고, 숭배하고, 때론 두려워하는 존재로 혹은 무심하게 곁에 있다.

니며 그것은 안나푸르나 북쪽 면에 있다.

마르디 히말 베이스캠프 역시 원정대가 사용하는 베이스캠프가 아닌 일반 트레커를 위한 베이스캠프다. 내가 가려는 마르디 히말 베이스캠프는 낭게 능선(Nange Danda)을 따라 곧장 이어지는 서쪽(Mardi Himal Base Camp-West, 4,250미터)을 말하며, 마르디 히말에는 낭게 능선에서 갈라지는 또 다른 베이스캠프가 있기도 하다(Mardi Himal Base Camp -South, 4,120미터).

"당신도 트레킹 왔어요?"

사람이란 자주 제 처지에 눈이 달리기 마련이라 네팔 여행자라면 으레 그런 줄 알고 여행객으로 온 듯한 이들에게 번번이 그리 묻고 다녔지만 트레킹만이 다가 아닐 네팔이다마다. 트레킹이라도 오스트레일리안 캠프나 담푸스, 푼힐 전망대까지 산보로 끝내는 이들도 흔하다. 카트만두와 파탄의 더르바르('왕궁'을 뜻하는 네팔어) 광장, 중세 향내 물씬한 박타푸르와 카트만두 계곡, 치트완 국립공원과 코끼리 사파리, 완벽한 조화의 스와얌부나트와 보다나트 스투파, 붓다의 탄생지 룸비니, 화이트워터 래프팅……, 그리고 자원봉사를 안내하는 국제단체를 찾아오는 이들도 적지 않다 한다.

2014년 네팔행에서는 카트만두의 타멜에 있는 KEEP(Kathmandu Environmental Education)에도 잠시 방문했더랬다. 길거리 아동을 지원하는 일부터 히말라야 고산지대의 환경을 파악하는 일까지 자신이 원하는 곳에서 숙식을 지원받으며 여러 NGO 단체에서 활동할 수 있다. 나는 2000년대 초반에 호주와 뉴질랜드에 네 살배기 아이를 데리고 우프(WWOOF, World Wide Opportunites on Organic Farms)를 떠났던 적이 있다. 우퍼들은 유기농 농가에서 반나절 일손을 거들고 대신 그들로부터 숙식을 제공받는다. 네팔을 방문하는 또 다른 걸음에서는 그런 활동도 하리라 기약했더랬다. 내가 어딘가 잘 쓰일 때 사는 일이 더 기뻤다. 하지만 이번 네팔행도 그런 약속의 해는 아니었네.

보따리를 싼다. 목적에 따라 짐도 달라질 테지. 정장을 넣어야만 할 짐도 있을 테지만 트레킹이라면 그저 걸을 준비면 될 것이다. 그렇다고 해서 굳이 다 준비하지 않아도 된다. 카트만두든 포카라든 트레킹 장비 대여점이 즐비하니까. 그래도 걷는 게 분명한 목적이라면, 가난한 여행자라면, 웬만한 건 모두 싸 짊어지고 가기를 권한다. 제 쓰던 게 아무럼 손에 익어 편하기도 할 테니.

여권과 달러. 그리고 카트만두 입국하면서 공항에서 받아도 되나 미리 받은 비자(15일짜리).

등산가방 맨 밑바닥에 겨울침낭, 침낭 속에 신는 신발, 스틱은 분해해서 넣었다. 이어서 헤드랜턴과 화장지 한 롤과 물티슈, 물빨래를 계획하나 혹시나 하여 빨래용 가루세제 조금과 스포츠 타월

한 장, 손수건 하나, 물통 하나(뜨거운 물을 넣어 취침용 팩으로도 쓸), 하루 하나씩 쓸 핫팩(놓쳐서 공항에서 구함), 의약품 몇 가지, 비닐 비옷, 기능성 속옷 아래위 세 장, 내복 한 벌, 겉옷으로 등산복 한 벌, 등산용 양말 세 켤레, 썬 블록, 과도, 챙모자, 방한모자, 버프, 베이스캠프 가까이에서 쓸 방한 장갑, 목장갑(목장갑 하나로 올랐던 ABC였더랬다. 콧물 닦기도 좋고, 활동하기 좋고, 정말 마구 편하게 쓸 수 있는).

고산에서 입맛 없을 한 순간을 위한 튜브형 고추장 하나, 구운 김 하나, 장아찌 한 캔, 보조용 작은 배낭 하나(기내와 현지 돌아다닐 때 쓸)와 허리가방 하나, 손톱깎이, 전화 충전기와 보조 배터리, 수첩과 지도와 책 한 권과《론리 플래닛-네팔》편까지.

더하며 바람막이 재킷과 그 안에 방한을 위한 우모점퍼 하나, 짚티 하나. 바지 위로 입은 네팔 치마. 이것은 일종의 '책임여행'의 일부분이기도 하다. 나는 공급자와 수급자가 서로 공정하자는 '공정여행'보다 여행자는 여행하는 곳의 환경과 문화를 존중하고 보호할 책임이 있다는 '책임여행'의 의미를 더 선호한다. 관광객들이 소비하는 이득을 현지인들에게 돌려주며 인권·생명을 존중하고 에너지 소비를 줄이는 여행을 하자는 뜻이 담긴. 1992년 리우회담에서 '대안관광'이 제시되면서 생긴 용어들이다. 다국적 체인 대신 현지인들이 운영하는 식당과 숙소를 이용하는 것도 그런 실천의 일부겠다.

그리고 안나푸르나 기슭 한 학교에 전할 선물(크레파스와 한국 과자들)까지 15킬로그램.

등산화를 신고 떠났다. 하지만 운동화여도 무방한.

아, 그리고 몇 개의 까만 비닐 봉다리('봉다리'라고 불러야 제대로 어감이 사는 바로 그것). 가방이자 레인 커버이자 깔개고 가방 안의 주머니이자 쓰레기 수거봉투, 그러기에 그만한 쓰임이 없다.

"징역살이는 언제든지 떠날 수 있는 단촐한 차림으로 살아야겠다"고 하던 신영복 선생의 글은 사는 데 그리 많은 게 필요치 않다는 내 삶의 밑절미가 되었고, 가방 하나의 무게로 사는 연습은 산행에서 더욱 빛났다.

산에 간다. 산을 사랑한다, 그 말밖에 달래 무슨 말을 할까.
2017년 2월 23일 16시 15분 인천발 비행기에 올랐다…….

누구 눈을
찌르랴

여행객들이 여행을 하는 것은 모두들 마음에 상처를 입었기 때문이다. …… 매일 반복되는 일상에 지친 영혼이 필요로 하는 것들은 많다. …… 상처 입은 영혼은 새로운 장소에서 새로운 맛의 아이스크림콘을 먹어야 하며, 사랑하는 사람에게 보낼 그림엽서를 골라야 한다, 여행지에서가 아니라면 사랑한다는 말을 결코 하지 않을 사람에게 보낼 그림엽서를.

— 에릭 메이슬, 《보헤미안의 샌프란시스코》 가운데

사람이란 게 저마다의 결이 있다마다. 여행도 그리 다르지 않을 테다. 어떤 일에 대해 보이는 반응도 그 사람이 어떤 사람인가를 짐작케 하지만 어디로 가느냐도 그의 색깔을 가늠케 한다. 당연히 어떤 게 좋다거나 낫다는 이야기는 아니고말고.

누구에게는 좋았을 싱가포르나 홍콩이 내게는 그리 매력적인 곳이 아니었다. 하지만 그 빽빽한 공간에서도 하늘을 보고 기쁨을 만나고 사람살이를 찾아 노래한 글도 읽었다. 그곳으로 가는 길이 쇼핑에만 열려 있는 게 아니니까. 도시 혹은 공간이라는 것은 특정 이미지로 굳어진 것 말고도 사이와 사이를 채우고 있는 것들이 있기 마련이고 바로 그것이 여행의 이유가 될 수도 있을 것이다.

어디, 하면 떠오르는 어떤 장소의 보편적 상징에도 나는 별 관심이 없다. 시카고에서 1년을 살고 5년 내리 자주 드나들면서도 가까이 있는, 정작 남들 다 간다는 윌리스 타워나 존 핸콕 센터는 결국 가보지 못했다. 아니, 굳이 가지 않았다. 대신 가라지세일(Garage Sale), 무빙세일(Moving Sale), 블록파티(Block Party) 같은, 지역 사람들이 모여 하는 벼룩시장이나 마당 축제에는 얼굴을 빼지 않았다. 어찌나 드나들었던지 당시 네 살배기 아들이 한글 익히기 십자말풀이를 하면서 네 글자로 된 칸에 자신 있게 '무빙세일'이라고 쓸 정도였다. 정답은 무당벌레였는데.

소극장인 씨어터 빌딩 시카고, 재미 스웨덴인 박물관, 글래스너 하우스 박물관과 클라크 하우스 박물관, 존 메를로 브랜치 지역 도서관 등 내가 자주 찾던 곳들은 그리 알려지지 않은 작은 공간이지만 거주자들에겐 랜드마크였다. 특히 해럴드 워싱턴 도서관 2층에 있는 어린이 도서관을 아껴 이용자로서만이 아니라 자원봉사자로 아동 프로그램 운영을 돕기도 했다.

호주와 뉴질랜드에서 살았던 1년도 그랬다. 도시랑 먼 곳, 심지어 작은 읍내와도 떨어진 곳에 자리를 잡고 텃밭 일을 하거나 이

웃의 일을 도우며 지냈다. 몇 나라의 공동체 방문이 주제였지만 큰 도시에 머물 기회가 없던 것도 아닌데 다른 곳으로 이동하기 위해 잠시 머무는 게 아니면 대개 호젓한 오솔길을 곁에 두고 살았다. 그 땅을 기반으로 사는 사람들은 무엇으로 밥을 벌고 어떤 갈등을 하는지 엿보았다. 어느새 그곳은 여행지가 아닌 내 삶터였던 것이다.

유럽을 여행할 때도 좋다는 곳들을 두루 찍고 다니기보다 그저 한 곳에서 지역 사람들처럼 한 달이고 두 달이고 머무르는 방식이 좋았다. 스웨덴 웁살라에서는 500만 권을 소장하고 있다는 웁살라대학의 중앙도서관 '카롤리나 레디비바'에서 책 만지는 즐거움이 컸다. 웁살라의 길고 고독한 겨울, 날마다 여섯 시간 이상씩 글을 써서 《광기의 역사》를 낳았던 미셸 푸코를 그리워하면서.

많은 것을 보는 풍요로움 대신 적은 것을 보지만 충만함을 택했다. 나는 그렇고, 그대는 그대대로 그대 식일 것이다. 옳다거나 그르다거나 좋다거나 나쁘다거나가 아닌. 여행은 기본적으로 '가는 것'인데, 나는 '있으려고' 가는 셈이었다. 그건 언제나 '선택'이었다. 지금 일어날까 말까, 이걸 먹을까 저걸 먹을까, 대단한 무엇이 아니어도 우리는 끊임없이 선택 앞에 놓인다.

네팔행 항공권은 3주 전에 샀다. 출발 한 달 정도 전이 저렴한 것을 구하기에 좋은 때고, 항공권 사정에 따라 여행 기간도 좀 조절할 생각이었다. 사나흘 내내 인터넷을 뒤졌다. 시간 대신 돈을

봄가을 두 차례 피고 지는 랄리구라스.
진달래꽃 무더기 같은 모양새로, 두 손을 크게 공 모양으로 감싸도 넘치는 크기다.

지불하거나, 돈 대신 시간을 들이거나. 나는 시간을 들이는 쪽을 택했다.

　빠듯한 여정이 아니라도, 꼭 경비 문제가 아니어도, 경유를 고려해볼 만하다. 경유지를 여행지로 삼을 수도 있으니까. 20년 전 네덜란드 암스테르담을 경유한 적이 있는데, 경유자들을 위한 하루 시내관람 투어 일정도 있더라. 인천발 카트만두행은 2회 경유에 30만 원대까지도 있었지만, 1회 경유도 아주 멀리 돌아가는 저렴한 것도 있었지만, 가격과 시간을 적당한 선에서 고려하여 광저우 1회 경유로 결정했다. 50만 원. 직항이 120만 원대니 절반도 안 되는 선택이었다(아, 채식주의자라면 채식 식단을 미리 신청하자. 복도 좌석이 편해 그것도 미리 요청했다)!

그런데 그 '선택'이란 게 대개 보면 A와 B 가운데 이득을 따졌을 때 그 차이가 현저하다면 그리 고민일 게 없다. 가령 70대 30이라면 당연히 우리는 A를 고른다. 누구라도 그렇지 않을까. 사실 이거냐 저거냐 굉장한 망설임을 불러온다면 그건 대개 53대 47, 51대 49 같은 경우다. 양쪽의 이득에 별 간극이 크지 않을 때, 그 얼마쯤의 이득을 잃지 않으려 우리는 안간힘을 쓴다. 만약 그까짓 것, 포기할 수 있다면 어느 쪽이건 아무래도 괜찮지 않을까. 그야말로 아무거나 골라도 되는 것이다. 우리는 2, 3, 4, 혹은 많아야 10을 넘기지 않을 그 얼마 되지 않는 이득을 놓지 않으려고 그리 오래 고민하는 거다. 늘 가지 못하는 길이 더 아름다운 법이니까.

그렇다고 선택이란 것이 아무거나 고르기 가볍다고는 또한 말 못 한다. 여기서는 겨우 1도 차이지만 우주 저 먼 곳에선 그 각도가 어마어마한 간극이 되기도 하지 않던가. 그래서 선택은 또 어려운 문제일 수밖에 없다. 헌데 그것조차 그리 어려운 일이 아닐지도 모른다. 사실은 사실이고 또 당면한 일은 당면한 일대로 대면하면서 사는 거니까. 그냥 뭐라도 어느 쪽으로라도 선택하고,

네팔인들이 신성시하는 마차푸차레. 이름처럼 정말 물고기 꼬리 모양이다. '네팔의 마터호른'이라 불릴 만큼 깎아지른 바위산. 그 앞의 마른 산이 마르디 히말. 이 여행은 그곳을 향해 걸어가는 길이다.

그쪽에서 내 삶의 앞에 놓인 당면한 일을 해내며 살아가면 되지 않겠는지.

2017년 2월 23일. 네팔행 1일 차.

   광저우에는 비가 내리고 있었다. 한 항공사는 8시간 이상 경유하면 호텔을 제공한다. 공항까지 실어주고 간단한 아침 도시락도 준다. 호텔에 묵는다면 일회용 슬리퍼를 챙겨 로지에서 실내용으로 쓰면 좋다.

경유지라고 해서 자고만 가기에는 아쉬움이 있다. 이른 새벽에 움직일 것이라 이 도시를 볼 시간이 여의치 않으니 밤에라도 걸어본다. 지역민들로 왁자한 선술집 같은 곳이 보였으나 선뜻 들어서기에 주춤거려진다. 아직 여행자로서의 준비가 덜 되었나 보다. 대신 불 밝은 패스트푸드점으로 들어간다. 첫걸음이 엉거주춤할 땐 익숙한 장소로 안도하는 것도 나쁘지 않다. 대체로 그런 곳에서는 처지가 같은 여행자가 있기 마련이니까. 먼저 앉아 있던 서양인 둘과 가볍게 인사를 나눈다. 그들 역시 가까운 호텔에서 다른 도시 혹은 나라로 이동하기 위해 잠시 머무는 인상을 주는.

그때 그 비행기를 타서 지금 여기 있고, 그때 그 버스를 타지 않아 지금 여기 있으며, 지나간 모든 그때가 지금 여기 이르게 했다. 우리는 때로 잘못 갔다고 말한다. 사람 잘못 봤다고도 한다. 그런데 누구를 탓하겠는가. 잘못 간, 잘못 본 내 눈을 찔러야지. 결국 자신이 선택한 대로 생을 산다, 살아왔다!

떠나온 이곳에서는 비로소 그에게 엽서 한 장 보낼 수 있을지도 모른다. 가깝고 싶었으나 주위만 맴돈. 일상 속에서는 걷어내지지 않던 미움으로 결코 볼 일 없는 또 다른 그에게 편지를 쓸 수 있을지도 모른다. 혹은 그에게 사랑한다고 말할 용기가, 아니면 미안했다고 사과할 용력(用力)이 생길지도 모른다. 두고 온 모든 것에,

한때 버리고 싶었을지도 모를 것에조차 애정이 솟을지도 모른다!

"아……!"

네팔 국제공항 트리부반에 도착하기 전 고도를 낮춘 비행기에
서 신음처럼 쏟아내는 탄성들을 듣는다. 히말라야 산군들이 벌써
여행객들의 가슴을 뛰게 한다는 것을, 창으로 시선을 보내지 않고
도 짐작하기 어렵지 않았다.

나는 감고 있던 눈을 그대로 유지한다. 천천히, 아주 천천히 산
으로 다가가리.

네팔의 관문 카트만두에는 트레킹을 시작하기 전에 꼭 가야할
곳이 기다리고 있다…….

기억은
변주된다

당신이 네팔을 변화시키는 것이 아니라, 네팔이 당신을 변화시키기 위하여 그곳에 있다. 당신의 주머니 속이 아니라, 마음과 영혼 속에 기억을 담도록 하시오. 네팔은 지도상의 한 곳일 뿐만 아니라 우리 모두가 배울 수 있는 삶의 방식과 같은 경험이다.

— 스테판 베즈루츠카, 《네팔 트레킹 가이드》 가운데

2017년 2월 24일. 네팔행 2일 차.

카트만두의 타멜 거리를 어슬렁거렸다. 숙소며 여행사며 식당이며 기념품 가게들이 까르르 웃어대는 아이들마냥 명랑하게 붙어 있고, 어깨를 부딪쳐도 별 신경 쓸 것 없이 서로를 헤아리는 여행자들이 있다.

국내선과 국외선이 출입구만 다를 뿐, 같은 공간을 쓰고 있는 트리부반 국제공항에서 여행객들은 거개 이곳으로 모여 네팔 곳곳으로 떠나간다.

타멜과 구시가지 안에서 짧은 거리를 이동하기로는 사이클 '릭샤가 좋고, 여행객들이 자주 방문하는 관광지로 가기엔 연결이 쉽고 운행 간격이 좁은 '템포'가 좋으며, 외곽도시로는 당연히 버스가 저렴하고, 도시 안에서 저녁이라면 택시가 낫다. 참, 기차는 없다!

좋기로는 걷는 게 최고다. 맨발이라면 더 없이(물론 걷기 좋은 포카라에서조차 그리 흔한 광경은 아니다). 신발에서 양말에서 빠져나온 발은 저 혼자 훨훨 날아갈 기세다. 서울에서는 내가 맨발인 걸 사람들이 잘 알아채질 못했고, 재래식 화장실도 맨발로 들어갔던 우즈베키스탄의 사마르칸트에서는 사람들이 조금 멀찍이 돌아서들 갔으며, 아일랜드의 더블린 거리에서는 유리에라도 밟힐까 걱정들을 해주었다.

여기? 이곳에서는 사람들이 보고 '그냥' 웃거나 무심하다. 이국 여행이 주는 가장 큰 즐거움 하나는 낯선 곳에서 제멋대로 지내보는 것.

그럴 때 발가락 사이로 간들거리는 바람은 유영하기 좋은 따뜻한 물 같다.

맨발에 실린 몸은 자신의 무게를 최소화하는 법을 찾는다. 발레를 할 때나 살풀이를 출 때 딛는 발걸음처럼 몸은 사뭇 가벼워지고, 그러면 내게 붙어 있던 일상의 고단까지 다 털리는 기분. 가만가만 속삭이는 벗의 위로가 따습게 온몸으로 번져오는 것 같은 그

다디단 자유로움이라니.

그런데 세상천지 맨발로 다녀도 딱 한 곳, 그러지 않는 곳이 있다. 바로 내가 사는 산마을의 읍내. 혹 이상한 엄마가 되어서 그것이 아이에게 말로 닿을까 봐. 에미 자리란 게 그런 거더라.

카트만두에서 하루를 묵고 움직이기로 했다.

국내선이 연기는 기본이고 결항도 잦은 네팔이라 혹 하루 만에 비행편이 포카라로 이어지지 못할 수도 있겠다 싶어 속 편히. 잘 쉬면서 여정을 준비하자고 주머니가 얇은 여행자로서는 드물게 아침이 포함된 괜찮은 호텔을 한국에서 떠나기 직전에 예약했더랬다. 남은 날들은 거칠 수 있을 것이므로. 행여 트레킹 준비에서 놓친 게 있다면 준비할 시간도 번.

지내는 동안 환율 차는 있지만 대략 '1달러=1천 원=100루피' 개념으로 지냈다. 타멜 거리에서 달러가 현지통화처럼 유통되니 공항에선 타멜에 들어가며 쓸 환전 정도만 해도 된다. 공항에서 타멜까지 버스 25루피, 택시 600루피.

그런데 사람의 기억이란 건 당초 그리 미더운 게 못 된다. 나는 왜 타멜이 공항에서 그리 멀지 않았던 걸로 기억하고 있었을까? 기억은 그렇다 치고 숙소가 도보로 멀지 않은 곳이다,라고 알고 있던 것부터가 문제였다.

오기 전 숙소 공유사이트에서 예매를 했는데, 짐작건대 차로 걸

타멜 거리는 바자르(시장)로 이어지고
바자르는 카트만두 더르바르 광장으로 연결된다.

리는 시간을 도보로 착각했거나 어쩌면 의도적으로 숙소에서 그
렇게 올렸거나(설마, 아무렴!). 낯선 곳에서는 우리의 마음이 날이
서거나 얇아져 움츠러들거나 의심이 쉬 심어지곤 하더라.

묵을 곳이 타멜이고 그곳이 걸어갈 거리는 아니라는 상황이 대
략 정리되고 있을 때 "타멜 가요!" 마침 호객하는 안내남이 있어
앞뒤 없이 버스에 올라탔다. 잘못 가는 버스라 한들 급할 게 무어
고 걱정이 무어란 말인가.

호텔 측의 의도는 아니었더라도 가격은 분명 문제가 있었다. 호텔이라는 이름과 말짱한 사진으로 그 정도는 기꺼이 지불해도 된다 생각했지만 웬걸, 절반 가격으로 구할 수 있는 다른 숙소와 별다르지 않았다. 타국이라는 불안감은 손에 든 물건 하나만 떨어뜨려도 전체의 불길함을 예견하는 일로 여겨지기도 한다.

음, 쉽지 않은 여행이겠군, 물 먹은 화장지처럼 번져오는 예감이라니. 그런 실패와 만족 사이를 오가며 길이 이어질 것이다.

타멜을 걷고 있다. 사람 하나 생각난다. 그가 떠났다. 내가 떠나왔는지도. 누군가는 가고 또 누군가는 오겠지만 그 '자연'스러움을 알고도 빈자리는 결코 익어지는 법이 없다. 인간의 안타까움은 늘 '유한성'에서 비롯되는 게 아닐는지.

'다만 지극하게' 살다 가야겠다. 여행지의 아쉬움도 그것이 갖는 유한성 때문에 더 큰 아쉬움이 되는 듯하다. 그래서 또 가기도 하고. 그리하여 네팔에 다시 왔고, 그래서 또 타멜을 걷는다.

타멜은 바자르로 이어지고 다시 더르바르 광장으로 연결된다 (카트만두 더르바르 광장. 네 곳의 더르바르가 있으니 길을 물을 땐 앞에 어느 더르바르인지를 분명히 붙여서 말해야 한다). 관광객들에게는 입장료를 받지만 현지 사람들은 세계 문화유산 유네스코 지정 건물과 건물 사이로 장을 보러 가고, 장사를 하고, 출근을 한다. 네팔에서는 그렇게 생활 속에 유물이 생생히 살아 있다.

지나가서 이미 불변의 형태로 남았을 기억이란 것도 사실은 기억 안에서 자리를 옮긴다는 걸 우리는 다 안다. 그것에 대해 전범으로 볼 만한 영화가 홍상수의 〈오! 수정〉이었다. 같은 시간을 같이 지났으나 남자와 여자의 기억은 달랐다.

기억은 그렇게 휘기도 하고 꼬이기도 하고 연해지기도 하고 짙어도 진다. 타멜도 다르지 않았다. 기억하고 있던 것들이 마음속에서 조금씩 자리를 옮겨 아주 다른 거리를 만들고 있었다.

사람의 기억은 그렇게 변주된다.

나는 갔던 곳을 다시 가보는 것을 좋아한다. 낯선 것이 주는 모험보다는 아는 곳이라는 안정감이 더 편한 까닭이기도 할 테지만 그곳이 어떤 시간을 흘러 보냈는가를 더듬는 것을 보는 즐거움이 있다. 그 시간 동안 내게 어떤 일이 있었던가를 반추하게도 하는.

2014년 11월의 ABC 트레킹에서는 마당에 널린 빨래와 아이들이 자주 눈에 담겼다. 불투명한 여정이어서 내일 일을 더욱 모르겠지만 2017년 이번 여행은 기억의 대상을 달리 고르게 될 것 같다.

저녁 택시에 올랐다. 꼭 가야만 할 데가 있다!

산 자들은 럼두들로,
망자들은 바그마티로

저마다의 삶이 있으니 저마다의 여행이 있을 테지. 나는 작고 여린 것들에 관심이 많다. 에둘러 말하면 검박하고, 검뜯게 말하면 사람이 작은 것인지도 모르겠다. 생을 이루는 것은 '꽝!' 하고 굉음을 내는 대단한 무엇이 아니라 소소한 기쁨들이라 믿는다. 여행지에서 내게 감탄을 자아내게 하는 것들 역시 그런 자잘한 것들이다.

네팔은 1950대에 처음 국경을 개방한 이래 히말라야 산맥을 비롯해 여러 왕국이 남긴 유산들·사원들이 쉴 새 없이 사람들을 불러들인다. 카트만두에서 결코 놓치고 싶지 않은 한 곳, 2017년 네팔의 첫날 저녁, 나는 거기 있었다.

《럼두들 등반기》는 엄숙함에 대한 야유 같아서 덩달아 슬쩍 같이 파도를 탔던 책이었다. 산악소설들은 대개 너무 진지하니까.

지상에서 가장 높은 봉우리, 요기스탄이라는 나라에 우뚝 솟은 눈 덮인 성채, 해발 12,000.15미터에 오르는 한 무리 무능력자들의 이야기다. 빌 브라이슨(《거의 모든 것들의 역사》를 썼던 바로 그)의 손에 발견돼 몇 해 뒤인 1997년 런던의 한 라디오 방송 프로그램에서 그가 이 책을 거론했고, 방송을 들은 작가의 부인 에바 보우먼의 편지로 책에 얽힌 사연들이 비로소 널리 알려질 수 있었다. 이 책의 모델이 윌리엄 틸먼의 난다 데비 등반대에 관한 1937년의 기사였다거나 럼두들에 나오는 153이란 숫자는 어린 시절 작가의 집 주소였다거나 하는.

1959년 오스트레일리아 남극원정대 대원들은 이 책에 대한 애정으로 남극 몇몇 지형에 그 이름을 붙였고, 1966년 이래 '마운틴 럼두들'은 공식 지명이 되기에 이른다. 지명뿐만 아니라 침낭, 산악단체, 말, 심지어 록 밴드 이름으로도 애용되고 '그레이트 럼두들 퍼즐' 게임까지 나왔다. 1980년에는 타멜에 250개 좌석을 갖춘 럼두들 식당이 문을 연다. 그곳은 에베레스트 등정대의 집결장소였고, 산악인들이 8,000미터급 산을 올랐다 돌아오며 자신의 이름을 남기는 장소로 유명했다. 벽면에는 에드먼드 힐러리, 라인홀트 메스너, 로브 홀과 수많은 셰르파의 친필 사인들이 있다(있었다!).

책은 2001년 빌 브라이슨의 서문으로 다시 인쇄되며 산악인들에게는 이미 고전이었던, 혹은 모험가들끼리의 암호명 같은 럼두들 등반기는 그렇게 대중서적이 된다.

책에 나오는 위시의 이야기에 맞장구치는 바인더의 몽상적 경험은 내 이야기이기도 했다. 누구라도 어릴 적 한번쯤 했을.

자전거로 그레이트노스 로드를 따라 반쯤 달려갔을 때 나는 문득 스코틀랜드가 존재하지 않을지도 모른다. 그것은 오로지 나를 속이기 위해 날조된 지명인지도 모른다는 의심을 하기 시작했다. 내가 읽은 모든 책, 검소하고 알뜰한 스코틀랜드 사람들에 관한 모든 이야기, 셰익스피어의 맥베스, 랍비 번스(스코틀랜드 민족시인), 로몬드 호수와 보니 찰리에 관한 노래들, 이 모든 것은 그 음모의 일부였다. 스코틀랜드에서 온 척하는 북쪽 사람들은 모두가 그 음모에 가담한 사람들이었다.

— W.E. 보우먼, 《럼두들 등반기》 가운데

피곤해 죽겠다고 불평하던 정글이 여러 개의 나침반에서 알코올을 뽑아 마시고는 몸이 북쪽으로 향하는 버릇이 생겨 동쪽이나 서쪽으로 갈 때는 옆걸음을 치고, 남쪽을 갈 때는 뒤로 자빠지고…….

익살맞고, 그런 만큼 소소하게 재밌었다. 우리들에게 농담이 필요한 것처럼 가끔은 이런 능청스러운 책이 필요하다. 버려질 책 없고 버려질 사람 없다. 뒹구는 돌 하나도 쓰임이 있을세라.

타멜의 끝자락, 골목에서도 다시 쑤욱 들어가 있던 '럼두들 바'는 1년 전 옛 자리를 떠나 2킬로미터 떨어진 곳에 따로 건물을 지었다. 타멜에서 택시로 300루피.

"이 사람이 열다섯 번이나 등반을 했대. 여기여기, 이 사람 사인도 있어!"

곁의 서구 중년 여성이 셰르파 한 명과 기념사진을 찍으며 설명했다. 명성을 듣고 여러 나라에서 온 여행객들과 그렇게 가벼운 몇 마디를 주고받았고, 천장에 무수하게 매달린 발자국 모양의 사인 판에 이번에는 글 하나도 남겼네.

그런데 길에서 만난 한 트레커가 말했다. 럼두들이 등산가를 위한 바라고 들었지만 실은 등산에 대해서는 아무것도 모르며 등산가에 대해서도 마찬가지라고. 모든 것은 변한다. 하여 변하는 것이야말로 변하지 않는 것 아니겠는가. 럼두들인들, 그의 영화(榮華)인들 그러하지 않겠는가. 좋은 시절은 가지만 또 다른 좋은 시절이 있지 않더뇨. 또한, 럼두들은 또 다른 자기 가치를 생성해내지 않겠는지.

돌아온 타멜 거리, 여기도 사원 앞에 불을 피우고 있었다. 네팔에 도착한 첫날이 마침 '마하 시바라트리(Maha Shivaratri)'. 시바신이 태어났다는 이날은 네팔 달력으로 팔군의 시기 새 달이 뜨는 날. 수백 명의 사두(수행자)들이 네팔과 인도에서 카트만두 동쪽

바그마티(Baghmati) 강변에 있는 힌두 파슈파티나트* 사원군으로 몰려든다.

인도에 갠지스강이 있다면 네팔에는 바그마티강이 있다. 갠지스강에 강가신이 있다면 바그마티강에는 시바신이 있다. 파슈파티나트는 흔히 화장터로 알려져 있지만 10여 개의 사원으로 구성된 힌두 최대 본산지다. 네팔은 힌두교 신도가 전체 국민의 80퍼센트. 파슈파티는 시바신의 여러 이름 중 하나로, 파슈(Pashu)는 '생명체', 파티(Pati)는 '존엄한 존재'라는 뜻이다. 수천의 주민들이 이곳에서 시바신으로부터 축복을 받으며 하루를 시작한다.

카트만두에서 꼭 한 곳만 갈 수 있게 허락된다면? 2014년의 네팔 여행에서 나는 바그마티 강둑 가트(강으로 내려가는 계단)에 앉아 한 구의 화장을 지켜보며 후지와라 신야의 《황천의 개》를 떠올리고 있었다. 인간의 망상과 관념도 그저 물질이다, 개뿔도 아니다, 지구보다 무겁던 인간의 목숨이 들개에게는 한낱 목숨에 불과하더라, 하는 신야의 목소리를 들었다. 그가 본 황천의 개는 그가 갠지스강에서 만난 풍경이었고, 내가 만난 바그마티강에서 불타는

---

* 파슈파티나트(Pashupatinath)는 카트만두 중심가에서 동쪽으로 5킬로미터 떨어진 바그마티 강변에 있는 힌두교 최대 성지다. 힌두교도들은 살아서는 바그마티강에서 몸을 씻는 것을 소원으로 여기고, 죽어서는 이곳에서 화장되는 것을 축복으로 여긴다. 사원 가운데 '아르여나트' 역시 화장터다. 다리를 중심으로 신분에 따라 다리 위쪽 양편은 상류층과 왕족, 다리 아래로는 하층민들을 위한 일곱 개의 화장터가 있다. 이 파슈파티나트 뒤편 언덕으로 이어지는 고운 샛길을 따라 30여 분을 걸으면 보드나트에 이른다.

큰 사원 앞에서
뿌자(의식)에 쓰일 접시를
나뭇잎으로 만들어 판다.

시체였으며, 신야의 일본이었고, 나의 대한민국이었다. 그리고 이
지상의 모든 곳이기도 했다.

　강의 북쪽에서 발을 담근 시신은 '티타리라(대나무 들것)'를 타고
강의 남쪽으로 내려와 미리 쌓아놓은 몇 단의 장작위에 놓였다.
그 위로 다시 두어 단의 장작이 쌓이고 젖은 짚이 덮이면, 시신의
입에서부터 불을 붙인다. 나쁜 일은 입에서부터 시작되니까. 알고
도 모르고도 얼마나 지었을 죄이런가. 사는 일은 내 죄가 많아 네
죄를 물을 수 없는 일, 내 입이나 잘 단속할 일이렷다.
　망자를 덮은 찬란한 노란꽃(공작초를 닮았다)이든, 바위틈처럼 갈
라진 사두의 발뒤꿈치든, 갠지스로 합류할 바그마티의 강물이든
강의 진흙 바닥을 훑어 동전을 줍는 아이들이든 화장을 할 장작을

파슈파티나트 앞 바그마티
강둑의 화장터 가트.

쌓는 일꾼이든 상류에서 탄 왕족의 재든 하류에서 재가 된 하층민
이든 그들 모두 지상에 존재했다는 점에서는 동일하다. 어느 것도
죽자고 살았던 적이 없다. 망자도 산 자도 모두 수고로운 삶이었
다. 그저 착하고 예쁘게 사는 것 말고 무에 그리 대단할 삶이 있을
것인가.

　선천적으로 비장(지라)의 결함을 가지고 있어 향으로든 맛으
든 조금만 낯설어도 비위가 요동치는 나이건만 곁에서 천연덕스

럽게 하얀 재 사이에서 오래도록 서 있었다. 그것은 후각이 아니라 시각이었다. 화장은 이생의 삶을 해체하는 과정이라는, 그래서 새 삶을 향하는 자유로운 여정의 시작이라는 이네들의 세계관이 무심한 일상처럼 내 곁에 펼쳐졌다. 큰 사원 앞에는 뿌자('숭배'라는 뜻. 의식)에 쓰일 일회용 용기로 나뭇잎 접시를 엮어 파는 아낙이 바닥에 앉아 환하게 웃고 있었다.

이번 걸음에서 바그마티강에서 목욕하는 장관은 놓쳤지만 타멜의 작은 사원 앞에 불을 피우고 야자수 잎을 탁탁 때리며 악귀를 쫓는 것은 본다. 한국의 정월대보름 달집 속에서 '탕탕' 시원스레 대나무 타는 것 같은 소리도 함께.

네팔을 떠난 후라 못 볼 것이지만 네팔의 대표 축제 하나인 '홀리(Holi)'도 곧 다가온다. 건기 막바지에 여기저기 물을 뿌리며 우기가 다가옴을 알리는, 팔군의 보름달이 뜨는 날이면 물감과 물들인 가루를 온통 뿌려대는 법석이다. 이때라면 부디 낡은 옷을 입고 나가시라.

2014년 가을, 포카라에서 같은 숙소에 묵었던 여행객 하나는 카트만두로 떠나는 첫 비행기를 탄다고 새벽에 나갔으나 해질 무렵 터덜터덜 돌아왔더랬다. 그럴 때 여행사도 공항도 떠나지 못한 비행에 그저 기다리라고만 한다. 여기는 네팔이니까.

2017년 늦은 겨울, 내가 탈 비행기는 내일 안에 날 수 있을 것인지…….

이 봉투는
뭐지?

나는 널빤지로 만든, 지붕이 낮은 피난처를 머릿속에 그려 보았다. 폭풍에 대비해 집 안 구석구석 모든 틈은 꼼꼼히 메우고, 안에는 통나무 장작들이 이글이글 타오르고, 벽에는 내가 가장 좋아하는 책들이 진열되어 있는 곳. 이 세상이 폭탄으로 폐허가 되면 나는 거기에서 살 것이다.

마침내 스탈린이 죽고, 우리는 교회에서 기쁨의 찬송가를 불렀다. 하지만 파타고니아는 내 마음 한구석에 간직해 두었다.

— 브루스 채트윈, 《파타고니아》 가운데

여행서를 더러 읽는다. 그중에는 가본 곳도 있고, 닿지 못한 곳은 더 많다.

브루스 채트윈의 《파타고니아》는 해를 넘겨 읽었다. 번번이 읽다가 만나는 누군가에게 주고 또 읽다가 주고, 몇 차례 그런 뒤에야 "아마도 그가 연주할 수 있는 유일한 곡이었던 것 같다"는 마지막 문장을 읽을 수 있었다. 엄살투성이의 많은 여행서와 달리

카트만두 트리부반에서
포카라로 타고 갈
비행기.

그 글의 담백함은 세계 여행서적의 앞과 뒤가 그로 갈린다는 전설
이 왜 아니겠는가 싶더라.

생 텍쥐페리의 《야간비행》의 무대가 되고, 셰익스피어가 《템페
스트》의 영감을 얻고, 조나단 스위프트의 거인 모델이 살고, 찰스
다윈이 극찬한 파타고니아의 장관이 있으리라던 예상과는 달리
정작 그가 보여준 것은 세상 끝에 이른 방랑자들과 갈 곳 없는 사
람들이었다. 이번 여행에서 나 역시 사람들을 더 눈에 담을 것 같
다는 예감…….

김훈의 《자전거로 하는 여행》도 있었다. 그의 소설들이 늘 그
렇듯 행간에 쌓인 말들을 짚느라 더딘 책읽기였다. 《나를 부르는
숲》을 비롯한 빌 브라이슨의 여행서들은 일관되게 툴툴거리지만
그 속에서 또한 일관되게 '사람의 마음'에 대해 생각하게 하는 그

의 미덕을 보았다.

네팔 여행기인들 왜 안 봤을까. 그 가운데 트레킹기를 썼던 한 유명작가의 글은 너무나 실망스러워서 몇 번이나 책을 내던졌다. 그가 썼던 소설의 아름다움을 거기서도 볼 줄 알았으니까.

수필은 마침내 제 삶의 바닥을 보여준다. 아, 나라고 다를까!

2017년 2월 25일. 네팔행 3일 차.
〈카트만두-포카라-비레탄티〉

하룻밤을 묵고 카트만두를 벗어난다. 인도의 델리가 고즈넉이 겹쳐지는, 숨쉬기 어려운 먼지와 차 소리와 이 많은 사람들이 다 어디서 부비고 사나 싶게 여행객을 혼망하게 만드는 도시. 그래도 재작년보다는 한결 나았다. 으레 그럴 거라 생각하고 가서 그랬는지도 모른다.

이튿날 포카라행을 위해 트리부반 공항으로 갔다. 지방 소도시의 버스터미널 같은 곳이다. 제때 비행기가 날 것으론 기대도 하지 않았지만 3시간을 훌쩍 넘어 비행 게이트로 들어갈 수 있었다. 비행기 앞에서만도 다시 몇십 분.

"여기서 10분만 기다리시면……."

"그건 30분이란 얘기군요!"

비행기 앞의 공항버스에서도 이미 몇십 분을 기다리고 있던 일행 사이에서 캐나다 사내 하나가 공항 관계자의 말에 익살을 떨었다. 영국에서 캐나다에서 스페인에서 한국에서 온 이들 아홉이 기다림으로 길었던 시간을 한바탕 웃음으로 그리 날렸다. 별수가 있는 것도 아니었으니. 네팔의 시간은 그렇다. 인도 여행과 흡사하다.

가족여행처럼 버스에 오르는 양 모두 17인승 비행기에 올랐다. 여행기간 내내 우리는 어떤 곳에서 동행인이 될 것이고 또 흩어져 또 다른 사람들로 덩어리지기를 반복할 것이다. 누구는 오고 누구는 갈 사람살이 그대로.

천장이 낮아 허리를 굽혀 들고 오는 여승무원의 쟁반에는 사탕과 솜뭉치가 있다. 솜뭉치는 귀마개용이다. 좌석 앞의 의자 주머니에는 웬 봉투도 하나 있다. 아하! 어린 날 버스를 타면 필요했던 바로 그것이다. 멀미로 인한 구토에 쓰라는. 가끔 큰 비행기에서도 볼 수 있는 것이었으나, 포장되지 않은 길 위를 탈탈거리며 가는 완행버스 같은 국내선에서 촌스러움이 던지는 푸근함이 느껴져 더 재미있었던 봉투였으리.

두 영국인 사내들과 키득거리며 봉투를 서로 들어주고 사진을 찍었다. 여행지에서는 하잘것없는 사물 하나를 매개로도 친구가 된다. 말을 트게 하고 경계를 무너뜨려 준다. 나는 무기를 들지 않았다는 악수 같은 것. 여행이란 사람에게 보다 소박한 태도를 만들어준다 해도 넘치는 말이 아니다.

"모두 여기 좀 봐줘요!"

카트만두에서 포카라로 가는
비행기에서 찍은 히말라야 산군.

뒤쪽에 앉은 덕에 앞 사람들을 모두 돌아보게 하여 사진 한 장을 남겼다. 각자의 인생을 안고 그 사진에 들어가 있을 것이다. 어느 생인들 가벼울 수 있으랴.

히말라야 산군들이 벌써 여행객들의 가슴을 친다. 히말라야 군락을 보려면 오른편으로 앉으라고들 하지만 기장은 양편에서 두루 볼 수 있도록 비행기를 조종해준다. 아니, 나는 그렇게 해석했다.

국내선은 국제선 일정을 결정한 얼마 뒤 역시 인터넷을 좀 뒤져 저렴한 티켓을 구했다. 그리 큰 차이는 없더라만. 비싼 티켓이 편리함만이 아니라 안도감을 수반할 수도 있겠지만 그 어떤 대중 비행기가 불안을 전제로 움직이겠는가. 불편이라는 것도 30여 분이 채 안 되는 비행시간이니 잠깐, 아주 잠깐인걸.

　사람들은 가슴에 먼 곳을 품고 산다. 잊지 않으면, 잊히지 않으면 마침내 그곳에 가게 된다.
　어디로 떠난다 하면 아는 만큼 보인다며 모든 여행기를 읽거나 인터넷에서 온갖 자료를 섭렵하는 이들도 보았다. 하여 다녀온 이들보다 그곳을 더 잘 알고 있기도 하다. 그런데 그게 지나쳐 닥쳐올 재난에 대한 대비가 되기보다 걸림이 되는 경우는 또 없겠는가. 그야말로 일에 대처할 계획이나 수단인 대책(對策)이 아니라 제 몸 운신도 못 할 만치 바리바리 짊어진 큰 책(대책:大冊)을 들고 사는 경우가 좀([조웜]) 많던가.
　나? 여기서부터 시작해서 다시 여기로 돌아오는 걸레질에 한 주가 걸리는 너른 산마을의 낡고 오래된 살림을 사는 나는(아무리 해도 윤이 나지 않는데, 그게 또 안 하면 금세 표가 난다.) 그걸 핑계로 무언가를 준비하는 것에도 게으르기 일쑤다. 거거익심(去去益甚)이라, 어째 갈수록 심해진다. 사람 참 안 변한다. 이번 생에서는 달라지기 어려울 모양이다. '對策'과 '大冊' 사이의 균형이면 얼마나 좋으랴만. 무모할 정도의 대책 없음과 과하지 않은 대비 그 사이 말이다.

그런데 갈 곳에 대한 정보 채집의 부족함은 몰라서 못 보는 것도 있고 지나고서야 아차 싶고 아쉬울 일들도 있지만 뜻밖에도 '내 눈으로' 그곳을 만나는 싱싱함을 가져다주기도 한다. 사실 꼭 봐야 하는 거, 꼭 알아야 하는 거, 그런 게 어딨겠는가. 뭘 그렇게 꼭 봐야 하고 꼭 알아야 하는가. 갈수록 사람이 헐렁해져 아무렴 어떠랴 싶다. 내가 사는 곳이 아닌 모든 곳은 파타고니아면서 알래스카이고 네팔인걸.

이번 길도 별 정보 없이 가고 있다. 물어물어 가야지, 뭐 어쩌겠는가. 삶은 어떻게든 된다! 일상을 살듯 어쨌든 살 거 아닌가.

포카라 공항에서 내려 '네팔 투어리즘 보드(Nepal Tourism Board)'까지 걸어서 15분. 모든 트레커는 팀스(Trekking Information Management System) 카드를 받아야 하고, 안나푸르나에 가려면 국립공원 및 보호구역 입장료(허가증, 대개 '퍼밋'이라 부르는 내셔널 파크 앤 컨서베이션 피〈National Park & Conservation Fees〉)도 내야 한다. 한 건물에서 다 받을 수 있는데 카트만두에서도 마찬가지다. 각 2,000루피.

팀스 오피스는 문을 닫아 받지 못했다. 《론리 플래닛》에 적힌 오피스 시간과 달랐다. 여행지에서는 적지 않은 일들이 그러하리라. 네팔이라면 더욱 그러할 테다. 어제 낸 책이라도 오늘의 현실은 얼마든지 달라질 수 있으리.

허가증 없이 체크 포인트를 만나면 두 배의 비용을 내야 한다. 카트만두, 포카라 말고도 비레탄티며 산 들머리 두어 곳에서 받을 수도 있다는 전언(傳言)을 들었다. 비레탄티에서 안나푸르나의 첫 밤을 묵으려 하니 그곳에서 받으면 될 것이다. 참, 에베레스트 안나푸르나 랑탕 지역을 뺀 다른 곳은 트레킹 퍼밋(Trekking Permits)도 내야 한다.

또 하나, 여권사진 여분을 한 장 이상 챙겨갈 것.

팀스 카드 서류의 트레킹 지역을 쓰는 칸에 여러 곳을 적었다. 그렇다고 비용을 더 내는 것도 아니니까. 안나푸르나는 그 너른 지역만큼 트레일 또한 많다. 이전에 갔던 ABC를 갈 수도 있고, 푼힐까지만 오를 수도 있고, 이번에 가보려고 생각한 마르디 히말을 정말 갈 수도 있고, 또 다른 어디로 갈 수도 있을 것이다. 길은 어떻게든 연결되고 갈림길에서 다른 마음이 들 수도 있으리라.

마침 비레탄티에서 포카라까지 내려온 택시가 다시 비레탄티로 돌아간다 하여 그편에 몸을 실었다. 공항까지 마중 온 분이 계셨던 거다.

일사천리네팔행
창공만리기서운

거두절미, 어른한테 이리 표현해도 되나…….

선생님이 젊으신께.

네팔 갑니다.

이제야 한 이틀 준비할 수 있겠습니다. 늘 사는 게 이리 뚝
딱입니다. 바쁜 마음과 일정이 말도 짧아진 배경입니다.

2월 23일 출국입니다. 2주 예정입니다.

25일 포카라에 들어갑니다.

구체적 일정 미정입니다.

하지만 안나푸르나 갑니다. 나야풀 쪽으로 시작할 것이니
비레탄티에서 하루 머물 생각입니다.

부탁하실 일 있으신지요?

선생님 뵙는 게 유일하게 잡힌 일정인 셈이네요.

다시 소식 올리겠습니다.

엄홍길 재단은 네팔 열다섯 곳에 휴먼스쿨을 지었는데, 그중 한
곳인 비레탄티 세컨더리 스쿨에서 명예교장 일을 보며 아이들에
게 그림을 가르치는 어르신이 한 분 계신다. 수년 전 천산을 넘는

실크로드 40일 여정에 동행하기도 했고. 당신의 저서에 추천서를 쓰기도 했다. 네팔로 향하기 사흘 전에야 다정 선생님께 메일을 넣었다. 산중에서도 페이스북이며 활발하게 소통하는 당신인지라 바로 열어보시겠거니 하고.

몇 가지 유용한 정보와 함께 랄리구라스 피기 시작하는 마르디 히말 트레일을 권한 사람도 선생님이셨다.

"혹 비행기 회사를 꼬셔서 하루라도 더 빨리 올 수 있으면 금상 첨화."

젊음은 정녕 나이에 있는 게 아니라 생 자체에 있음을 보여주시는 선생님은 답 메일 끝을 그리 유쾌하게 맺으셨다. "일사천리네 팔행 창공만리기서운" 덕담과 함께.

선생님은 굳이 한달음에 공항까지 내려와 주셨고, 레이를 걸어 주셨다. 레이는 실에 꽃을 엮은 것으로 스카프 카닥(Kathk, 가끔 '카타〈Khata〉'로도 불림)처럼 환영 인사로 상대에게 걸어주는 목걸이다. 인도와 네팔이 공유하고 있는 문화야 익히 알려져 있지만, 태평양 한가운데 있는 하와이에도 같은 풍습이 있는 데다 그 이름까지 같다는 건 참 놀랍다. 2,000년 전 거대한 카누를 타고 바다를 건너 하와이에 도착했다는 폴리네시아인들과 대륙 한가운데 산에 깃든 이들이 같은 문화와 낱말을 가지고 있다는 것은 애초에 우리가 인간 공통으로 지닌 문화가 있다는 말일 수도, 또 아주 오래 전 한 덩어리로 이루어진 땅에 살았다는 증거도 될 수 있을 것이다. 고생대 말기에 분열되었다는 남반구의 곤드와나 대륙이 그거 아니겠는지.

금잔화로 보이는 노란색의 이 꽃은 이곳 꽃밭에서도 흔하고 사람의 일에도 그러하다. 바그마티 강가 화장터에 올라가는 시신도 이 꽃으로 덮였고, 집단으로 신에게 드리는 의식이자 기도인 아르티에서도 땅을 대표하는 것으로 이 꽃이 쓰인다.

택시에 올랐다. 포카라 – 밀란촉 – 페디 – 나우단다 – 칸데 – 나야풀 – 비레탄티. 《론리 플래닛》 정보에 의하면 나야풀까지 버스로 2시간, 90루피. 매일 아침 5시 30분부터 낮 3시 30분까지 30분 간격으로 있다. 지금도 정해진 것은 그러하지만 고무줄 시간이란다.

"차 한잔 마셔요."

한 시간 반쯤 달리다 룸네에서 잠시 멈춰 길가 찻집에서 짜이를 한잔한다. 인도, 티베트, 네팔에서 짜이 없이는 말이 안 된다! 비로소 산 걸음이 시작되는 것 같다. 진행 방향으로 길 오른쪽으로 길게 누운 곳 어디메가 오스트레일리안 캠프다. 거기에 20년 임대한 작은 집에서 수행하는 한국인 스님이 있다 했다. 2년 전 그곳에 들렀을 때 한국에 갔다고 해서 못 만났던 그는 이번에도 포카라에서 하루를 비껴 한국으로 가고 없단다. 큰 뜻을 가지고 이 깊은 산까지 와서 수행하는 분도 있지만, 저잣거리 사람들 사이에서 수행하는 분도 또한 그 의미가 있을 테지. 우리 모두 저마다 제가 옳다는 방식으로 사는 생일 게다.

　마을 꼭대기의 학교에서는 미술반 아이들이 우리를 기다리고 있었다. 짧은 방학 기간인데도. 네팔은 여러 종족의 전통 명절을 모두 공휴일로 지정해 학교도 쉬는 날이 많다. 지금은 음력 2월, 티베트의 새해 축제 로사르가 시작된 때.
　아이들이 그동안 그린 그림과 학교 벽화를 보여주었다. 이들은 곧 서울 인사동에서 전시회도 계획하고 있다. 그것을 위해 방학에도 주말에도 그림을 그리러 모인다 했다. 미술반 열둘을 위해 가져간 24색 크레파스 열두 통을 전했다. 학교에는 한국의 대기업이 후원한 컴퓨터들이 있는 교실도 있었다. 비레탄티는 수력발전소도 가까이 있어 전기 사정이 어느 곳보다 좋아 컴퓨터를 잘 쓸 수 있겠다. 그런데 그것을 건사하기 위해 드는 또 다른 품이 있었다. 컴퓨터를 지키기 위해 숙직을 한다는 남자 선생 하나가 인사를 건넸다. 둘러보면 생각보다 많은 이들이 선한 마음을 지니고 있고, 그걸 다른 이와 나누는 것도 어렵지 않게 본다. 우리가 어떤 곳을 돕고자 할 때 도울 수 있는 내 여건이 출발이겠으나 다음 단계에서는 그곳에서 필요한 도움, 필요한 물건이면 좋으리. 뭔가를 돕는 일은 아주 세밀한 마음이 필요한 일이라는 생각을 새삼 했다.

내 도움이 뻗칠 영향까지도 살펴볼.

　이곳의 교사들은 어떤 사람들일까? 내게는 교사라는 직업이 그
것이 갖는 혜택(예컨대 경제적 윤택이라든가)을 넘어 세상 어디서나
자긍심 넘치는 일이고, 그 자체가 지니는 가치 때문에 세상 어디
서고 누구에게나 선망의 대상일 거라는 환상이 있다. 네팔에서 그
건 정말 환상이었다. 말깨나 하는 놈은 감옥소 가고 다리깨나 하
는 놈은 만주로 가는 일이 식민지 조국에만, 제3세계에서만 일어
나는 일도 아니다. 안나푸르나 산자락에서도 공부깨나 하는 이들
은 포카라로 카트만두로 떠나고, 남은 이들은 포터나 가이드를 한
다. 떠나지 못한 이들이 교사를 하고, 그마저도 나왔다 안 나왔다
무단결근이 잦다고 했다. 적어도 교사이기 때문에, 아이들 때문에
떠나지 않는 이는 드물다는 거다. 교사에 대해 '임금을 더 삭감해
야 하고 혜택도 더 줄여야 한다. 그래도 선택하는 직업이어야 한
다'는 생각을 가진 나는 여전히 허망한 허상 속에 사는 공염불의
사람이라. 직업 선택 선호도 1순위, 결혼 대상자 직업 선호도 1순
위라는 교사로 인해 대한민국 교육의 질도 높아졌는가에 대해 나
는 의심이 많다.

2017년 2월 26일. 네팔행 4일 차, 트레킹 1일 차.

〈비레탄티-김체-간드룩〉

다정 선생님 하숙하시는
비렌탄티의 다리 건너 로지.

　선생님 묵고 계시는 숙소 옆방, 밤새 계곡 물소리가 솔바람처럼
건너왔다. 일요일이다. 네팔의 한주는 일요일부터 시작된다. 포카
라에서 받지 못했던 팀스도 아침에 이곳에서 받았다.

　길가에는 차를 파는 여러 집들이 이어져 있었고, 그 앞에서 집
집이 세띠로띠(도넛)를 튀겨내는 기름이 팔팔 끓고 있었으며, 다리
앞에서는 아주머니 하나가 커다란 물통으로 우유를 사고 있었다.
어디서고 사람들이 그렇게 나날의 삶을 살아간다.

　계곡에선 아침부터 굴착기가 요란한 소리를 내며 작업을 하고

다정 선생님 하숙방에서 전교생에게
나눠줄 과자 꾸러미를 만드는 미술반 아이들.

있었고, 개 한 마리가 늘어지게 엎드려 그 광경을 보고 있었다.

"으음, (사람들이) 잘하고 있군."

'개팔자가 상팔자'라.

늦은 아침 미술반 아이들이 선생님 방으로 모였다. 내 가방에서
부려진 한글 제목의 초코바에다 선생님이 미리 사두셨던(시렁의 소

쿠리에 과자를 쟁여놓고 손주들에게 내주시던 우리들 할머니, 할아버지처럼) 과자들까지 다 펼쳐 섞어서 전교생들에게 나눠주기 위한 꾸러미를 같이들 만들었다. 선생님은 내게 트레킹을 마치고 내려올 때 전교 조회에서 인사도 하고 선물을 전하면 어떠냐셨다. 무슨 대단한 것도 아니거니와 혹 그렇다 하더라도 그런 전달식이라니. 나를 위해 마련되었으나 어색하고 불편한 자리. 어려운 이들을 위한 후원물품이나 장학증서 전달식에서 주는 사람에게도 받는 사람에게도 그랬던 걸 여러 번 보았다. 전달은 많았으면 좋겠고, 거기에 식(式)은 빠졌으면 좋겠다.

티베트에서 생의 마지막을 보내겠다던 선생님은 곧 비레탄티 아래 티베트 사람들 마을로 옮겨 그곳에서 아이들을 가르치게 되실 거란다.

아이들은 로지 2층 식당에 모여 그림을 그리기 시작했다. 이 아이들 틈에서 한동안 지내도 좋으리. 예술통합교과 교사인 내가 더 신명 날 테지.

그 마음이 더 컸다면 남았을 것이다. 일어나고 싶을 때 일어나고 머무르고 싶을 때 머무르기, 이 여행은 그 어느 때보다 그러고 싶었다. 산이 아이들을 이겼다. 산을 내려온 뒤 머물 수도 있을 테지…….

크레파스와 초코바 네 가마니(?)를 부려놓으니 짐은 딱 10킬로그램이 되었다. 포터를 동행하느냐 마느냐의 기로점이다. 지고 갈

짐으로는 최고치가 되어버린 셈.

마을에서 포터를 사서 마르디 히말 하이 캠프까지 내 짐을 부려
놓고 오게 하는 방법도 있다. 일정이 미리 짜여 있다면 가이드나
포터, 혹은 가이드 겸 포터를 포카라 레이크사이드 곳곳의 여행사
들에서 손쉽게 구할 수 있고.

하지만 이 여행은 어디로 흐를지 모를 길이다. 일단 간드룩까지
가보고, 필요하다면 거기서 포터를 구해도 될 것이다. 다음 일은
다음 걸음에!

버스는 예외 없이 제시간에 오지 않았다. 늦기만 한 게 아니라
일찍 오기도 하는 버스라. 비레탄티에서 점심을 먹고 여유롭게 출
발하자 했는데 버스 온다는 주인의 전갈이 다급하다.

올라타고 구절양장(九折羊腸)을 거슬러 간드룩을 향한 종착지 김
체에서 내린다. 길은 계속 넓혀지고 있었고, 산을 향해 더 위로 더
위로 가고 있었다. 버스 두 대가 넉넉할 만치는 아니어도 서로 비
켜갈 수 있을 만한 넓은 길이 산을 삼키고 있었다.

운전을 하고 다닐 땐 차에 실을 수 있는 만큼 짐이 실렸고, 걸어
다닐 땐 몸에 감당할 수 있을 만큼 짐을 든다. 차에 실을 수 있을
만큼 장을 보던 때나 몸이 감당할 만큼만 짊어진 오늘이나 내 하
루의 길이는 같았고, 내 삶의 무게 또한 다르지 않았다.

"간드룩 가는 길 맞나요?"

버스 기사에게, 버스에서 함께 내린 사람들에게, 또 별일 없나

기웃거리는 듯 모여 있는 청년들한테도 물었다. 낯선 곳에서는 한 번 물어 얻은 대답을 신뢰해선 안 된다. 그가 착각했을 수도 있고, 말을 못 알아들었을 수도 있고, 얼마든지 잘못된 정보를 가졌을 수도 있다.

버스 길이 닦이고 있는 먼지 풀풀 날리는 대로를 걸어서 오르고 있자니 멀리서 한 남자가 불렀다. 버스에서 만난, 친척집을 방문하러 왔다는 구룽인이었다. 버스 정류장 곁에 늘어선 몇 채의 집 사이로 난 길을 가리켰다. 샛길이었다. 그래, 이런 길을 걷고 싶었다고! 나는 옛길을 물었으나 앞에 답을 준 이들은 새 길을 알려주었던 거다. 그게 낫다고 생각했거나, 그런 길을 필요로 한다고 생각했을 것이다. 그 큰 길은 전 지구적으로 예외 없이 자본의 시대에 맞춰진, 지금 이 세상의 흐름이 필요로 하는 길이지 내 여행이 필요로 하는 길은 아니었다.

마카오에서 군인으로 6년을 근무하기도 했다던 구룽인은 산을 내려와 포카라에 이르러 시간이 난다면 자신의 집으로 오라고 초대도 해주었다. 네팔의 산간지방 여러 민족으로 이루어진 군대인 구르카는 스위스와 마찬가지로 우수한 용병으로 유명하다. 세계 최고 고산지대에서 살아가는 덕에 고지대에서도 뛰어다닐 만큼 심폐량이 좋고 뛰어난 신체능력을 가진 그들은 인도, 영국으로 건너가 관광, 마약과 함께 네팔 3대 수입원으로 꼽힐 정도다.

트레킹은 그렇게 시작되었다! 길은 넓적한 돌들이 이어져 있고,

한숨 돌리자 싶은 곳은 으레 돌로 만든 쉼터가 있다. 이 많은 돌들을 들어 올리고 쌓은 이들의 손을 생각해보지 않을 수 없다. 수고로운 손은 사람 사는 동네에 늘 그리 있고, 네팔에선 더 자주 그 소금꽃을 새기게 된다.

"나마스테!"

간드룩 다 미쳐 네팔인 젊은 부부 두 쌍이 반갑게 인사를 건네왔다…….

거기
정글이라구

우리가 누구인지 무엇인지…….

우리는 우리 앞에 벌어진 모든 것이며 우리 이전에 일어난
모든 것이고

우리 눈앞에 벌어진 모든 것, 우리에게 일어난 모든 것,

우린 우리에게 영향을 미친 모든 사람이자 물건이거나

역으로 그것에 우리 존재가 영향을 준 것으로

우리가 더는 존재하지 않을 때 일어나는 모든 것이다.

그리고 그 모든 것은 우리가 존재하지 않았다면

결코 일어나지 않았을 것이다.

— 야스민 삼데렐리 감독, 영화 <나의 가족 나의 도시> 가운데

버스길로는 마지막인 김체에서 간드룩으로 접근한다. 일정이
빠듯한 이들이라면 포카라에서 칸데까지 가서 바로 피탐 데우랄
리로 올라 마르디 히말 트레일을 밟는 게 좋을 테다.

돌길을 1시간쯤 걷자 간드룩으로 들어가는 환영문이 맞는다. 안
나푸르나 산군 속에 깃든 마을들이 거개 그렇듯 간드룩도 계단에

서 시작하고, 그 끝 솟은 언덕에 툭 불거지듯 로지가 꽤 많은 큰 마을이 들어앉았다. 무수한 돌을 한 발 한 발 디디며 오르는 길로 야스민 삼데렐리 감독 영화의 마지막 내레이션이 깔리는 듯했다. 내가 밟고 선 이 돌 하나도, 돌 위에 선 나도 존재가 존재를 거든다. 돌도 그가 거친 세월의 결과고 나 또한 과거를 지나 지금에 있다. 오늘 이 순간의 만남은 그런 그가 없었다면, 이런 내가 없었다면 일어나지 않았을 일이다. 그래서 사람이든 사물이든 보기 싫다고 다 쳐낼 수도 없고, 어떻게든 공존할 방법을 찾을 수밖에 없으리.

간드룩에 이르기 얼마쯤 전 네팔리(Nepali) 부부 두 쌍을 만났다. 카트만두의 같은 마을에서 나고 자란 두 남자와 그들의 아내였다. 인사를 건네는 그들에게 물었다.

"ABC 가시나요?"

ABC 트레킹에서도 이 마을을 지나오거나 지나가니까.

"아니요, 여기서 자고 내일 내려가요."

네팔에선 한국에서 일하다 왔거나 한국으로 가기 위해서, 그렇지 않더라도 한국말 몇 마디 구사하는 이를 어렵지 않게 만난다.

"유럽 사람인 줄 알았어요."

한국인이라고 하자 당장 한국어로 몇 마디를 건네왔다.

"제 아내는 구룽족이고 저는 체트리족이에요. 처가에 가면 제

간드룩의 로지 '사쿠라'. 마을에는 딱 한 그루
의 벚꽃이 있었다. 유일한 빵집이어서 마을에
머무는 여행객들이 이곳으로 갓 구운 파이며
조각 케이크 같은 것들을 사러 무시로 온다.

말을 아무도 못 알아들어서 아내가 통역해요."

언어가 스물이 넘고 방언이 백이 넘는 네팔이다. 네팔어가 공용
어라지만 전체의 절반이 채 못 되는 사람들만 쓴단다.

구룽족의 민담집 《죽음은 왜 보이지 않는가》를 읽은 적이 있다
고 하니 반가워했다. 하지만 정작 자신은 잘 모른다고 했다.

"한 노인이 나무를 해서 지게를 지려던 순간에 '죽음'을 만났는

데……."

설화와 민담 같은 옛이야기로 넘어간 대화가 고려장(실제로는 일제 때 일본인들이 오래된 옛 무덤을 도굴하기 위해 날조한 유언비어라던데!) 에 이르렀고, 그와 같은 이야기가 네팔에도 있다는 걸 알았네. 지게에 아비를 태우고 버리러 갔더니 그 아들이 지게는 가져가자고 한다, 나중에 아비를 그리 버릴 수 있도록. 지게는 도코(지게처럼 쓰이는 대나무로 만든 바구니)로 대체되어 네팔 민담 속에 들어 있었다. 이토록이나 비슷한 건 사람살이의 원형이 비슷하기 때문이기도 할 것이다. 먹고사는 것이 어려웠던 시대를 지나야 했던 이들의 슬픈 운명이 담긴 이야기다. 그런데 넘치는 풍요에도 자식을 버리고 부모를 버리는 일은 왜 일어나는 것인가…….

"아, 아까 올 때 김체에서 군인 아저씨를 만났는데요."

만약 그를 방문하게 된다면 어떤 선물이 좋을지 물었다. 우리는 대개 꽃이나 과일이나 케이크 같은 걸 들고 가는데 이곳 문화는 어떠한가 하고. 그는 네팔 전통 쿠크리(칼)를 권했다. 포카라에서도 카트만두에서도 길 어디서고 다양한 쿠크리를 보았더랬다. 그런데 이 역시 동남아 지역에서도 흔하게 봤던 기념품이기도 했는데…….

"원래 쿠르카족이 쓰는 거예요."

이곳에선 그게 또 훌륭한 선물 목록에 들어 있었다.

그때 로지 주인이 차를 내왔다.

다른 부부는 호주 유학을 준비하고 있었다. 호주라면 네 살 아이랑 일 년을 머문 적이 있다. 호주에 대해 묻고 답하던 다담(茶談)은 한국의 탄핵 상황에 이르렀다. 그 즈음은 헌재의 대통령탄핵심판을 기다리고 있었던 때로 광화문을 비롯한 곳곳에서 촛불을 밝혔고, 그 장면이 네팔 뉴스도 타고 있었던 것이다. 한국의 정치 상황을 다소 부끄러워하며 그 전말을 전하자 그는 네팔 역시 떠안고 있는 여러 정치 문제와 사람들의 저항에 대해 들려주었다. 내게 위로라면 위로겠다.

정치에 무관심하다 하더라도 우리가 그 정치로부터 결코 무관할 수 없으며, 그래서 어떤 식으로든 우리 삶을 둘러싼 문제들에 대해 뜻을 표출하고 주장해야 한다는 데 서로 동의하며 일어섰다.

그들은 네팔인 친구의 안내를 받아 마을을 돌기로 했단다.

"가이드가 제 친구예요."

"원래 아는 친구?"

"아니. 오는 길에 만나 친구가 됐죠. 네팔에선 몇 살 차이가 나도 다 친구예요."

저녁을 먹기 전 그 가이드는 마을을 구석구석 소개해주었고 덕분에 구룽족 전통박물관에도 들렀다. 박물관 안은 서너 평쯤 되는 공간이었고 침침한 등에 의지하고 있었다. 예전 살림집을 들여

083

아침 빛이 닿기 시작하는 안나푸르나 남봉과 히운출리.
왼쪽의 높은 봉우리가 안나푸르나 남봉이고 오른쪽 봉우리가 히운출리다.

다보는데 한국의 농업박물관에서 등을 빼고, 유리벽을 걷어내고, 먼지를 소복이 올리면 딱 이곳이 된다. 오래전의 낡은 여염집, 아궁이에 땐 불의 흔적으로 안이 모두 까맣게 그을려 더 어둡게 보이는 부엌 같은 느낌이었다. 타망족도 그렇지만 한국인과 퍽 닮은 구룽족의 살림은 우리 옛적 살림이 엿보여 슬거웠다. 가이드와 이들은 마치 우리가 그들의 친구임을 증명이라도 하듯 네팔인과 같은 비용(정해진 입장료가 있는 건 아니지만 대략의 선이 있는)으로 입장하게 해주었더라. 그게 얼마건 환대의 의미겠기에 기분 좋았다.

"어, 저기!"

마을에 딱 한 그루, 심은 지 그리 오래 되어 보이지 않는 벚꽃나무였으나 한창 핀 꽃으로 주변이 온통 환하다. 우리 생의 스무 살이 걸어오듯 환희에 찬 벚꽃. 그제야 우리가 묵는 집이 '사쿠라'임을 환기했다. 부부 일행들이 묵게 돼 함께 든 곳이었다. 예서 흔한 꽃은 아니라고 했다. 익숙한 사물은 사람을 안도하게 하는 힘이 있다. 그래서 먼 길에 오르며 제 쓰던 물건을 군이 들고 가기까지 하잖던가. 마음이 단단한 사람이라면 그런 것 없이도 안정감을 갖겠으나. 낯선 마음이 벚꽃 덕에 익은 마음이 되었다.

해가 지는 마을에서 티베트 곰파(절)도 기웃거렸다. 어김없이 들머리에서 마니차가 맞았다.

마니차는 티베트어로 '경통(經桶), 법륜(法輪), 기도륜(祈禱輪)'. 두루마리 경전(經典)을 넣은 원통형의 법구 측면에는 만트라가 새겨져 있다. 몇 미터에 달하는 것도 있고, 손에 쥐고 다니는 것까지 그 크기가 다양해 사원을 오갈 때도, 집안에서나 길을 걸어가면서도 돌린다. 그때 일어나는 바람결에 경전이 들려온다 생각한다지.

문이 닫혀 들어가 보진 못했지만, 우리 학교(내가 일하는)에서 수행 시간에 쓰고 있는 띵샤며 싱잉볼도 그곳에 놓여 있을 것이다. 나라를 잃고 떠나온 티베트인들에게 곰파는 큰 구심점이 되어준다. 내 일터이자 삶터인 자유학교 물꼬 역시 사람들의 후원을 받아 꾸리는 살림이지만 티베트 독립을 지지하며 작은 후원을 하고 있기도 하다.

1시간이면 모든 집의 마당을 다 서성거릴 수 있을 산마을, 로지로 돌아오기 전 저녁이 내리는 집 하나를 오래 보았다. 집 앞 난간에 깡통이며 들통을 잘라 만든 화분에 꽃들을 심어 늘여놓았다. 저녁 빛이 꽃 위에 나비처럼 내려앉은 풍경이 잔잔함을 부르다가 허허로움으로 흩어졌다가는 서 있는 나를 물끄러미 내려다본다. 멀리 있으나 나는 계속 살고 있다……

로지 식당에서 저녁을 먹을 땐 일본 유학 4년차인 젊은 네팔 청년 둘도 함께했다. 그들도 오늘밤만 묵고 포카라로 내려간다 한다. 푼힐도 가보고 싶지만 한 청년의 누이 결혼식이 곧 있어 돌아

구룽 박물관.

간다고. 2014년 푼힐 전망대에 갔던 아침, 안나푸르나 산군(다울라
기리-닐기리-안나푸르나 남봉-히운출리-마차푸차레)을 한눈에 다 담을
수 있는 그곳의 아침은 '바글거린다'는 표현을 연상시킬 만했다.
오르고 내리는 이들도 들리고, 거기가 목적지인 이들도 많으니까.

　여느 때라면 외국인이 더 많았을 법하다. 하지만 최근 2년 정말
자국민들의 여행이 늘었고, 오늘만 해도 식당에 같이 모여 앉은
이들이 전부 네팔리들이다. 2014년 ABC 일정은 몇 사람의 산꾼

들 틈에 끼어 걸었더랬다. 안정적이었으나 명랑한 낯선 관계 속의 즐거움은 또 아쉬웠던 그때였다. 일행들이 있었으니 로지에서 대부분 그들과 보내느라 정작 낯선 이들과 함께 모여 여담을 나누는 일이 드물었던 것이다. 이번에는 여럿이 같이 걷는 길이 아니어서 여행자들 틈으로 보다 더 깊숙이 들어갈 수 있었다.

그런데 캐나다인 둘(일찌감치 잠자리로 간)에게 ABC를 안내하고 있는 아까 그 가이드 말이다. 마르디 히말 트레킹을 말린다.
"거긴 정글이라고!"
길도 무지 험하단다. 사람들도 없단다. 그냥 ABC 같이 가잔다. 제 말을 믿지 않는 듯하다 느껴서인지 밖으로 데려나가 마당에서 건너편 먼 산의 불빛 하나를 가리켰다.
"저어기 불빛 보이지? 저기야!"
그야말로 불빛 '하나'라고 말할 만했다. 억지로 찾자면 옅은 불빛 하나쯤 겨우 더해질까 싶은 곳이다. 아주 멀고 아득한 빛이었다, 깊고 깊은.
한국에서 온 한 50대 남성이 간드룩의 어느 로지 침실에서 숨진 채로 발견되었던 게 달포도 채 되지 않았다지. 여행지에서는 소문이 무성하다. 사실일지도 아닐지도. 어쨌든 고산증으로 목숨을 잃는 이들이 드물지 않게 있는 건 맞다(나중에 산을 내려와 확인하니 불과 보름도 안 된 일이었다!). 그런데도 사람들 발길 뜸한 곳으로 간다는 게 말이 되겠냐 한다.

"음……. 그래? 다음 길은 다음 걸음에, 다음 걱정도 다음 걸음에!"

일단 날 밝으면 결정하리.

한밤, 주인과 실랑이가 좀 있었다…….

걷기는 항상
길을 잃는 주제다

다부룩다부룩 돋은 봄꽃들마냥 집들이 언덕 꼭대기에 모여 있는 간드룩. 사쿠라라는 이름 때문인지 일본인들이 꼭들린다는 로지에 있다. 마을에 묵는 여행객들이 더러 빵을 사러 와 가벼운 인사를 나누기도 했다. 모두 ABC로 가는 걸음이었다.

"빵 굽는 건 어디서 배웠어요?"

카트만두에서 배워왔단다. 이곳은 부모님이 운영하는 집으로 아내와 세 살 아이는 포카라에 두고 온 스물일곱 살의 사내였다.

트레일의 로지에서 주인과 갈등을 겪을 일이란 별로 없다. 트레커들이란 불편을 감수하고 떠나온 사람들이니까. 보일러를 때야 하는 난방 구조도 아니니 방이 춥다 따질 것도 없고, 수세식 변기가 없다고 툴툴거릴 것도 아니며, 혹 뜨거운 물이라도 나오는 시간이 있다면 횡재가 될 것이다. 트레킹을 시작한 순간 칸막이에 침대 있고 먹을 거 있으면 감지덕지라고 동의한 길인 셈이다.

그런데 한밤, 주인과 좀 씨름을 했다. 와이파이 때문이었다. 제도학교의 한 중학교에 올 봄학기 '예술명상'이라는 수업을 개설하여 지원수업을 나가기로 했고, 관련하여 오늘 메일을 넣기로 했다. 기다릴 그 마음이 바쁘겠다 싶어 안달이 나면서 짜증이 좀 일었는데, 한 아이가 하던 말이 딱 이쪽이었네.

"아, 정말 되는 일이 없어!"

아이들이 그럴 때면 나는 놀란 눈으로 말한다. 아니, 말해준다.

"이런! 되는 일이 없다니. 너 누워 있다가 어느 날 뒤집었어! 기어만 다니다 어느 날 섰다니까! 어느 날 숫자를 셌고, 글자를 읽었어!"

누구나 서고 걷고 뛰는 일반적 성장사겠지만 각 개인으로 보자면 얼마나 어마어마한 일이겠는가. 누구나 걸었다고 해서 내가 걷게 된 것이 깎이는 건 아니다. 예순이 머잖은데도 나는 밥을 짓는 게 신통하고 청소를 하는 게 기특하다. 넘들이 다 하는 것이든 말든!

다시 와이파이로 돌아와서, 인터넷이 연결되는 줄 알고 있었고 그래서 여기까지 달고 온 일이 있었다. 사람이 북적이는 때라면 늘 켜둘 것이지만, 처음엔 와이파이가 안 되는 곳이다, 다음엔 자꾸 끊긴다, 다음엔 고장 났다로 사우니(여객의 주인 여자를 일컫는 네팔어)의 회피가 이어졌다. 통신비용을 아끼려는 그 사정이야 왜 모를까만 나 또한 사정이 있잖나.

어디 있으나 자신이 어떤 사람인가 마주하게 된다. 애초에 한 약속과 다르지 않느냐, 그래서 그야말로 갈고리('곤조'라 쓸 수는 없고) 같은 마음이 생긴 거다. 저녁을 먹을 때 밤에 인터넷을 써야 한다고 분명히 얘기했고, 문제없다고 했으니까. 사실 늦은 메일도 한국 쪽에서 그만한 사정이 헤아려지지 못할 것도 아닌데 굳이 고집이 생겨버린 거지. 그저 스쳐 갈 사람이라 하더라도 했던 약속에 이렇게 한만하면 안 되는 거니까.

사우니 할머니는 어느새 잠자리로 가버렸는데, 나는 만만한 아들에게 고집스럽게 따졌다. 물러서고 싶지 않았다. 들볶인 아들이 싹싹 빌다시피 해서야 깐깐한 주인 할머니(물론 그의 어머니)는 겨우 몇십 분을 켜주었네. 불 꺼진 주인네 문 앞에 서서 물러설 기세가, 포기하고 돌아갈 기세가 아니었으니까.

온 마을이 잠든 시각, 아직 오지 않은 잠 대신 '생각'이 끼어들었다. 기실은 감정과잉이었다. 와이파이 건 말이다. 일어난 어떤 현상에서 체력이나 힘이 소진되기보다 정작 일어나는 감정을 소모하는 것으로 지칠 때가 있다. 허울 좋게 마음을 살핀다는 이름으로 성찰을 앞세우지만, 사실은 이것에 대해 상대가 어이 생각할까 그런 것에 더 마음을 쓸 때가 있다. 불가피하게 해야 할 어떤 다툼에 있어서도 정작 그 다툼의 본질을 보기보다 거기 오가는 감정을 보느라 문제에 제대로 다가가지 못할 때가 많았다. 와이파이를 쓸

왼쪽 언덕을 돌면 ABC 트레일로 들어서게 된다.
간드룩에서 모디 계곡으로 내려가는 길에.

수 있다 했고 쓰겠다 했고, 상대는 안 된다 했다. 하지만 나는 써야겠다, 그게 전말이다(못 쓴다면 또 할 수 없지, 하는 마음은 숨겨두고). 그런데 뭘 그렇게 대단한 싸움을 하듯 날을 세웠느냐 말이다. 그런 것에까지 이길 심산이 담겨 있었느냐 말이다. 살아오며 그렇게 소진한 힘이 얼마나 많을 것이더냐. 난데없이 퍽 한 대 맞은 기분이고 말았으니……

2017년 2월 27일. 네팔행 5일 차, 트레킹 2일 차.
〈간드룩(1,940미터)-란드룩(1,565미터)-코카르 포레스트 캠프(2,520미터)〉

새벽, 로지의 2층 베란다 끝에서 해우소 가려고 돌아서는데 앗, 물고기 꼬리 모양 봉우리가 눈앞을 막아섰다. 이른 아침이 마을로 데리고 온 마차푸차레가 밤새 손님처럼 내 앞에 왔다, 어제 그 자리에 있었던 것은 다른 산이었던 양. 걸음을 멈추고 난간에 섰다. 산도 나도 움직이지 않았다.

거기 있겠지, 거기 있어, 그러고도 눈앞에서 매양 경이로운 산군락. 6,000미터 아래로는 산으로 이름도 못 얻는다는 네팔의 산들, 너무 놀라운 풍경이다가 어느새 일상의 한 장면으로 산들이 들어오던 지난 경험이 있어도, 사진으로 먼저 만났던 풍경이 이렇게 실물로 설라치면, 그야말로 외마디 소리조차 나오지 않는다. 전조를 충분히 보이며 어둠을 가르고 서서히 떠오르는 해도 막상 솟고 나면 놀라고 말듯 아무리 준비하고 있었던 마음이라도 장엄을 이길 수 없다.

산 라인을 따라 빛 부스러기가 앉기 시작하면 산은 더욱 선명하게 어두운 형체가 되었다가, 이내 웅크리고 있던 바위 같은 산이 하나의 생명체로 꿈틀대듯 잠을 깬다. 그제야 알아듣는 말처럼 저 아름다운 산이 내 앞에 있구나! 하고 거듭 놀라는 동안, 봉우리에 얹혔던 햇살이 아래로 조금씩 흘러내리고, 숨 쉬는 걸 잊었음을

아침이 오는 간드룩에서 본 마차푸차레와
그 앞의 마르디 히말.

퍼뜩 깨닫는다. 찰나가 어떻게 영원으로 가는지 그 앞에서 그만
깨칠 것도 같은 순간이다.

이제 되었다, 산을 내려가도 좋겠는, 지금 여행이 끝나도 전혀
아쉬울 것 없겠는 그런 순간.

'안나푸르나 남봉 - 히운출리 - 안나푸르나 1봉 - 마르디 히말 -
마차푸차레 - 안나푸르나 3봉 - 안나푸르나 4봉 - 안나푸르나 2봉 -

람중히말-남운 라 패스'. 포카라 페와탈(페와호수)에선 늘어선 안나푸르나 히말리안 렌지를 한눈에 볼 수 있다. 그런 사진 혹은 엽서 한 장쯤 눈에 익히고 오거나 들고 온다면 대략 전체 산 그림에도 도움이 클 테지.

네팔리들과 함께 어제 돌았던 마을을 아침엔 홀로 구석마다 걸었다. 몇 개의 골목이 전부고 둘레를 다 돌아도 긴 시간이 아니다. 그렇다고 지루하지도, 해가 길지도 않음을 짐작한다. 나는 산골의 폐교된 낡은 학교에 산다. 학교 마당 서너 번을 왔다 갔다 하면 하루해가 진다. 멧골에 사는 나의 일상을 이어가는 일에 자잘한 손이 얼마나 필요한가를 말해주는 것이기도 하다. 한적하지만 그들 역시 하루를 살기 위해 종종거리며 걷고 있을 것이다.

마당을 쓸던 아주머니와 인사도 나누고 풀 베던 아저씨와도 말을 섞는다. 오롯이 산만 보고 걸어도 좋은 트레킹일 것이다. 하지만 이 트레킹의 단연 돋보이는 매력은 산에 깃든 사람 속을 걷는 것이다. 번잡함이 싫어 산으로 간다는 이들도 있지만, 사람이 있되 사람으로 번잡할 일이 없는 안나푸르나다. 사람도 돌과 나무와 흙처럼 수천 년 전부터 말없이 있었던 사물에 다름없이 보인다.

마르디 히말 트레일은 정글이라고 꽤 겁을 주던, 그러니 자기네랑 같이 ABC에 가자던 가이드랑 아침에 만나기로 했다. 밥을 먹은 뒤 떠나기 전 최종 결정을 알려주겠노라 했던 것이다.

아침 8시, ABC로 가는 이들과 헤어져 란드룩으로 향했다. 결국 마르디 히말 트레일을 걷기로 했다. 가지 않은 길을 누가 알겠는지. 가보기로 했다. ABC 트레킹이 마차푸차레를 오른편으로 멀리 두고 가는 길이라면, MBC 트레킹은 마차푸차레를 두고 쑤욱 안으로 들어가는 여정이다.

포터도 가이드도 없고 10킬로그램을 막 넘은 배낭이 등에 얹혀 있다. 어제 김체에서 간드룩까지 걸어본 바로는 걸을 만하겠다고 내린 결정이다.

급하게 경사진 계곡 건너 맞은편, 다시 가파르게 올라간 언덕으로 란드룩이 자리한 것이 보였다. 보이는 저곳까지 모디 콜라(모디 계곡)를 향해 수많은 계단을 밟을 것이고 다시 그같이 놓인 계단을 걸어 올라가 닿을 테다. 그 계단을 수굿하게 걸으며 돌을 놓았을 순정한 마음들을 깊이 경외하면서. 우리 삶은 얼마나 많은 무임승차의 길인가. 내가 하나 손 보탠 것도 없는데 기차를 타고 고속도로를 가고 밥을 먹고 따순 잠자리를 얻는다. 그래서 누군가를 위한 기꺼운 마음이 또 그리 기껍게 나오는 것일 테지. 받은 자가 나눌 줄도 아는 법이라. 허니 내 삶이 타인의 삶을 위해 쓰여야 하는 게 당연하지 않은가.

계곡을 향해 내려서기 얼마 되지 않아 벌써 길을 헤맨다. 걷기는 항상 길을 잃는 주제다. 레베카 솔닛이 《걷기의 역사》에서도 일찍이 말했다만. 뜻밖의 곳에 갈래, 또 갈래다.

지도를 꺼내든다. 하지만 지도 너머로도 산 곳곳에는 현지인들의 숱한 생활의 길들이 있을 것이다. 분명한 건 어찌해도 길은 계곡까지 갈 수 있다는 것. 아래로 가기만 하면 될 것이라 여겨 내려가는 길 하나를 골라 걷다가 멈춘다. 길이 좁다. 사람이 많이 다니지 않은 길로 보인다. 불안하다.

다시 갈래길로 되돌아와 좀 더 안전한 길을 택하기로 한다. 조금 더 널찍한 길로. 계단을 밟아 내려가자 맞은편으로 네팔 사람들이 걸어 올라온다.

"나마스테!"

내 안의 신이 그대 안의 신에게 인사한다, 나는 이 우주를 모두 담고 있는 당신을 존중한다, 나는 당신에게 마음과 사랑을 다해 경배한다, 나는 빛의 존재인 당신을 존중한다, 우리는 모두 하나다, Hello, Hi, 그쯤일 인사. 인도와 네팔에서 우리가 가장 많이 하게 되고 듣게 되는 낱말이다.

"란드룩 가는 길 맞나요?"

사람이라도 그리 만난다면 다행이다. 어쩜 이 여정은 얼마를 갔다가 되돌아오기를 반복하는 일이 잦을지도 모르겠다. 간드룩에서 모디 계곡으로 내려가는 길, 솜양지꽃 같은 노란 꽃이 길가 낮은 돌담 사이에서 생글거린다. 강을 건너기 전 왼쪽으로 언덕을 돌면 ABC 트레일로 들어서는 건데.

그곳에 이르기 전 길이 또 갈라진다. 이 길이 맞나······.

거짓말이다

생각해보니 2014년엔 봄꽃을 즐긴 적이 없네요. 그 봄에는 오직 잠수하여 선내로 진입하는 게 전부였습니다. 꽃봉오리가 맺혔는지, 꽃이 피는지, 누가 꽃 아래로 걷고 멈추고 앉는지, 꽃가지를 꺾어 거실 꽃병에 꽂아 두는지, 또 누가 시들어 가는 꽃을 밟으며 지나가는지 몰랐습니다. 이런 마음이었습니다. 꽃봉오리가 맺히면 뭐하누 사람이 이리 죽었는데, 꽃이 고우면 뭐하누 사람이 이리 죽었는데, 꽃이 지면 뭐하누 사람이 이리 죽었는데…….

(……) 바디 팩 삼백 개도 주지 못할 만큼 이 나라가 가난한가 그런 생각도 솔직하게 했습니다. …… 정육면체 쇠틀로, 안은 텅 비고 밖은 철망을 두른, 무엇이라고 불러야 좋을지 모를 주사위 모양의 물체가 바지선에 도착한 겁니다. 멍텅구리 정육면체, '멍텅'. 실종자를 한 분씩 모시는 것은 비효율적이니 시신을 한꺼번에 넣어 끌어올리라고.

— 김탁환, 《거짓말이다》 가운데

산에서 길을 잃으면 더 두렵다. 어쩌면 잃는 것은 길이 아니라 자신일지 모른다는 두려움이 더 크기 때문일지도 모른다. 길을 물

란드룩 끝에서 본
안나푸르나 남봉과 히운출리.

어볼 사람이 없다거나 도움을 받을 공간이 없다거나 하는 문제가
아니라. 물건은 잃어버리면 찾거나 포기하거나 대용품을 마련하
면 되지만 잃어버린 자신은 도대체 어디서 어떻게 찾는단 말인가.

그럴 때 비로소 타인, 혹은 사물, 그러니까 자신 말고 세계를 구
성하고 있는 것들이 바짝 눈에 들어온다. 산에서 길을 찾는 좋은
방법 하나는 물길을 찾는 것이다. 물은 산을 넘지 못하니까. 두어
차례 길을 찾느라 두리번거리긴 했어도 별 탈 없이 중심 길을 찾

왔다, 역시 물이 간 길을 살펴서.

　간드룩에서 란드룩을 향해 모디 계곡으로 낭떠러지처럼 비탈진 무수한 계단을 내려가다 배낭을 풀고 숨을 돌리고 있었다. 쉬면 딱 좋겠네, 이 일대에는 그런 자리마다 돌로 길게 마련해둔 쉼터, 즉 2층 탑 형상이 펑퍼짐하게 확대된 꼴로 준비되어 있다.

　맞은편에서 가이드를 앞세우고 여자 둘이 올라왔다. 어디서 왔느냐, 오늘은 어디서 출발해서 어디까지 가느냐, 오는 길이 어떻더냐, 네팔은 몇 번째냐, 네팔행이 어떠냐, 으레 길에서 마주친 이들이 인사를 나누고 서로를 격려하며 다시 가던 길을 간다. 체코에서 온 그들은 ABC를 다녀오는 길이었다.

　배낭을 다시 메려는데, 여자 하나가 가이드를 앞세우고 계단을 내려오고 있었다. 싱가포르에서 온 그녀는 트레킹이라 할 것까지도 없다며 란드룩까지만 가서 묵고 다시 포카라로 돌아간다지. 란드룩까지는 방향이 같긴 하지만 아무래도 더딘 이와 걸음을 맞추기는 어렵겠다.

　"그럼, 란드룩에서 만나면 우리 반갑게 인사하기로 해요. 먼저 갑니다."

　계곡에는 철제 다리가 놓여 있다. 맞은편에서 꼴을 진 열댓 살 사내아이가 걸어오기에 생각난 듯 손전화를 꺼내 사진을 찍으려는데, 그가 벌써 눈앞에 다 와버렸네. 그때 생각난, 나이 열두 살

안나푸르나 트레킹 중
모디 콜라(모디 계곡)의
여러 다리 가운데
하나쯤은 건너게 된다.
"당나귀가 지날 때는
멈추고 기다렸다 건너"
라는 안내문이 붙은,
지누단다에서
만날 수 있는
287미터에 이르는
거대한 출렁다리.

이면 집안을 건사해야지, 그렇게 산마을에서 제도학교를 다니는
대신 어미 일을 거들며 열여섯까지 산 한 아이의 이야기는 뒷부분
에 다시 쓰기로 한다.

　란드룩으로 오르는 길, 비탈을 따라가다 앞서와 같이 생긴 쉼터
에서 땀을 닦자니 세 곳에서 물소리가 모인다. 막 지나왔던 모디
콜라와 오른편으로 안나푸르나 뉴브리지 쪽 폭포, 뒤쪽으로 란드
룩 마을 위 어디쯤에서 일으키는 물소리겠다. 더하여 아이들 소리
가 얹힌다. 어디나 아이들이 태어나고 자라고 세상은 계속된다.

"전에는 길에 애들이 그리 많은 줄 몰랐어요. 물꼬를 만난 뒤로 아이들이 보이더라구요."

물꼬에 자원봉사를 왔던 젊은 친구가 세상에 아이들도 있다는 걸 처음 알게 된 양했던 말이었다. 관심이 가면 보인다. 들꽃도 그리 알게 되지 않던가.

두고 온 사람 하나가 소리를 따라 여기까지 집요하게 따라온다, 내가 떠나왔는지 그가 남았는지 미처 알지 못하는. 귀로 코로 입으로 손으로, 온 감각으로 우리는 언제나 아무런 대책 없이 과거에 무방비로 열려 있다. 내게 신호도 주지 않고 내 앞에 서버리는 사람. 다시 밟기 시작한 돌계단마다 무수한 말을 하지만 맥없는 사랑처럼 모다 흩어지고 남는 말은 불과 몇 자, 몇 문장이다. 당신에게 보낸 무수한 글월의 목적이 다 당신의 마음을 움직이려는 것이겠지만, 겨우 한 마디라도 닿을 수 있다면, 안타까운 관계 하나에 이르는 길도 이 여행에서 만날 수 있다면 얼마나 좋을까!

간드룩과 계곡을 사이에 두고 대칭물처럼 있는 란드룩은 안나푸르나 트레일에서 규모가 가장 큰 마을이다. 식당도 널렸고, 식당을 포함한 로지 또한 그만큼 많다.

마을 길에서 싱가포르 친구를 기다리기로 했다. 여행사를 통해 가이드도 구하고 묵을 곳을 예약했다 하니, 점심을 먹기에 아무렴 믿을 만한 식당으로 가지 않을까 하는 셈이었다. 마을 양편으로 다닥다닥 붙은 집들 사이로 담장 없는 집들도 많아 그들의 삶을 기웃거려보기도 하며 해찰을 하고 앉았다. 돌이 널렸고, 그 돌을 가지런히 쌓은 집들의 비질로 윤기 나는 마당은 산사의 앞마당을 떠오르게도 했다. 란드룩은 마을 규모가 달라서인지 여느 마을의 여염집들보다 사는 게 넉넉하다는 느낌을 준다. 마당만 해도 흙보다 돌로 된 곳들이 많았다.

2014년 가을 이곳을 지날 때 차가 올 수 있도록 길을 닦는다며 마을 한쪽 길을 헤집고 있었더랬다. 한국에서라면 2W라 불리는 작은 굴착기라도 썼으련만 대여섯 사내들이 곡괭이로 바위를 깨부수고 있었다. 2017년, 아직도 그 바위를 깨고 있을 것만 같은 그 길은 얌전하게 차리고 있더라. 마을마다 그 많은 돌계단을 낸 바로 그 손들이 했을 일이었다.

지나온 곳 어디에 묵어버리려나, 목을 길게 빼고 있자니 그 여자의 가이드가 먼저 나타났다.

그들이 묵을 로지로 따라가 마당의 식탁에 앉았다.

"이건 좀 색다른 팔찌로 보이는데……."

우리의 대화는 내 왼 손목의 세월호 노란 기억밴드부터 시작되었다.

"이건 기억의 의미야, 저항의 상징이기도 하지. 데모이기도 한. 3년 전(당시로부터) 큰 여객선이……."

란드룩의 여염집.

"나, 알아!"

2014년 4월 16일, 그는 어머니와 제주도를 여행하고 있었더란
다. 마침 동생이 한국에서 영어교사를 하고 있다고 했다.

"…… '움직이지 마!', 안내방송이 그랬어!"

그가 말했다.

4.16.

4월 16일 아침은 카뮈의 소설 《페스트》의 첫 장면이자, 페스트

의 창궐이 시작됐음을 알리는 바로 그날 아침이기도 했다! 1940
년대 페스트가 잠식한 도시, 오랑에서 살고 죽는 이야기였다.

2014년 병풍도 앞바다에 빠진 건 세월호만이 아니었다. 5.18로
나뉘었던 한국 현대사의 앞과 뒤는 다시 세월호를 사이에 두고 전
후가 되었다. 그것은 우리가 가난하고 무지하기에 겪는 고통이 아
니었다. 우리 모두 한통속으로 좇아온 돈과 안락에 대한 경고였
고, 사람이 사람으로 살기 위해 정말 필요한 게 무엇인가를 새삼
묻는 사건이었다. 대한민국의 일상이 세월호였던 것이다.

적어도 죽음 앞에서는 동일할 줄 알았던 주검의 가치도 무참히
무너지는 나라에서 유가족인 한 엄마가 말했다. 먹고사느라 사회
적으로 고통받는 이들에 대해 나와는 상관없는 거라고 무관심했
는데, 결국 평범했던 자신의 이야기였다고, 사회 문제에 침묵할
때 그 화살이 결국 자신에게로 왔다고.

나는 세월호 사건을 현실로 받아들이는 데만도 오랜 시간이 걸
렸다. 사는 일에 맥이 다 풀려 있을 때 김탁환의 《거짓말이다》를
읽었다. 4.16 세월호에서 깊고 차가운 바다 밑 좁고 어두운 선실
안으로 내려갔던 잠수사들 이야기다. 그들은 시신을 끌어올렸다
고 하지 않았다. "모시고 올라왔다"고 했다. 종후와 나래를 모셔오
는 과정에서, 그가 겪는 트라우마로 환청과 환상에 시달릴 때, 종
후 아버지가 광화문에서 물대포에 쓰러진 나 잠수사를 지키려 끌

어안을 때, 종후의 아버지가 모셔온 친구들의 사진을 찍어 진도체육관으로 전송할 때, …… 나는 울고 또 울었더랬다.

울 만큼 울고 나자 그 끝에서 뜻밖의 힘이 났다. 우리가 슬픔에 충분히 우리를 내주어야 하는 까닭도 그 하나일 것이다. 세월호를 겪고도 여전히 밥을 먹고 설거지를 하고 웃는 사람살이가 참 허허롭다가, 불의에 무엇 하나 하는 일 없이 제 일상이나 겨우 건져 올리는 삶이 비루하다가, 그 시간들에도 그나마 나날을 살 수 있도록 해준 건 함께 가는 건강한 동지들과 아이들이었다. 나라도 구하지 못하는 가난을 이웃이 구하는 것도, 나라는 우리를 배신해도 사람이 사람으로 구해질지라. 바사기인 내가 그나마 무사히 세상을 살아가는 건 순전히 그 벗들 덕이었음이라. 책을 읽는 시간이 먼 길을 떠나기 전 고쳐 매는 신발 같은 시간이었다고나 할까. 내 일상을 더욱 굳건히 살아내면서 세월호 관련 공연물을 보거나 먹을거리를 사서 농성장을 방문하거나 잊힌 사람들에게 혹은 자본의 논리나 언론의 방향대로 말하는 사람들에게 세월호의 진실로 향하는 이야기들을 전했고, 《거짓말이다》를 권하거나 사주었다.

세월호로 시작한 우리의 대화는 나오미 클라인의 책 《쇼크 독트린》으로까지 이어졌다. 1997년 아시아 금융위기, 2003년 이라크전, 9.11테러와 뉴올리언스 허리케인 카트리나, 사람들이 엄청난 재앙에 놀라고 당황할 때 다국적 기업이나 통치 세력들은 자신들이 원래 하고 싶었던 것을 더욱 강력하게 전개한다는 일명 '재난 자본주의'를 다룬 책이다.

그리고 이런 재앙들이 사람들이 가지고 있던 기존의 가치를 의심하게 하며, 궁극적으로 시민사회가 재구성되고 그 속에서 새로운 사회적 출발점을 만들고, 이타주의라는 인간 본성과 연대 의식을 경험하게 된다던 《이 폐허를 응시하라》도 읽었더랬다. 어눌한 말의 열변이라니.

한눈에 사랑에 빠져버린 사람들처럼 여행지에서 채 한 시간도 안 되어 아주아주 가까운 사이라고 믿게 되는 경험이라니!

우리는 급속도로 친해져 있었다. 퍽 사적인 이야기로 옮긴 주제만 보아도. 아이 셋을 둔 주부인 그녀는 어머니를 저승으로 보내고 삶에 큰 변화를 겪었단다. 도시의 삶, 자본 아래서의 삶, 이 시대의 삶에서 그 흐름으로부터 큰 집, 큰 차 대신 다른 꿈을 꾸기 시작했다지. 자연히 같은 생각을 하는, 내가 꾸리는 산골 작은 배움터 자유학교 물꼬로 이야기는 전개되었다.

"사람이 사는 데 그렇게 많은 게 필요치 않아. 그래서 단순하게 살고 있어……. 뭘 가르치겠어, 나부터 잘 살아야지. 그래서 아이들의 학교에서 어른의 학교로 더 큰 비중을 가진 학교로 변화됐어. 우리 어른들이 행복해야 그걸 보고 아이들도 꿈을 꾸지 않겠어? 아, 어른이 된다는 건 저렇게 괜찮은 거구나, 하고 말이야."

어찌나 장단이 잘 맞는지 날밤이라도 새겠더라.

"올해부터 우리 학교에서는 템플스테이 수도원스테이 같은 일정을 해볼까 해."

그가 반기며 아이들과 함께 참석하고 싶다고 했다. 거기에는 내가 보여준 우리 아이의 사진이 한몫했잖았을지. 거침없이 산골을 누비고 자란 아이는 사진에서 그 환희를 담은 웃음과 산골에서 자란 아이의 상징처럼 빨갛게 튼 볼을 지니고 있었다.

"정말 건강하고 행복해 보인다!"

마침 7월에 한국에 올 계획이 있던 그였다. 예전에 한국의 템플스테이도 간 적이 있다지.

여행지에서 만나는 이들과 확고한 약속은 피한다. 여행이 주는 특수한 상황이 혹 약속을 남발하게 할 수도 있으니까. 하지만 머나먼 곳에서 만난 가치관이 비슷한 두 여자는 아주 오래 알아왔던 사람이 되어 구체적인 약속을 잡게 되었더라지.

어, 그런데 이 식당은⋯⋯.

2장

마르디 히말, 그 빛나는 기억

비단 옷자락이
한들한들

우리가 여행을 한다는 것은 일상에서 무뚝뚝한 얼굴이 되
어버린 내 마음들을 건드리는 일일지도 모르겠다.

잠시 다리나 쉬자며 시작한 세월호 이야기에 점심이 늦어졌다.
간드룩에서 오는 길에 알게 된 싱가포르 친구와 란드룩의 한 로지
식당에 앉아 있다.

"앗, 나 여기 왔었어!"

낯이 익다 했더니, 지난번 ABC 트레킹을 다녀오며 일행들과 갈
라져 따로 들린 곳이 바로 이 식당이었더라니. 집을 멀리 떠나 있
으면 엄마에게 떨어진 아이처럼 모든 감정이 과장된다. 물갈이를
하여 배탈이 나는 일처럼 몸의 세포만 예민해지는 게 아니다. 더
슬프고 더 서럽고 더 아프고 더 무섭고 그렇다. 또한 긍정적인 감
정도 마찬가지다. 더 기쁘고 더 놀랍고 더 감동이다. 여행길에서
만나는 작은 우연들이 대단한 운명인 양 마음을 흔든다.

그해 산꾼들 몇몇과 ABC 트레킹을 하다가 일행들은 도중에 더
걷기를 멈췄다. 그네는 뉴브리지에서 간드룩 쪽으로 가서 지프를

타고 포카라로 떠났고, 계속 트레킹을 하려던 나는 다리를 건너 란드룩으로 내려왔더랬다.

오랜 시간이 아니지만 까마득한 순간들이 있다. 기억하고 싶지 않거나 일상에 묻히거나 너무 먼 거리 때문에 아주 먼 이야기로 느껴지는……. 내가 두고 왔던 어느 한때가 그리 되살아났나니. 당시 산을 내려간 일행들과 떨어져 트레킹을 계속하던 나는 또 다른 동행 하나와 낮밥을 먹었다, 여기서. 쓸쓸했다고 기억한다. 그간 나는 그때 일을 입에 올리지 않아 왔다. 아무렴 나쁘자고 한 일이었을까. 같이 먼 나라로 떠나 좋은 산행을 하고 싶었으나 그만 두 패로 갈라졌던 일행이었다. 싫어하고 시기하고 따돌리고 오해하고, 그 일은 청소년들도 아니었고 젊은이들도 아니었고 나이 오십 전후인 여섯 어른 사이에서 벌어진 일이었다. 어느 한쪽만의 문제는 아니었을 것이다. 나는 괜찮고 당신은 나빴기에 일어난 일이 아니었다. 우리 삶은 우리가 살아왔던 날들로부터 결코 도망가지지 않는다. 달아나더라도 결국 대면해야 하는 것이 생이고 만다. 서로 다시 만날 일이 없어도 또 이렇게 만나게 되는 과거다. 그 불편한 시간이 내게 다시 살아나 휘젓는다면 한번쯤 되짚어야 하는 숙제도 이 여행이 안은 셈이런가.

"이제 가야겠어."

싱가포르 벗과 한국에서 만날 것을 기약하며 헤어졌다. 그는 여기서 묵고 톨카로 내려간다 한다.

네팔을 떠나는 날을 따져보니 같은 날이다. 그는 낮이고 난 밤이지만. 그게 또 마치 대단한 운명이라도 되는 양 호들갑을 떨게 했더라지. 그가 "카트만두에서도 만날까?" 했지만, 약속이 생기면 쫓기게 됨을 안다. 여기서 안녕.

"한국에서 보기로!"

로지 주인에게 포레스트 캠프의 방향을 물으니 마을 중심길을 따라갈 것 없이 이 식당 뒤로 해서 마을 안길로 질러가라고 했다. 하지만 몇 걸음 가지도 않고 길을 헤맨다. 돌담에 앉아 있던 할머니가 손짓했다.

'여기야, 여기. 일루 와!'

말이 아니었고 그저 손짓이었지만 그의 말이 들렸다. '행색으로 아는 거지, 가봐야 어딜 가겠어, 트레커겠지.'

어느 소설의 구절이 따라온다. 할머니 때문이었을 것이다. 아프리카에서는 갓난아이의 죽음보다 노인의 죽음을 더 슬퍼한다지. 많은 경험을 쌓은 노인은 부족의 나머지 사람들에게 도움을 줄 수 있지만, 갓난아이는 세상을 경험해보지 않아서 자기의 죽음조차도 의식을 못 한다는 것. 그런데 서구에서는 갓난아이의 죽음을 더 슬퍼한단다. 살았더라면 아주 훌륭한 일을 해낼 수 있었을 아기의 죽음을 안타까워한다고. 노인은 살 만큼 살았다고 생각하기 때문

117

이라던가. 갓난아이의 죽음을 애달파하지 않아서가 아니라 노인들이 힘을 발휘하는 사회가 그 사회의 건강함의 척도라고 나는 믿는다. 적어도 애써 산 세월에 대해 마땅히 보살펴주어야 한다는 일종의 의리라고도 할 수 있을 것이다. 이 산자락에서 마주치는 노인들로부터, 이 사회가 '늙음'이 곧 '지혜와 위엄'을 뜻하는 알래스카 이누이트(흔히 '에스키모'라 부르지만 이 말은 '날고기를 먹는 인간'이라는 서구식 눈으로 만들어진 낱말이라지. 그들 스스로는 'Innuit〈인간〉'라고 부르는) 사회처럼 여전히 그들을 대접한다는 인상을 받았더랬다. 내가 네팔을 사랑하는 또 하나의 까닭이기도 하다.

마을을 벗어나 산길에는 닿았지만 다시 길을 모르겠다. 대개는 트레일을 뜻하는 흰색과 파란색의 표시가 바위 혹은 나무에 그려져 있지만 초행자에겐 그리 친절하지 않다. 올라온 길 끝에서 벌써 왼쪽인가, 오른쪽인가 하다 왼쪽을 택해 가보지만 또 얼마 못 가 벌써 이 길인가, 저 길인가 갸웃거린다.

좀 더 나아가 보기로 한다. 간드룩에서 밤에 가이드가 가리키던 방향을 봐서도 왼편이 맞다, 틀림없다고 생각한다. 마침 저 꼭대기에 보이는 것이 팻말인 듯하다. 그러나 저기까지 올라갔는데 가려는 길이 아니라면 어쩌나. 확인하러 가보기엔 너무 가파르고 멀다. 최대한 사진기의 줌을 당겨 팻말을 보려는 방법도 시도해보지만 헛일이다.

포레스트 캠프.

그때 나무를 하러 산을 오르는 마을 사람들을 만난다.

"빨리빨리!"

한국어다. 저들을 좇아오란다. 영어는 몰라도 이 정도의 한국말
은 다 아는 네팔리들이 절벽 같은 산길을 뛰다시피 앞서가며 채근
한다. 떠나려던 기차에 막 올라탄 것처럼 그렇게 마르디 히말 트
레일에 정신없이 올라섰더랬다. 서고야 말았다. 90도는 바로 이런
각이라고 느낄 만큼 몰아치는 길이었다. 새로 길을 다듬은 느낌을

주는, 마른 땅을 파고 다져지지 않아 푸석하게 흙 날리는 길이 여러 곳이었다.

끝까지 채운 호흡을 몇 순배 보낸 뒤 수직으로 오르기만 하던 길은 숲을 자르는 듯 수평으로 평온해졌다. 나중에 이번 트레킹의 첫손가락에 꼽는 길이 된 이곳은 컴컴할 정도의 깊은 숲길이 마치 뉴질랜드의 국립공원인 양 이어졌다. 이끼로 감싸인 넝쿨들이 커다란 나무들 사이를 발처럼 내리고 큰 나무 사이에서 제 터전을 잘 잡은 두툼한 풀들이 불룩불룩했다. 천 년쯤은 지나간 사람 하나 없었지 싶은, 짐승조차 다니지 않은 듯한, 그래서 나무가 사람처럼 걸어 다녔을 것 같은 전설 속을 걷는 듯했다. 이러니 간드룩에서 만났던 그 가이드가 "거긴 정글"이라며 위험하다했던 게다. 하지만 그만큼은 아니다. 길은 더러 경사도가 퍽 높기도 하지만 가벼운 산책로처럼 수월한 곳도 오래다. 게다 외길.

해가 쨍쨍한 날이어도 볕이 닿기 어렵겠다. 오랫동안 사람 발길이 닿지 않았으리라는 짐작이 어렵지 않은 길은 숲이 주는 고요가 잠겨 아득한 경건의 세계로 사람을 이끈다. 하지만 역설적이게도 조용함으로 속안(俗眼)이 시끄러워지기 시작한다. 한국에 두고 온 사람 하나가 다시 여기까지 따라왔다. 이 아린 곳이 가슴이구나, 그렇게 되살아나는 사람, 생각도 관성이 있어서 풀자고 하는 말들이 외려 오해를 낳고 끝끝내 그렇게 그 끝을 모르겠는 길로 가버

2014년 란드룩에서 톨카로 내려오며 만났던,
제 발보다 아주 커다란 신발을 신고 있던
이 아이들은 지금 어디에 있을까.

렸다. 오해를 시작한 마음에는 어떠한 팩트도 소용이 없다. 다시
비행기에 오를 땐 풀어 헤쳐진 이 마음도 정리가 좀 되려나.

사람 하나 겨우 걷는 길이다. 산에서 내려오는 네댓의 네팔 젊
은이들 무리를 만났다. 카트만두에서 왔다고 한다. 서로 빠듯하게
비껴가야 하니 말 섞을 새가 짧다. 이어서 샌프란시스코에서 왔다
는, 대나무 지팡이를 짚고 혼자 내려오는 여자와도 마주친다. 나
는 씩씩한 여자들을 정녕 사랑한다! 포레스트 캠프를 물으니 물

을 것 없이 이 길만 타고 가는 어렵지 않은 길이란다. 천천히 가도 해가 남을 거라고 한다.

우거진 나무로 오롯한 길은 속내평을 곰파게 한다. 걷는 동안 두고 온 것들이 혹은 내일의 것들이 내 발보다 빨리 가 있기도 했고 따라오기도 했다. 혹 지나쳐서 먼저 빨라진 걸음으로 내 영혼이 뒤처져 있지 않은가 가끔은 뒤를 돌아보았다지, 인디언들처럼.

5시, 길이 끝났다. 옅은 안개가 어둠처럼 감겨 있는, 로지 세 개가 전부인 포레스트 캠프(카르고 포레스트 캠프). 만들어진 지 7년이라고 했다. 막 시즌이 시작되어 손님이라곤 아직 없다. 그래서 방도 싸게, 원하는 방을 마음껏 고를 수 있었다.

그 옆에 주인네의 조카가 또 로지를 짓는단다. 인도에서 온 목수 둘이 더하여 일을 하고 있었다. 영어를 한마디도 못하는 인도 사람들이었다.

저녁을 먹고 식당에서 난로를 피우고 둘러앉았다.

"이 댁에도 마들 있지 않아요?"

우리의 장구쯤 되는 전통악기, 규모는 더 작은, 마들을 들먹이자 사우지(남자 주인장을 일컫는 네팔어)가 탬버린까지 꺼내온다.

마들을 안은 사우지가 탬버린을 내게 들려줬다. 우리네 〈아리랑〉 같은 그들의 〈렛삼삐리리〉부터 같이 부른다.

렛샴삐리리리 렛샴삐리리리

우데라 쟈우키 다라마 반잘 렛샴삐리리리

비단 옷자락이 한들한들 비단 옷자락이 한들한들~

날아가자~ 산골짜기에 비단 옷자락이 한들한들~

마들을 잠시 배워 연주도 했다. 감탄한다. 우쭐해 한다. 사실은
처음 하는 연주라고 했지만 가끔 설장구 공연을 할 때가 있다. 타
악이란 게 형태가 달라도 서로 닿는 게 있지 않겠는지.

"들었으면 하기도 해야지!"

노래가 건너다니고, 자겠다고 이미 들어간 친구도 불러 나온다.

"노래가 있으면 춤도 있어야겠지?"

나도 다르지 않았지만 모두 수줍음이 많은 이들이었다. 하지만
대단한 춤만이 춤일까. 쑥스러워하며 간들간들 살짝 흔들고 모자
라는 건 박수로 메웠다. 마르디 히말의 밤도 함께 출렁이며 깊어
가고 있었다.

"이런 건 그냥 보는 게 아니야!"

사우지를 부추겨 여러 노래를 들으며, 나부터 지폐 한 장을 내
놓고 사우니며 사람들 모두에게도 관람료를 얹으라고 한다. 그래
봐야 이 로지에 사람이라고는 나를 비롯한 손님 둘에 주인장 내
외, 이네의 조카, 목수 둘이 전부다. 세계의 한 구석, 그것도 거대

한 산자락 어디메서 하룻밤을 같이 묵게 된 인연들에게 애틋함이 일었다. 외로움을 견디기 힘들어서가 아니라 인간 존재로 지닌 애잔함을 나누고자 하는 절박한 호소쯤이었다 할까.

자리가 파할 무렵 저 돈으로는 뭘 하려는 걸까, 사람들이 궁금한 눈으로 날 보았는데…….

빨래가 모두 몇 장이지요?

나는 시인들을 경외한다. 그들이 가진 선지자적 예지력, 세계를 보는 은유와 상징, 그리고 통찰력에 놀라고는 한다. 지나치게 의미하지 않고, 처음으로 되돌아가서 읽어야만 하는 게 아닌 내리 읽히는 쉬운 시라면 시인을 더욱 다시 보게 된다. 내게 4.19는 이영도 시인의 〈진달래〉로 진홍빛이었고, 시와 노래가 그 결을 같이 한다지만 한태근이 곡을 붙이며 죽은 자는 죽은 자로 애달프게, 그리고 살아남은 목숨은 목숨대로 결연하게 하는 먹먹함이 더했다.

포레스트 캠프의 로지들(그래 봐야 겨우 세 채가 전부인) 뒤란에는 꽃이 흐드러진 아주 커다란 랄리구라스 세 그루가 서 있었다. 시작이구나, 봄이. 진달래 산천처럼. 장하게도 핀 랄리구라스.

온통 산을 뒤덮은 랄리구라스도 노래 한 줄 있을 법하다. 세계에서 1인당 국민소득이 가장 낮은 나라 중 하나인 가난한 조국을 떠나지 않고도, 고향에서 밥을 벌고 자식을 가르치고 일하기를 꿈꾸며 싸운 이들의 열망이 담겼을 법. 인민 전쟁에 흘린 피가 랄리구라스 핏빛에 스미지 않을 턱이 없겠다 싶다.

네팔은 제2차 세계대전 이후에도 줄곧 왕정을 유지하던 나라다. 1950년대부터 민주주의를 염원하는 세력과 국왕 사이의 힘겨루기가 있었고, 마침내 1990년 인민봉기로 왕정이 무너져 1991년 총선에서 마르크스·레닌주의 네팔공산당(ML)은 왕정파라 할 네팔회의당과 양당 체제가 된다. 하지만 또 다른 좌파 마오주의 네팔공산당(M)이 1996년 왕에게 인민전쟁을 선포, 내전 중 2005년 11월 모든 주요 정당들의 합의로 왕정폐지와 다당제를 기반으로 하는 민주연방공화국을 표방한다. 그러나 내전은 계속되고 M이 무장투쟁으로 전체 국토의 80퍼센트를 차지하는데, 뜻밖에도 2008년 유혈 혁명을 앞두고 제헌 의회를 위한 총선에 참여한다. 사회경제적 계급 이념으로는 지역, 종족, 카스트 등 다른 소외된 정체성 집단을 포용하기 어려워 공산혁명에 한계를 느꼈던 것이다. 그리하여 M이 주도하는 연립 정당이 과반의 지지를 받아 정권을 장악하여 세계사에 유례가 없는 선거를 통한 공산주의 국가 정부가 들어섰다. 이후 반군을 정규군으로 전환시키는 문제를 둘러싸고 다시 갈등과 분열을 지나 2013년 헌법 반포를 위한 제2대 총선에서 공산당 정부가 다시 정권을 잡았다. 자본주의 경제체제는 유지하는 네팔식 공산당이다.

2016년, 한국의 한 시사 잡지에서 흥미로운 기사도 읽었다. "네팔 정계에 부는 이상한 코리아 열풍"이라며 "한국의 통일교 교리당을 이념으로 삼은 네팔가정당이 평화재건부 장관을 배출하고 김일성 주체사상을 기반으로 한 네팔노동자농민당이 박타푸르

포레스트 캠프 뒤란의
랄리구라스.

지역에서 지지율 100퍼센트"라는 기사였다(총 597석인 네팔 의회에서
각각 2석과 4석을 차지한 이들 당의 존재감은 아직 미미하나).

　히말라야 산속에서 가끔 마오주의자들로부터 통행세를 요구받
았다는 소문을 들어는 보았으나 거리는 여전히 가난한 풍경, 마른
먼지 날리는 나라, 아직 지진의 여파가 가시지 않은 나라일 뿐이
다. 100여 개의 카스트와 종족이 있고, 100여 개의 서로 다른 언어
가 있으며, 동시에 큰 도시에는 여행객들이 뒤섞여 걷고 있다. 정
권이 어디로 갈지는 모르지만 먹고사는 일이 가장 중한 것인 줄로
안다.

뭔가를 지키거나 얻기 위해 싸운 이들이 있었고, 오늘 내가 쉬 디딘 이곳으로의 걸음도 그 덕을 보았을 것이다. 내가 한국에서 태어났듯 누군가는 네팔에서 태어났고, 내가 80년대 화염병 뒹구는 거리에 있었듯 그도 민주화를 요구하는 시위대에 있었을 것이고 나도 그때를, 그도 그때를 기억하고 있을 테지. 그리고 그것을 어떻게 기억하느냐에 따라 우리 삶은 또 다른 어떤 방향을 향해 가고 있으리.

"삶은 한 사람이 살았던 것 그 자체가 아니라 현재 그 사람이 기억하고 있는 것이며, 그 삶을 얘기하기 위해 어떻게 기억하느냐 하는 것이다." 세상을 떠날 때까지 엄지로만 타이핑을 했다던 마르케스는 그의 자서전 《이야기하기 위해 살다》에서 첫머리를 이렇게 열었다.

오늘 나는 안나푸르나의 랄리구라스 꽃 앞에서, 빵이든 자유든 그것을 향해 뜨거웠을 젊은 피들을 향해 조의를 표하나니.

간밤 로지의 식당 난롯가에서 사우지, 사우니를 비롯해 묵었던 이들이 둘러앉아 사우지가 마들을 연주하며 들려주는 노래에 젖었다. 더러 답가도 부르고, 네팔 전통 노래를 같이 부르기도 했으며 몸을 흔들기도 했다. 이런 걸 그냥 보는 건 예의가 아니라며 나부터 지폐 한 장을 식탁 위에 얹자, 다른 이들도 지갑을 열었고 자리를 털 즈음 모인 돈을 사우지에게 건넸다. 뜻밖이라는 표정으로

어리둥절해 하던 그가 맥주(네팔의 기본 식사인 달밧의 족히 서너 배가 되는 가격)를 내주어 한잔씩들 마셨더랬네.

출근 시간이 없는 아침, 해찰할 것 다 하고 로우 캠프까지 가도 두어 시간이면 도착한다 했다. 경치가 좋다는 바달단다('미들 캠프'라고도 하는)까지 가서 묵을 생각을 해도 서너 시간이면 충분하다.

숙소의 처마 아래는 기둥마다에 화분이 놓였다. 로지가 아니어도 처마를 받친 기둥이나 난간에 꽃이 좋은 네팔이다. 생화 사이로 조화들도 꽂혀 있었다. 먼지를 뒤집어 쓴 화분을 내려 잎을 닦고 꽃을 닦고 분을 닦았다. 그런 걸 왜 하냐고 주인장이 말렸다.

"한국에서라면 저는 이런 일을 하며 아침을 시작했을 겁니다."

우리집 것인 양 식당 안과 바깥의 식탁보의 먼지를 털기도 했다. 설거지까지 하려다가 그건 과하다 싶어 말았다. 뉘 집 냉장고면 어떠랴, 어디 가면 앞치마부터 매고 그리 움직이곤 한다. 청소에 무슨 기술을 가졌거나 유달리 착하거나 대단한 깔끔돌이어서가 아니라 내 선 곳이 내 부엌이려니, 우리집이거니 여긴다. 그렇다고 내 집 냉장고를 그리 치워대느냐, 그건 또 아니다. 대장간 네에 쓸 만한 연장 하나가 없더라지 않던. 그런데 내가 그 댁을 치우고, 그 댁네가 또 댁네의 이웃을 치우고, 그 이웃이 다른 이웃을, 그러다 누군가 와서 우리집을 치우는 날도 있잖을까. 그런 아름다운 선순환이 어딨느냐 말이다. 실제로 나는 그 선순환을 내가 일하는 현장인 '자유학교 물꼬'에서 만난다, 아무런 대가 없이 기꺼이 손발 보태는 이들을 통해!

평화가 이런 게 아닐까 싶은 아침이다. 하기야 해주는 밥 먹고 아니 좋을 게 뭐람. 책임져야 할 나날의 삶이 여기 따라와 있는 것도 아닌데 무엇인들 좋지 않을까.

사람들이 물꼬 가고 싶다, 물꼬 밥 먹고 싶다고들 한다. 하지만 이래서 못 오고 저래서 못 온다고 안타까워할 때면 이리 던진다.

"사흘도 지 맘대로 못 하는 생이 무슨 내 생이여?"

이곳에서 보내는 시간은 정말 내 생으로 쓸 테다.

아침의 평화를 사우니가 완성시켰다. 차를 내왔다. 선물이라고 했다. 내 아침노동에 대한 감사라 한다.

방물장수며 마을에 오는 객들에게 곧잘 밥을 먹이던 외할머니를 생각했다. 외할머니는 밥 잘 먹으면, 사람이 참 좋더라 했다. 로지는 주인네의 결처럼 밥도 퍽 맛있는 집이었고, 그 밥 잘 먹어나는 좋은 사람이 됐다. 집밥 같은 밥, 여행자에게는 그 얼마나 행운이던가. 그것도 주부에게는 수고 없이 앞에 놓이는 밥상은 늘 감동이라.

그런데 음식 맛도 결국 태도 문제가 아닐까. 요리하는 이의 실력과 정성, 좋은 재료 덕이기도 하겠지만 먹는 자의 자세와 태도라. 더하여 살갑게 나누는 이야기들이 밥을 더 맛나게 했을 테다.

마치 친정에 와 있는 것만 같았다.

"Good food ends with good talk!"

네팔의 산속에서 부부가 오늘을 살아가는 이야기에는 형제들이
며 조카들이며 그들을 둘러싼 사람들과 그들이 기억하는 것들이
담겼다. 어디라도 사람살이 매한가지라. 이네의 또 다른 조카가 한
국에서 일을 한다지. 부부는 그가 보내준 가방이며를 자랑하기도
했다. 너무 좋아서 쓸 수가 없다며 시렁에 잘 올려둔 가방이었다.

랄리구라스 세 그루 앞의 넓고 평평한 땅에 주인네의 조카가 로
지를 짓고 있었다. 인도 목수 둘이 나무를 켜고 있다. 먼 곳까지
와서 밥벌이를 해야 하는구나. 꼭 영어를 못 해서가 아니라 형편
이 좋은 사람들은 아닐 거라는 어림을 했다. 굴착기 없이 땅을 고
르고 쓰는 연장들이 옛것들이다. 우리네 옛적 쓰던 것들과 닮았
다. 전기 사정 때문만은 아닐 것이다.

산마을의 낡고 오래된 물꼬 살림은 손이 많이 간다. 사람을 불러
도 작은 일에 잘 오지도 않고 궁벽한 살림에 일꾼을 부르기가 쉽
지도 않다. 내가 하고 말지, 자연스레 손수 연장을 들었다. 그렇게
의자도 만들고 장도 만들고 웬만한 것들 수리를 하고 산다. 직접
하고 보니 보는 눈도 늘었다. 집 짓고 가구 만드는 일을 눈여겨본
다. 손길과 눈길의 차이. 집을 그리는 것도 그럴 것이다. 손길이 있
는 이는 기단부터 그리고, 눈길만 있는 이는 지붕부터 그리겠지.

나무 다루는 일의 고단함이 읽혀 뭐라도 거들고 싶더라만 오늘 그는 그의 길을, 나는 나의 길을 갈 것이다.

여행지에서는 다시 그 자리로 돌아온다는 보장이 없다. 더구나 이번 같이 일정을 미리 짜고 묵을 곳을 예약한 게 아니라면 더욱 그러하다. 예정에 없이 어느 곳에서 하루 이틀을 더 머물기도 할 걸음이라. 더구나 돌아오는 길이 외길이 아니라면 다른 길로 하산 을 할 수도 있잖겠는가. 로우 캠프에서 시딩(Sidhing)이라는 곳으 로 내려오는 또 다른 길이 있다고 들었다. 그리 가게 될지도 모를 일이다. 하지만 이곳으로 돌아오리라 마음먹었다. 선한 주인 내외 가 그리 끌어주었다. 그렇다면 짐을 좀 맡겨도 좋겠지. 작은 배낭 을 꺼내 3킬로그램(널어놓은 빨래 포함)의 짐을 덜어냈고, 가루비누 까지 쓰라는 주인의 친절을 업고 겉옷들도 마저 빨아 주욱 널어놨 다.

마치 친정집을 나서듯 로지를 나섰다. 이제부터 길 옆으로 나는 풀을 베내는 일로 바쁠 거라는 사우지도 낫을 들고 움직이기 시작 했다. 이 길이 이토록 윤이 날 수 있었던 건 나무하러 오가는 마을 사람들과 트레커들 덕도 있겠지만 무엇보다 이곳에서 사는 이들 의 노고가 있어서일 것이다. 인간의 삶은 언제나 찻삯을 내지 않 고 타는 차다. 내 삶이 가능하도록 주위의 번잡한 것들을 치워주는 손길이 늘 있다. 그래서 또 삶이 무한히 고마워진다.

"바달단다에서 자고, 하이 캠프에서 자고, …… 하지만 언제 돌아올지는 확실히 모르겠어요."

"걷어놓을게요. 빨래가 모두 몇 장이지요?"

다시 트레일에 오른다.

그는 영영
돌아오지 않았다

나는 얼굴에 느껴지던 빛의 감촉을 기억한다. 풀을 뜯는 카리부들 사이로 갑자기 질주하던 새끼들, 그리고 결연한 새들이 품고 있던 따스한 알의 느낌도. 그제야 나는 햇빛이 얼마나 자비로운지 알게 되었다. 내 관습적인 인식으로 보자면 말도 안 되지만, 태양이 한밤중에도 빛나고 있기 때문일 것이다. 얼마나 너그러운가. 수세기 동안 이어진 겨울의 증거를 그처럼 웅변적으로 드러내는 땅에 사방으로 넘쳐 흐르는 연민이라니.

— 배리 로페즈, 《북극을 꿈꾸다》 가운데

2017년 2월 28일. 네팔행 6일 차, 트레킹 3일 차.
〈코카르 포레스트 캠프(2,520미터) - 로우 캠프(2,970미터) - 바달단다(미들 캠프; 3,200미터) - 하이 캠프(3,540미터)〉

포레스트 캠프를 나서며 들어선 숲은 랄리구라스, 랄리구라스, 랄리구라스였다.

이 꽃의 만개는 아나 지는 건 모르겠구나…….

다리 쉼을 하며 기댄 고목에는 하얀 난꽃이 나비처럼 앉았다. 겨우 봄을 여는 산이었지만, 그래서 아직 마른 나무도 많았지만 보라색이며 흰색이며 붉은색이며 거의 땅에 붙은 새끼손톱 같은 꽃에서부터 목을 한껏 젖히고 올려다봐야 보이는 가지 끝의 커다란 꽃까지 모든 것이 계절을 알린다. 산은 그렇다. 오는 이들에게 내밀 준비한 선물들이 할머니의 벽장처럼 언제고 있다.

옆 로지에 묵었던 네팔 젊은 청년들 넷도 거의 같이 출발했다. 카트만두의 IT 대학 구성원인 학과장과 교수와 학생 둘. 까치발을 여러 번 하며 딴 랄리구라스를 몇 걸음 앞에서 내게 건네는데 빛싸라기 떨어지는 봄 청춘 내음이 같이 딸려왔다.

랄리구라스는 청춘들의 전령이기도 하리라. 평소 눈여겨 둔 옆집 처자에게 젊은이는 랄리구라스를 따서 연정을 건네기도 했을 테지. 산속에서 목동에겐 먼 곳을 동경하는 아스라한 마음으로 만지락거렸을 꽃이었을 것이고, 나무를 하러 오거나 꼴을 베러 온 아이들이 따먹는 꽃잎이기도 하고, 천식을 앓는 아버지를 위해 술로 빚어지기도 했다던가. 화전처럼 '난(인도, 터키, 시리아, 이란, 우즈베키스탄, 북아프리카, 아랍, 서남아시아, 중앙아시아에 이르는 여러 민족들이 주식으로 삼는 빵)'에 장식하는 꽃잎은 또 아니었을까.

가파른 길을 오르다 기댄 고목,
난꽃이 눈으로 쏟아져 내리다.

　치고 올라가는 산길이라 바닥에 있는 꽃들이 더 많이 눈에 가까
웠을 게다. 발길 바닥에 용담 앵초쯤으로 보이는 봄꽃들이 곳곳에
피어나고 있었다. 원시림 속에서 보는 밝은 색의 작은 꽃들은 밤
하늘 별무리처럼 사람의 마음을 달구었다. 어린 날 얼음판을 지치
다 햇살이 얼음에 닿아 만들어내는 보석이기도 했고, 강가에서 기
우는 해를 등지고 강물에 어른거리던 빛 싸라기를 되살려주기도
했다. 작디작은 꽃들이 가난한 마음 밭에도 사뿐히 이사를 가줄

수 있을 것 같았으니, 지구 역사를 그 어디보다 켜켜이 담은 안나푸르나 산군에서 순간순간 새로이 태어나는 생명들이라, 사방으로 넘치는 연민이라.

급하게 가파른 길이다. 어딘가에서 엉덩이를 걸치고 쉴 적에 교수들과 영어교육에 대해 한바탕 저마다의 생각을 나누었다. 영어를 잘하는 것이 노력의 문제일 수는 있겠지만 마치 그것이 지성의 모두인 양 여기는 문화는 문제 아니겠느냐는 것에 대한 동의들이 있었다. 학과장은 싱가포르와 영국에서 공부를 하고 돌아온 이라 영어에 대해 할 말이 더 많았던가 보다.

가랑비가 뿌린다. 젊은 둘은 앞서서 저만치 가고 나이 먹은 둘은 뒤에서 나와 걸었다. 가끔 먼저 간 이들과 처진 이들 사이는 워키토키를 통한 대화가 오갔다. 일행을 놓칠 때를 위해 준비했다고 한다. 그런데 그런 물건이란 게 갖고 있으면 쓰일 데가 정말 생겨버리고는 하던데…….

2017년의 포카라는 2015년 지진 전인 2014년 11월과 별반 달라지지 않았지만(90년대와 큰 변화가 없는 풍경에 신기하기까지 했다) 산에서는 달랐다. 산이 변한 게 아니라 사람이. 앞서도 말했지만 지난 2년 동안 네팔인들의 자국여행이 눈에 띌 만큼 늘었다. 국민소득 신장, 소비생활의 변화, 그리고 자국의 자산에 대한 시선이 변화해서라고 짐작할 수도 있겠지만 지진을 겪으며 '삶이란 게 별거 없더군' 하게 된 마음 때문일지도 모른다는 생각이 들었다.

카트만두에서 안나푸르나로 트레킹 온 친구들, 동료들, 가족들을 여럿 만났다. 60년대부터 세계 각국에서 오는 등반가들로 북적이던 나라에서 비로소 자국민들도 그 풍경을 같이 즐긴다 싶자 마음이 좋았고, 그런 만큼 늘 개발도상국을 여행할 때면 드는 미안한 마음 역시 줄더라.

여느 걸음으로 1시간이면 족할 길을 2시간 30여 분을 들였다.

"한 친구가 하루에 5,000미터 고도를 올렸다 쓰러졌대."

길에서 만난 이들로부터 들은 소식을 서로 나누며 우린 서로에게 "비스타리, 비스타리(천천히)"를 수없이 주고받았다.

길은 아직 검다. 말을 다 하지 않은 봄이다. 하지만 삶의 시간들이 그러하듯 계절은 덮치듯 우리 앞에 올 것이다. 그것도 어느 순간 눈앞에 너무 빨리 와서 뒤로 밀려 털썩 주저앉을 만치.

출발한 지 불과 얼마 되지 않아 시작한 안개가 로우 캠프에 도착하자 로지가 안 보일 정도로 깊어졌다. 이맘때의 날씨가 대부분 그렇단다. 그래서 종일 가장 맑은 날이 많은 11월이 트레킹에 적기라지. 하지만 이른 아침부터 좀 부지런히 움직이면 이 시즌에도 얼마든지 오전에 산을 넉넉히 볼 수 있다. 저녁때도 구름 걷히는 시간들이 있고.

네 청년들은 내리 하이 캠프까지 갈 거라 하고 고산증을 걱정해

잠시 인사한 뒤 다시 가스에 묻히는
마르디 히말과 마차푸차레.
멀리 보이는 봉우리가 마차푸차레, 그 앞의 산맥이 마르디 히말이다.

더 서서히 오르기로 한 나는 바달단다에서 묵을까 하여 식당에서
같이 기념사진 하나 찍고 헤어졌다.

　고산증 앞에서는 아주 건장한 사람도 쓰러진다 했다. 아직 별다
른 해소법이 없다. 그저 천천히 몸을 적응시키는 것밖에. 물을 많
이 마시는 게 도움이 되고 술은 자제하란다.

　여기도 포레스트 캠프처럼 로지는 세 개가 전부였고, 점심을 먹

은 손님도 우리들이 전부였다. 새로 짓는 로지가 두 채나 있었다. 이 트레일도 머잖아 사람에게 잡아먹히고 말 것이다.

펵 느린 걸음으로 는개비 속을 걸어 바달단다에 이르니 움막에 가까운 로지 비스름한 식당에서 먼저 와 있던 아까의 네팔 청년 넷이 차를 마시고 일어서고 있었다. 두 채의 로지가 있는데 아래의 로지였다. 주인은 아직 트레킹 시즌이 시작되지 않아 산 아래 마을로 내려가 돌아오지 않았다 했다. 대신 가까이서 염소를 치는 이가 이들을 맞고 있었던 것이다.

"여기 좀 그러네……."

바로 위에 그럴듯한 로지가 한 채 있긴 했으나 묵기를 망설이는 내게 청년들이 "괜찮다면 하이 캠프까지 같이 가자" 했다. 시간은 낮 3시 15분. 곧장 가면 1시간이면 닿을 거리.

운무 속이라 불편한 여건이 더 스산하게 느껴진 것도 있었으리라. 무엇보다 주인장이 영어를 거의 못 하는 게 더 문제였다. 때로 낯선 곳에서는 불통이 불편을 더 가중시켜주기도 하니까. 온기라곤 없을 것 같은, 객이라고는 하나도 없는 곳에 들고 싶지는 않았다. 곧 난로에 불을 지피고 물도 끓겠지만, 걸은 거리는 불과 얼마 되지 않아도 높아진 고도와 가파름으로 기다려줄 여유가 없었던 거다.

그리하여 이 트레킹의 마지막 로지, 하이 캠프에 예정보다 하루

일찍 이르러버린 것이다. 비스타리 비스타리. 낮 5시 15분.

도착한 순간, 하늘이 풍경을 열어젖혀 주었다. 드디어 로지 뒤로 모습을 드러낸 안나푸르나 남봉과 히운출리. 하지만 짧았다. 가스(안개)가 다시 삼켜버렸다. 이쪽으로 마르디 히말과 마차푸차레 역시 말간 얼굴로 잠깐 인사만 하고 사라졌다.

하이 캠프에도 세 채의 로지가 다였다. 다른 캠프들처럼 다닥다닥 붙어 있지는 않았지만. 옆 로지에 네팔인 몇몇 일행들이 있다 했고, 아래 로지에도 두셋, 우리 로지엔 우리(이제 일행이 된 네 청년과 함께)만 묵고 있었다. 이 트레일을 개척한 이가 이 로지들 가운데 한 사우지라고 얼핏 들었으나 굳이 물어 그 집에서 묵어야 할 까닭은 없었다. 스위스 한 도시에서 공부한 뒤 자리를 잡고 살다 요 아래 고향인 시딩으로 돌아와, 소와 염소를 치던 목동들이 다니던 길에 트레일을 내고 로지를 지었다지. 누군가 시작하면 그 길을 가는 다음 사람이 생기고, 그러다 길이 된다.

아, 오르던 길에 내려오는 독일, 폴란드 커플들도 각각 만났네. 트레킹에서 마주 오는 이들을 만나는 일은 서로 다리 쉼을 하는 시간이기도, 가려는 방향의 상황을 주고받는 소식통이 되는 시간이기도 하다. 마을 길을 걷다 마주친 이웃과의 수다 같은 담소들을 나누며 헤어진다.

로우 캠프에서 가져온 부탁도 무사 전달했다. 우리 로지의 사우지가 로우 캠프에서 일이 생겼다면서 담배를 전한 것이었다.

"제 동생에게 좀 갖다줄 수 있어요? 저는 내일 올라갈 거거든요."

오래전 읽었던 단편에 있던 어떤 시골풍경이 그러했다. 버스기사가 들판을 지나다 버스를 세워두고서는 들일을 하는 이를 큰 소리로 불러 읍내에서 부탁받은 새참을 전한다. 불과 10여 년 전만 해도, 내가 사는 산마을에서도 그런 일이 더러 있었다. 면 소재지 작은 가게에 버스 편으로 두부 등을 보내 달라고 하고 마을 앞 버스정류장에서 기다리면 됐다.

그런 시절을 지나온 것에 고마워한다. 그런 정감이 삶을 더 따뜻하게 해주었음에 틀림없으므로. 우리가 잃은 것 대신에 많은 것을 얻기도 했겠지만, 나는 자주 그 시절을 아련히 그린다. 그렇다고 옛날이 더 좋았다는 게 아니라 그 시절이 이 시절을 지나가도록 하는 힘이 되어준다는 감사함에 대한 찬사다.

흥에 겨운 동생 바들('구름'이란 뜻이라지)은 일하는 내내 노래를 달았는데, 배달되어 온 담배 세 갑으로 소리가 더 높아졌다. 난롯가에서 우리들의 수다는 끝날 줄을 몰랐는데, 단연 바들이 으뜸이었네.

그런데 바들의 이야기 하나가 우리를 싸늘하게 만들어놓았다.

"지난겨울에 말이야, 이스라엘 남자 하나가 왔잖여. 날씨가 좋

지 않아 베이스캠프로 가려는 걸 말렸는데 굳이 가더라고. 그런
데, 밤이 돼도 안 오는 거야. 이틀이 지나 경찰에 신고했지. 가방
이 내내 여기 다이닝룸에 있었어. 헬기도 오고 구조견도 다섯 마
리나 왔는데, 못 찾았어. 근데, 걔 원래 정신이 좀 이상하더라고."

네팔 청년들(네팔리라고 해서 다 셰르파족처럼 산을 잘 타는 건 아니다)
이 핏기 가신 얼굴로 내일 아침 같이 오르자고 내게 제안했다. 이
시점에선 우리가 같이 가야 하지 않겠느냐는.

내일 아침 일은 내일 아침에!

9시에 다들 잠자리로 갔다.

그런데 한밤중에 남자 대여섯 명이 쇠파이프를 들고 나타났으
니…….

남자 대여섯이
쇠파이프를 휘둘렀다

> 할아버지와 할머니에게 사랑과 이해는 같은 것이었다. 할
> 머니는 이해할 수 없는 것은 사랑할 수 없고, 또 이해하지
> 못하는 사람을 사랑할 수는 더더욱 없다, 신도 마찬가지다,
> 라는 이야기를 하시곤 했다. 할아버지는 그런 게 킨(Kin)
> 이며, 사람들 사이에 일어나는 분쟁의 대부분은 이것이 없
> 기 때문에 일어난다고 하셨다.
>
> — 포레스트 카터, 《내 영혼이 따뜻했던 날들》 가운데

갑자기 고도를 높이지 않으려고 바달단다(3,200미터)에서 하룻
밤 묵으려 했으나 일행이 된 네팔 청년 넷과 마르디 히말 베이스
캠프(4,250미터)까지 내처 닿아버렸다!

안개와 비는 산으로 오르는 길에만 있는 게 아니었다. 떠나간(그
가) 혹은 떠나온(내가) 사람, 그와 동행하던 길도 오리무중이었다.
이해할 수 없는 것은 사랑할 수 없고, 이해하지 못하는 사람을 사
랑할 수는 더더욱 없다. 그렇다, 이해하지 못했거나 이해받지 못

했거나. 그래서 사랑할 수 없었던 것들이 너무 많은, 너무 잦은 우리들이다.

밤. 역시 고도를 한번에 높인 까닭이었을까. 두어 시간도 채 자지 못하고 깼다. 이쪽으로도 저쪽으로도 벽 너머 뒤척이는 소리가 건너왔다. 자신의 끙끙 앓는 소리에 한 시간마다 잠을 깨기 여러 차례, 두통이 지나가고 잠이 달아나 한밤중에 자리를 털고 마당에 내려섰다. 쏟아지는 별들, 내가 사는 산마을이 갑자기 울컥 그리웠다. 사람 하나도 거기 없었다. 그는 한국을 벗어난 이역만리 이곳에서도 내게 의미를 가진다. 그렇게 시간도 공간도 넘는 게 또 사람 사이 연일지라. 버릴 수 없고 버려지지 않으며 끝끝내 저버리지 않아지는 게 또한 그 연일지라.

지난 ABC 트레킹 때 베이스캠프에서 자던 밤에도 딴딴해진 머리에 동시다발로 균열이 진행되는 극심한 두통을 앓았다. 그 역시 고산증쯤으로 짐작했다. 고산증에는 신체건장한 장정도 무너지는 반면 허약해 보이는 이도 말짱하다 했다. 복불복이다. 방법은 그저 물 많이 마시고 천천히 고도를 높이는 것뿐이라 한다. 유달리 한꺼번에 높인 고도로 인해 ABC에는 하루에 한 번은 구조헬기가 뜬다지.

기억은 ABC 닿기 전 MBC(마차푸차레 베이스캠프: 3,700미터)를 지나던 즈음으로 거슬러 간다. 그곳 식당에서 위장에 탈이 나 쓰러

마르디 히말의
하이 캠프에서 맞은 아침.

지다시피 한 사람이 있었다. 지병이었는지 음식으로 인한 탈인지 혹은 고산증에 의한 것이었는지는 모르겠으나. 그런데 당시 직업이 의사인 이가 가까이 있었건만 그 환자를 쳐다보지도 않았다. 심지어 그들은 산을 같이 오른 일행이었는데도. 왜였을까, 자신도 건사하기 힘들기 때문이었을까? 아니면 어떤 깊은 미움이 있기라도 했었나.

　많은 질문들이 남고, 또 흩어지고, 그렇게 우리 생이 간다 싶다. 잘잘못을 말하려는 것도 아니고 어떤 처지를 변명하려는 것도 아

니다. 그런 것들이 지나간 시간이 우리가 겪었던 역사라는 거다. 그리고 그 역사가 예상하지 못했던 길로 우리를 인도했을 것이다. 저마다 사정과 까닭이 왜 없으리. 그래도 의사는 아픈 이를 모른 척하지 않았으면, 교사는 아이를 외면하지 않았으면, 목사는 한 마리 길 잃은 양을 찾으러 갔으면……. 나는 아이들 쪽으로 온전히 향했던가, 수만 번 책과 다른 삶을 사는 사람의 일일지라.

그래도 가까운 이들과는, 계속 얼굴 볼 사람이라면, 이왕이면 남는 마음이 없으면 좋겠다. 말해, 말하라니까. 이해가 사랑을 낳는다! 같이 산을 오른 동지였고 한편 그날 의사와 환자였던 그들은 끝끝내 돌아서고 말았을까. 아니면 그땐 이러저러한 까닭으로 그럴 수밖에 없었다며 속내를 나누고 좋은 인연을 지어가고 있을까. 남의 일에 여태 이리 마음이 쓰이는 것은 내 어떤 관계가 투영되었기 때문이기도 했을 거다. 서로가 서로를 용서하는 시간이 간절했기 때문일 것이다. 용서하고 싶고, 용서받고 싶다. 내가 먼저 용서할 수 있을 때 용서받기도 쉬우리.

2017년 3월 1일. 네팔행 7일 차, 트레킹 4일 차.
〈하이 캠프(3,540미터)-뷰 포인트(4,200미터)-마르디 히말 베이스캠프
(4,250미터)-하이 캠프〉

6시, 맑은 아침이다. 아침 산을 보기 위해 핫팩의 온기가 아직 남아 있는 침낭을 빠져나오는 어려움을 마다하지 않았다. 나는 아침잠이 많고 추위가 공포에 가까운 사람이다. 제아무리 진기한 풍경도 그게 아침이라면, 추운 아침이라면 더욱 관심 밖이다. 하지만 안나푸르나에서는 다르다. 이곳에서 살아온 날들에서 보았던 모든 일출보다 더 많은 일출을 보았다 함직하다. 그럴 만한 장관이다.

중무장을 하고 밖으로 나가는 이들을 보며 나 역시 옷가지를 한껏 껴입고 나섰다. 모습을 다 드러낸 안나푸르나 남봉과 히운출

리, 멀리 마르디 히말과 마차푸차레를 양껏 본다. 오른 자만이, 그 자리에 있는 이만이 볼 수 있는 풍경 때문에도 사람들은 굳이 산으로 갈 게다. 저 거대한 산 너머 광활한 빛 무리가 서서히 산을 민다. 자고 있던 거인이 '끙' 하고 움직일까 봐 조마조마해진다. 빛 한 조각이 거인 얼굴에 닿는데, 빛에 베이는 건 내 눈이다. 예상하고 있는 풍경이겠건만 산은 더욱 늠름해져서 그예 사람을 놀라게 하고 만다. 어째도 표현할 길 없는 웅장함이다. 근근이 살아가는 인간세가 눈물겹다던 시처럼 삶이 가엾다가도 '이런 빛나는 기억이 우리를 밀고 간다'라고 할 만한 경이로운 광경이었다.

　이 산 군락에서는 산을 못 본다고 낙담할 것도 아니고, 쉬 본다고 오래 사진기를 잊어서도 안 된다. 흐린 날이 아니고서야 아침저녁으로는 멀리서 찾아온 공을 알아주기도 하며, 금세 또 숨어 자신들의 귀함을 상기시켜주기도 한다. 산이 실제 내 눈앞에 펼쳐지는데도 비현실로 느껴지기도 하는 한편, 너무 자연스럽게 거기 있어서 짧은 경탄 말고는 말을 잊거나 그조차도 없게 한다. 우리가 삶에서 만나는 어떤 사건들도 그렇지 않던가. 너무 화가 난 분노가 소리조차 삼키기도 하고 너무 좋아서 현실이 아닌 것도 같고, 아니면 자신의 삶터로부터 아주 멀리 떠나온 장소여서 외려 덤덤해져버리기도 하고.

　그러다 질긴 인연까지도 훨훨 해체되는 느낌이 일어났다. 형체로만 있다가 깨어나는 산이 아무 소원도 갖지 않아도 될 것 같은 순간을 선물한다. 어제도 없었고 내일도 없어서 그저 지금만 들어오는 시간, 그래서 지금 여기 있겠다는 수행의 근본이 뜻밖에도 산 앞에서 구현되고 있었다. 아침빛에 오색을 되찾은 타르초(한 폭의 큰 깃발인 룽따와 구분 없이 깃발의 총칭이기도. 한 기둥에 세로로 감기거나 가로로 길게 만국기처럼 흩날리는)는 새 세상이 시작되었노라, 희망을 말해도 될 것 같은 그런 선명함이었다.

다들 쉽지 않은 밤이었다. 저마다 간밤에 겪은 고소증을 토로했다. 나도 한마디 거든다.

"한밤에 내 방에 남자들이 쇠파이프를 들고 나타났더라. 대여섯 명은 되었을걸."

모두 깜짝 놀란다.

"그들이 쇠파이프를 마구 휘둘렀잖아. 그렇게 온몸이 아프고 머리가 지끈거리데. 그만큼 아팠다구!"

다이닝룸으로 배낭들을 옮겨놓았다. 하이 캠프에서 MBC를 가는 길은 칼 능선(Kall Danda) 말고는 없다. 캠프를 찍고 회귀하는 길이니 배낭을 맡겨두고 가면 된다.

가볍게 아침을 먹은 뒤, 물병 포함 두어 가지만 챙겨 넣어 같은 로지에 묵은 이들 모두가 7시에 하이 캠프를 나섰다. 간밤에 홀로 베이스캠프로 떠나 영영 돌아오지 않았다던 이스라엘 남자 이야기를 들었던 긴장 끝이었다.

하이 캠프 뷰 포인트(High Camp View Point)에 닿자 안개가 먼저 와 있었다. 날마다 차를 짊어지고 와서 비스킷과 함께 전을 펴는 아저씨는 마치 풍경의 일부처럼 거기 있었다. 오래 한 자리에서 뭔가를 하면 사람도 그리 풍광이 된다.

계곡 건너 ABC 트레일이 마르디 히말 트레일과 평행하여 있을 것이나 전혀 보이지 않았다.

옆 로지에 묵었던 일행들은 뷰 포인트에서 돌아서서 내려가기 시작했다. 썩 맑은 날이 아니면 MBC까지 다녀오는 이들이 드물다 들었다. 물을 잔뜩 머금은 구름이 몰려오고 있었다. 네팔 청년 둘도 돌아가고 나머지 둘, 한국인 남자 하나와 동행하여 나아갔다. 가다가 돌아와도 될 테니까. 이 트레일에는 이제 오직 사람 넷만 있다. 이 칼 능선 말고는 마르디 히말 베이스캠프로 향하는 길이 없고, 뷰 포인트에서 이미 모두가 돌아간 걸 우리가 알며, 어제 왔던 이가 아직 그곳에 남았을 리도 없으니까.

능선은 건조했다. 오르내리기는 하지만 길은 그리 어렵지 않았다. 거칠지도 않았다. 더는 나무가 없는 대신 한 뿌리에 머리털 같이 뻗은 풀무더기들이-그렇지만 노르스름하게 바랜- 있었다. 가끔 키 낮은 꽃이 슬쩍 보이는 듯도 했지만 잠시 멈춰 그걸 들여다볼 만큼 여유가 생기지 않았다. 가이드가 있는 것도 아니니 길을 놓쳐

'하이 캠프 뷰 포인트'에서
'우퍼 포인트' 가는 길.

서는 안 된다는 긴장감, 흐려져 가는 하늘인데 베이스캠프까지 다녀오자면 서둘러야 한다는 바빠진 마음 때문이기도 했을 것이다.

길은 삶의 형태를 결정한다. 삶이 길을 결정하기도 하겠지만. 목동들은 짐승을 먹이며 이 산을 올랐고, 그것이 길이 되었고, 그 길은 이제 트레킹을 위한 트레일이 되었다. 목동에게 맞춰졌던 길이 트레커에게 맞춰진 길이 되었고, 세월이 흐르며 또 변화를 맞을 것이다.

능선에는 판판한 돌들이 짓다 만 집처럼 바닥을 이루고 벽처럼 줄지어 서 있기도 했다. 때로는 동강 난 굵은 가지들이 엮여 있었다. 목동들이 쉬었을, 혹은 묵었을 흔적이다. 그 곁에 탑처럼 쌓아진 돌은 소와 양들이 풀을 먹을 때 곁에서 하나씩 쌓았을 무엇이거나 바람이거나 장소를 가리키는 나름의 표식이기도 했을 것이다. 그 위로 네팔 여느 곳들처럼, 우리네 마을 들머리 솟대처럼, 타르초가 날린다, 그들의 기원을 담아.

우퍼 포인트(Upper Point)에 이르자 덮친 구름으로 한치 앞도 보이지 않았다.

"내려갑시다."

하지만 나는 세 사람과 뜻이 달랐다.

"길을 잃기가 더 어려워. 봐, 이쪽으로는 눈, 저쪽으로는 눈이 없잖아. 능선만 타면 돼. 언제든 도저히 안 되겠다는 시점이 오면 그때 돌아오자. 더 가보자, 으응?"

이스라엘 청년을 다시 들먹이며 같이 내려가자고 설득하던 네팔 청년 둘은 내려가고 마지막까지 망설이던 한국인 하나만 따라붙었다. 우박과 거친 바람이 분노를 머금은 기세로 달려들고 있었다. 시야는 겨우 발아래.

뛰다시피 하며 오직 직관만 믿고 나아갔다. 바위가 많아지자 지금까지 올라왔던 길처럼 선명한 길이 아니었다. 불안이라고 왜 없을까. 하지만 마르디 히말 베이스캠프가 소리치고 있었다. 이스라엘 청년도 그 소리를 좇았을 것이다. 돌아오지 못했을 뿐.

어쩌면 그건 미친 짓이었을지도 모른다. 로지 청년의 말처럼 뭐에 씐 것일지도 모른다. 온 게 아까워 간다? 그랬을지도 모르지만 그러나 그것만이 또 전부는 아니었을 거다. 한 감정이 그렇게 단색인 건 아니니까. 다만 가슴이 뜨겁게 뛰었다고는 말할 수 있겠다.

어린 날 아껴 먹던 사탕처럼 조금씩 다가서는 두려움을 어떻게든 눌렀지만, 결국 내려갈 수도 없는 순간이 오고 말았다. 앞으로도 뒤로도 보이지 않는 길. 후회할 짬도 없었다. 필요도 없었고. 후회가 다 무어란 말인가. 살길을 찾거나 죽거나 할 뿐. 비는 아닌데 모자에서 빠져나온 머리는 얼음이었다. 안개는 무거워져 어둠이 되었다. 길은 길일 테지만 주욱 알기 쉽게 이어지는 흙길 능선이 아니라 바위와 바윗길이었다. 온통 바위였다. 그나마 바로 눈 아래 돌은 보여 미끈한 흔적으로 사람의 흔적을 읽으려 했다. 바람이 마구 몰아쳤다. 벽처럼 기댈 수 있는 바위 무더기에서 잠시 숨을 돌렸다. 하지만 불안은 오래 쉴 수 없도록 했다. 움직여야 했다.
　멈춰서 눈을 감고 내 모든 촉수를 뻗쳤다. 이제 믿을 건 그것밖에 없었다. 시야는 도저히 확보되지 않았다. 이스라엘 청년이 나를 데려가느냐, 먼저 간 그가 내게 길을 보여주느냐, 그건 순전히 그의 마음이었다.
　도무지 길이 구분이 되지 않았다. 넓게 바위 너덜이 펼쳐졌다고 이해했다. 어디가 길이고 어디가 길이 아닐 것인가. 다시 눈을

마르디 히말
베이스캠프 아래
우퍼 포인트.

감고 감각의 불을 지폈다. 다른 수가 없었으니.

　살아오며 백척간두에 서는 때가 더러 있었다. 꼭 원해서만 그
길에 있었던 건 아니었다. 삶은 언제나 존재냐 부재냐, 사느냐 마
느냐의 문제였다. 어째도 지나와 여기 이르렀다. 이 길도 그렇지
않겠는가.

　거대한 짐승의 시커먼 입아귀 같은, 그것도 5,000미터가 넘는
이 산에서 나는 왜 그토록 나아가고 싶어 한 걸까. 무엇을 기대했
던 것일까.

"가장 높은 정신은 추운 곳에서 살아 움직"(조정권의 시 〈산정묘지〉에서)이기 때문이었을지도 모른다. 그곳은 산이었고, 높은 곳이었고, 높은 정신에 빗대졌을 법하다. 나는 인간으로서의 품격, 높은 정신을 갈구했을 듯도 하다.

하지만 더 솔직한 대답은 내 삶의 태도 때문이지 않았을까. 계란으로 바위 치듯 내가 싸우고 싶은, 또는 싸워야만 하는 것들을 향한 전진이었을지도 모르겠다는 말이다. 그렇지 않고서야 그 아찔한 죽음의 상황에서 위로 위로 옮긴 걸음을 설명할 길이 없다.

"만세!"

30여 분이나 흘렀을까. 하기야 5분이어도 10만 년 같았을 시간. 룽따와 타르초 펄럭이는 베이스캠프 돌무더기가 맞았다.

"Mardi B.C 4,500, ⊗ Last." *

정면에 펼쳐진 넓은 돌에 적힌 붉은 글씨는 여기가 일반 등반인의 마지막 접근지임을 알리고 있었다. 에베레스트를 등정한 것도 아닌데, 세상의 모든 뿌듯함이 거기로 모였다. 그제야 따라나섰던 40대 초반의 친구가 긴장을 놓는 듯 보였다.

---

* 앞서 말했듯이 히말라얀 맵하우스에서 나온 지도 '어라운드 안나푸르나(NA503)'에서는 마르디 히말 베이스캠프가 4,500미터로 표기되어 있지만, 그보다 이후에 나온 '마르디 히말 트렉(Mardi Himal Trek<NA522>)'에는 4,250미터로 되어 있다. 마르디 히말 정상 또한 전자는 5,553미터로 되어 있으나 후자에는 5,587미터. 현재는 후자의 지도가 더 널리 쓰이고 있다.

그때 아주 잠깐 마르디 히말 정상을 살짝 보여준 구름! 산은 자주 그리 너그럽다. 하지만 금세 다시 사라진 산. 그 정도면 됐네, 하는 야박한 목소리처럼.

그 앞에서 나는 리사이틀을 하였나니.

"여기서부터 멀다 / 칸칸마다 밤이 깊은 푸른 기차를 타고 / 대꽃이 피는 마을까지 백 년이 걸린다~."

목청껏 장사익의 노래를 불렀다. 서정춘 시인의 시다. 심호택 시인이 세상 뜨기 얼마 전에 서정춘 시인과 멧골의 물꼬에 와서 하룻밤 묵은 적이 있다. 밤새 시를 읊고 노래를 불렀다. 서정춘 시인이 일전에 새 시집을 내셨다는 소식을 들었다. 돌아가면 전화 넣어야지 했다.

부른 것은 노래일 것이나 있는 힘을 다해 부른 것은 따로 있었다. 그건 내가 그리워한 시간들이었고, 사람들이었고, 특히 내 생의 이 시기에 마주하고 있는 한 이름자였다.

밖으로 삐져 나온 머리카락만이 얼음을 매단 게 아니라 온몸이 서걱거리고 있었다. 날씨가 더 거칠어지기 전에 내려가야 한다!

그런데 이 산(마르디 히말)에 겨우 사람 둘, 날은 미쳐 날뛰는 짐승의 공격처럼 좀체 나아질 기미가 없다…….

발을
삐었어요!

아직 해는 한참이나 남았고, 일은 일찌감치 끝났고, 길은
눈이 시리게 곱고, 그리고 불가에서 따순 밥이 기다리고 있
는 집이 있는데 더한 무엇이 필요할까. 그리고 곁에 같이
걷는 이들이 있었으니!

마르디 히말 베이스캠프의 운무 속에서 리사이틀을 마치고 돌
아섰다. 거칠게 덮쳐오는 비구름이 우박이 되기 전, 베이스캠프로
사람들이 되돌아가기도 오래전, 우박을 지나 산에 남은 이라고는
고작 둘, 이제 하산이다.
  산, 그것도 안나푸르나 군락 마르디 히말……. 낯설고 깊고 높
은 산에서 앞을 가로막는 안개가 역설적이게도 갈 길을 명징하게
말해준다. 올라왔는데 내려가는 것 말고 무슨 수가 있겠는가. 살
아가는데 사는 것 말고 다른 방법이 없듯이 말이다. 자연의 힘 앞
에 사람이 겪는 고초란 사람이 얼마나 하잘것없는 존재인가를 말
한다지만 적어도 그건 자연이 감정을 지니고 내게 해코지하려는
움직임은 아니다. 힘들기로야 사람 사이를 건너가는 일만 할까.

광대한 자연에서는 적어도 감정으로 힘들 일 없이 그저 나아가면 될 일이다. 한 치 앞도 뵈지 않는 시야 속에서 외려 사는 일이 선명해지나니. 티베트 현인들의 말처럼 해결할 문제라면 걱정이 없고, 해결 못 할 문제라면 또한 걱정이 없는 것 아니겠는지. 해결할 것인데 무슨 걱정이 있고, 끝내 해결 못 할 문제를 무엇 하러 걱정하겠는가.

모자 밖을 삐져나온 머리카락만 고드름이 아니었다. 옷에도 고드름이 매달렸다. 통째로 얼음덩어리가 되는 것만 같았다. 사람 하나 겨우 지나는 길이지만 분명한 능선 길이었던 것과 달리 베이스캠프 가까운 곳은 너덜바위들이라 짙은 구름 속에서 길을 모르겠다. 좀 전에 올라왔던 방향에 대해서도 의심이 간다. 직관으로는 오른편으로 더 기울어져야 할 것 같았다. 올라왔던 길이야말로 능선을 벗어나 헤맸던 곳임을 그제야 알아차리며 간담이 서늘해진다. 영영 돌아오지 못했던 이스라엘 남자도 그러다 엉뚱한 곳으로 가버렸댔나.

모든 감각을 다시 세운다. 산에 들면 시든 풀 모양 쓰러져 있던 더듬이가 머리로 쑥쑥 나와 길을 찾는 듯하다. 이미 사람이 다닌 길이라면 더할 나위 없겠지만 아무도 밟지 않은 곳이어도 살 길이면 될 테다. 물꼬에서는 산이 가까워서도 그러하지만 학기 시작과 끝에 우르르 아이들을 이끌고 산에 드는데, 겨울에는 길이 나 있

안나푸르나 남봉   히운출리   마차푸차레

마르디 히말

앞의 까만 봉우리가
마르디 히말이다.

지 않은 눈 덮인 산(동네 뒷산이라지만 사람 발길 잊은 지 오래인)을 간
다. 앞서 걸어간 걸음이 뒷사람의 길이 되고, 그 길을 따라 마침내
모두 학교로 무사히 돌아온다. 고단하지만 도무지 낙담을 모르는
발의 가치를 새기면서. 앞을 가로막은 것이 태산이어도 뒤에 바짝
쫓아오는 것이 적이라는 심정이라면 어떻게 낙담을 알리. 돌아온
우리는 죽었던 감각이 되살아나 우리 삶으로 인도된 그 시간을 되
짚으며 벅찬 감동을 나누곤 하였더랬다.

　너덜바위를 벗어나 다시 능선을 무사히 찾았다. 이제부터는 적
어도 길 잃을 염려는 없겠다. 발을 헛디뎌 굴러떨어지지 않도록만
균형을 유지할 것. 우박을 빠져나왔으나 안개비는 그치지 않고 내
렸다.
　어느새 안개가 길을 열고 산의 모든 존재들이 곁에서 나란히 서
서 걸어준다. 꼭 곤함 때문만은 아닌, 어느 순간 온몸이 물에 풀어

지는 잉크처럼 흐물흐물 다 녹아지더니 바윗덩어리 하나에 그대로 스며든다. 이곳의 나무 하나, 풀 하나처럼 그냥 나도 산이 되는 그런 시간 숲이다. 이래서 산에 가나 보다. 또 가나 보다.

　내려가는 길로는 오른편으로 계곡 건너 ABC로 가는 산허리도 보일 것이고, 그 위로 안나푸르나 남봉과 그 자락이 펼쳐질 것이나 그저 깜깜하다. 시간이 얼마나 걸리는 줄도, 얼마만큼의 거리가 남았는지도 가늠할 생각조차 못한다. 오직 걷기만 할 뿐이다.
　다시 우퍼 포인트를 지나고 뷰 포인트로 지나니 시계(視界)가 좀 나아졌다. 길이 아주 분명하다. 쉬어도 되겠다. 제법 멀리까지도 길이 보인다. 그리고 저기, 저 앞에 네팔 청년 넷이 차 파는 아저씨를 앞세우고 가는 것이 보였으니. 그들의 속도가 날 좋은 날의 소풍 길마냥 더뎌 보인다. 금세 그들을 따라잡았다.
　"발을 삐었어요. 아저씨한테 좀 수월한 길을 잡아 달라 부탁했어요."
　그들, 수난다와 프로가스와 룩빠는 발을 다친 아르잡을 앞세우고 어찌 할 바를 몰라 하며 가다 쉬다 하던 중이었다.
　"워키토키가 한몫했어."
　앞과 뒤를 위해 워키토키를 준비해온 그들이었다.
　"아르잡, 어디 좀 봅시다."
　산마을에 살러 들어가면서, 게다가 늘 아이들과 함께하는 삶이라 대체의학을 공부하기 시작했다. 병원이 머니까. 그리고 지금도 몸에 대한 공부를 꾸준히 하고 있다. 하지만 나는 의료인이 아니다. 적어도 동의는 구해야지. 만져보아도 되겠는가 물었다. 의사도 간호사도 아님을 재차 강조했고, 그래도 맡길 수 있는가 다시 물었다. 그가 고개를 끄덕였다. 하이 캠프에 배낭을 내려두고 오르면서 허리가방에 물과 함께 비상약품 통을 챙겨왔더랬다. 삐었던 발을 만지고, 파스를 붙여주고, 무릎보호대와 스틱을 쥐어주고, 그리고 통증이 심하다 하여 진통제를 먹으라고 주었다.

다리를 절룩거리는 아르잡을 위해 그의 친구들이 차 팔던 아저씨에게 길라잡이를 부탁했더란다. 어디서고 이런 환대가 우리를 살린다. 세상에 태어나면서부터 그런 환대에 사람이 사는 것일지라. 살 때는 잘 모르던 것을 먼 길을 떠나보면 안다.

바윗덩어리였던 능선 길 대신 왼편으로 산의 허리를 돌며 느릿느릿 돌아오는 길은 마른 풀들 사이 오롯이 난 흙길, 가을의 갈대밭 어디쯤을 걷는 듯했다. 우리들은 봄나들이 나온 아이들마냥 하느작하느작 걸으며 영화 〈서편제〉에서 주인공들이 노래하면서 내려오던 아름다운 길을 재현했다.

때론 영어나 타국어로 말할 때 더 편하다고 느낄 때가 있다. 영어를 잘하기 때문이 아니다. 우리가 우리말로 말한다고 해서 그 대화에 얼마나 몰입하던가. 물론 대화의 종류 나름이긴 하겠지만.

스쳐 보내는 말이 더 많을 때도 적잖지 않던가. 그런데 낯선 언어로 말하고 있을 땐 온전히 그 말에 신경을 다 쓰게 된다. 더 서툴기 때문에 더 집중하게 되고 그래서 때로는 모국어로 말할 때보다 더한 대화를 나누게 되는 것까지 경험한다. 타국에서는 길에 대한 정보를 위해서도 더욱 의식을 모아야만 하니까. 모국어권을 벗어나 외려 말 잘하는 법, 잘 듣는 법을 고민하게 되는, 말하기와 듣기에 대해 더 진지한 자세를 가지게 되는 측면이 있더란 거지.

어쩌다 보니 베이스캠프에 닿았다는 말이 옳다. 한숨이 돌려지자 불과 두어 시간 전 내 삶을 지나친 시간이 얼마나 엄청난 사건이었는지 실감이 나며 부르르 몸을 떨었다. 내가 무슨 짓을 한 것인가. 사람의 힘만으로 건너올 수 있던 시간이 아니었다. 산 아래서도 사는 일이 인의(人意)만이 아니거든 하물며 산에서야······.
특정 종교를 가지고 있지 않아도 하늘에 대한 경외감을 가지고 산다. 절대적인 힘이 거기 있다는 믿음이 늘 있다. 한때 종교의 틀 안에 들어가 본 적이 있기는 하다. 신 앞에 나아간 적이 있었다고 말하는 게 더 적절한 표현이겠다. 그건 내가 가장 어려운 시간이라고 기억하는 날들이었다. 주머니의 모든 것을 잃어버렸던 호주의 한 길 귀퉁이에서, 산마을의 혹독한 시간 중 어떤 협박을 받았을 때도, 아이 다리를 절단해야 하는 위기에서, 그 모든 것은 그간 내가 저질렀을 잘못의 끝이 그것에 닿은 줄 알았고, 다시는 다시

마르디 히말
하이 캠프.

는 그리 죄짓지 않으리라 했을 것이다. 그러나 어느새 그 모든 것을 잊고 같은 잘못을 혹은 새로운 잘못을, 알고도 모르고도 지었겠지.

제3세계 해방신학으로부터 건너온 민중신학에 관심이 있었던 시절, 갈릴리 바닷가에서 밑바닥에 있던 이들과 함께했던 맨발의 청춘, 예수라는 사나이를 흠모했다. 《성경》을 읽던 그때 애굽을

탈출해 광야를 지나던 이들이 기적을 지나고 또 지났음에도 어느 순간 의심을 일으키거나 배신을 반복하는 것에 놀랐다. 읽고 있는 나는 알아도 그 시간을 지나는 그들은 모르는 안타까움으로, 또는 분노로 얼굴이 달아올랐다. 짐짓 나는 다른 줄 알고. 하지만 사람의 마음이 그런 줄을 이해하는 데 그리 오래 걸리지도 않았다. 일찍이 우리에겐 그런 말이 있었다. '똥 누러 갈 적 마음 다르고 올 적 마음 다르다'는. 아, 사람은 그런 것이었다. 당장 달면 삼키고 쓰면 뱉는, 버젓이 눈에 보일 때는 엎드리다가도 돌아서면 바로 잊는 게 사람이라.

나 역시 그 산에서 뭔가 지푸라기를 잡았을 것이다. 그건 신의 이름이기도 했을 것이다. 그러나 나는 또 신을 잊고 말리라, 배반하고 말리라. 그건 오만이어서가 아니라 인간이란 존재의 필연이란 생각이 들다가, 하지만 또 굳건한 종교인들이 있잖던가 하고 꼬리를 내리듯 생각 또한 내려본다. 결국 내 성정이겠다. 내가 그런 사람이었던 것이다.

다른 건 몰라도 신이 있다고는 말해야 한다, 그 큰 산에서 악천후에 그렇게 살아왔다면. 그간 신 앞에 나를 바치고 용기 있게 혹은, 올바르게 살기보다 비겁하게 물러나 적당히 나쁜 짓 하고 대충 사는 게 더 낫다고 생각했는지 모를 일이다. 그러니 신을 인정하는 건 정말 용기 있는 일인 것이다. 종교인들이 때 다르게 높이 보였다.

발을 삔 사람을 데리고
직선 능선 길을 피해
하산하는 일행들.
돌아와 나는 아름다웠던 이 시간을 그림으로 남겼다.

그러나 한편, 사실은 나는 그 위기에서 전혀 다른 생각을 못 하기도 했을 게다. 죽을지도 모른다는 생각 따위는 들 겨를조차 없이 그저 걸었다. 어쩌다 보니 베이스캠프에 닿았다는 말이 옳다.

어쩌면 내가 살아올 수 있었던 최대 비밀은 '두려움에 잠식당하지 않았기' 때문이 아니었을까. 실체 없는 두려움이야말로 사람을 위기로 모는 가장 큰 적이 아니던가.

산을 내려오면 한 생을 건넌 것만 같다. 고생스러운 산일수록 아득한 세월이 흐른 것만 같다. 아스라한 시간일수록 그 시간이 사람에 이른다는 건 뜻밖이기도 하고 한편 헤아려지기도 한다. 데리고 온 것도 아닌데 꿈결처럼 내게 수시로 닿는 그다. 연락이 닿았으면 좋겠고, 한편 영영 이렇게 흘러가버렸으면 좋겠다 싶기도 하다. 가려는 마음과 오려는 마음이 그리 줄다리기하며 우리 생이 가는구나 싶다. 그리워하는 한 사람, 그야말로 이 여행의 숙제일지도 모른다는 생각을 순간순간 한다.

인터넷이 끊어진 지 나흘, 전화도 역시 연결이 되었다 말았다 하는 게 나흘이다. 그깟 나흘이 무슨 대수냐 하겠지만 히말라야 완등(完登)에서도 연결된다는 인터넷 세상이거니와 연결이 바로 되는 것을 염두에 두고 떠나온 여정이라 더 긴 날로 여겨지는 것이다. IT 강국인 한국에 살면서도 평소엔 전화나 문자가 우표 붙여 보내는 편지 수준이면서. 딱 빠져 죽지 않을 만치까지 이르는 생각의

심연에 닿게 한 바 있어서도 한세월 같던 며칠이었나 보다.

"왔구나, 왔어! 어서 와, 어서 와. 살았구나!"
꽹장한 모험을 하고 돌아오기라도 한 양 우리들은 하이 캠프 로지 식당에 모인 이들의 환대를 받았다. 아침 10시를 넘기며 하이 캠프까지 구름에 잠기고, 차례차례 사람들이 돌아들 오는데 우리는 오래도록 소식 없어 바들이며 밖으로 쫓아 나온 게 댓 차례는 되었을 거라지.
로지는 새로운 사람들로 채워지고 있었다. 오늘은 또 어떤 이들일까……

I'm fine.
Thank you. And you?

조지는 자기 짐을 직접 지고 오니 얼마나 자유로운지 모르겠다고 기뻐하며 연설을 한다.

"평생 이 산속에서 살았으면서도 눈가리개도 하지 않고 눈길을 가는 철없는 사람들하고 따로 가니 얼마나 좋아. 우리한테 필요한 걸 지고 시간을 잘 써가면서 이런 식으로 일주일을 갈 수 있으니 말이야."

터벅터벅 산길을 내려가는 그를 바라보면서 나도 그래서 좋다고 한다. 자기 목숨에 꼭 필요한 것들을 지니고 가뿐하게 길을 간다고 생각하니 힘이 솟아오르고 몹시 들뜬다. 간소함은 행복의 최대 비결이다. 장라는 이미 우리 뒤에 있고, 내 허파는 이 희박한 공기 속에서 견디고 있으며, 뻑뻑했던 내 등산화는 많이 부드러워졌다.

— 피터 매티슨, 《신의 산으로 떠난 여행》 가운데

뷰 포인트에서 돌아서서 먼저 내려온 이들은 이미 떠나고 없었다. 하이 캠프에서 묵은 대부분의 사람은 날씨가 좋다면 이른 아침 베이스캠프까지 올랐다 내려와서 점심 먹고 하산한다고 한다.

로지는 새로운 얼굴들로 채워져 있었다. 올랐으니 내려갔을 테고, 오르려고 또 왔을 테지. 여행의 최종 목적지는 집이다. 그것도 살아서 닿는. 어떤 위대한 등반가라도 결국 집으로 돌아가기 위해 완등하는 셈이다.

호주에서 부녀가, 그리고 러시아에서 예닐곱의 동료들 그룹이 가이드와 포터를 앞세우고 와 있었다. 나와 일행이 되어 베이스캠프로 향했던 네팔 청년들은 모두 기진맥진해서 엉덩이가 난롯가 의자에 붙어버렸건만 입은 몸을 모르고 힘이 셌다. 놓친 물고기가 큰 법이라 우리들의 트레킹기는 엄청난 모험과 함께하고 있었다. 부상자까지 생겼으니……. 우박 속에서도 베이스캠프를 밟고 내려왔고, 부상자를 구출한 의인이 되어 이야기를 완성한 영웅이 되었으니 민망하리만치 추켜세워지는 통에 낯붉혔네. 한참 동안 박수 소리가 남은 식당 안이었다.

일하는 청년 바들은 장작을 더 쑤셔 넣었고, 내일 위로 올라갈 이들은 그들대로, 내려갈 이들은 또 그들대로 넉넉한 오후였다. 바같은 컴컴해진 날씨에 바람까지 거칠었다. 이런 날 산장 안의 불은 세상의 모든 훈훈함이라. 우리는 불가에서 책을 읽거나 수다를 떨거나 널브러져 있거나 뭔가를 먹었다. 바들은 여전히 노래를 흥얼거리고 있었고, 쏟아진 구슬처럼 좀체 멈추질 않는 그의 말은 처질 수도 있을 로지의 어둠을 환하게 밝혀주었다.

모디 콜라(계곡)를 사이에 두고 마주보는
히운출리와 마르디 히말.

  이 로지에는 샤워 시설이 없다. 있다 해도 칸막이에 수도꼭지
하나 있는 게 전부겠지만. ABC 로지와 하이 캠프 로지를 빼면 안
나푸르나 대부분의 로지에서 따뜻한 물로 샤워를 할 수 있다. 여
기서도 하려 들면 로지 뒤로 돌아가면 된다 했으나 여름이 아닌
바에야 여기까지 와서 그러는 이는 없다. 이나 닦고 물수건으로
얼굴을 닦는 게 전부다. 흔히 우리가 등산 가서 야영하는 풍경쯤
을 생각하면 된다.

없다면 모를까, 난로 위 주전자의 따뜻한 물도 있는데 따순 물에 발을 좀 담그고 싶다. 그게 아니면 얼굴이라도 씻었으면 좋겠다. 두리번거리고 있는데 먼저 눈치 있는 이가 다가와 물을 부어준다. 이곳에선 모두가 그리 가깝다.

사는 일은 쓰레기를 만드는 일이다. 이 산에서 우리가 남긴 쓰레기는 어떻게 되는 걸까. 내가 남긴 쓰레기는 들고 가리라 생각하며 쓰레기봉투용으로 비닐봉지를 가져왔건만 꺼내지 않았다. 물도 정수물이나 끓인 물이 없었던 건 아니지만 미네랄 생수 패트병에 지고 말았다. 그들의 쓰레기통은 커서 내 죄의식까지도 버릴 수 있었다.

2015년 네팔 지진 이전에는 2만여 명이라던 한국 트레커들이었다. 이후 줄었다는 게 해마다 7천여 명이다. 전 세계에서 오는 트레커를 따지자면 수만여 명에 이른다. 등정가들이 산 정상 가까이에 버린 것들은 고사하고 하루 천 명이 넘는 트레커들이 산을 오른다 하니 이들이 버리고 가는 쓰레기가 도대체 얼마일 것인가.

2015년에 네팔산악연맹은 인간의 배설물들이 건강에 위협이 될 정도라고 경고했다. 2010년 5월 23일 촬영된 한 사진은 20명의 셰르파들이 8,000미터 고지대에서 1.8톤의 쓰레기를 수거하는 모습이었다. 거기선 헬기를 띄워 치운다지만 이런 작은 곳들에선 조랑말이나 도코에 담아 실어내릴 사람의 힘 없이는 치울 수가 없

마르디 히말 트레일에서 건너다 보이는
안나푸르나 남봉과 히운출리.

다. 등산대원들이 클린 등반대를 조직하기도 하고 주에 한 차례
국제적 자원봉사자들이 쓰레기를 치우는 프로그램도 있지만, 마
르디 히말은 아직 없었다.

　적어도 산에서 아래로는 가지고 와야 한다! 이 정도가 내 타협
점이었다. 지나간 일은 어쩔 수 없어도 상기(想起)한 이후에 같은
짓을 할 수는 없지 않겠는가. 환경오염에 관한 한 안 쓰는 것과 덜
쓰는 것 말고 별다른 방법을 알지 못한다. 비행기 덜 타기도 대안

일 수 있겠다는 생각이, 그래서 집에서 가까운 곳을 더 많이 걷는 것이 앞으로 내 여행에 미칠 영향일지도 모르겠다.

러시아인들을 안내하고 있는 이는 사우디아라비아에서 일하다 2년 전 모국으로 돌아온, 한국말도 몇 문장 구사하는 넉살 좋은 중년 사내였다. 금세 친해져 그들의 아지트일 뒷배(스태프)들만 드나드는 식당 조리실에 같이 들어가 그들의 감춰진 락시(네팔 증류주)도 함께 기울였다.

"저네(러시아인들)는 과묵해서 가이드로 오면서 나 좀 어려웠어."

그의 고단이 꼭 대화가 없어서 만이었겠는가. 물꼬의 부엌 뒤란을 생각했다. 여름이나 겨울의 열악한 부엌에서 예순 입이 먹을 밥을 몇 날씩 해대다 슬슬 지칠 즈음, 부엌 엄마들은 그렇게 소주 한 잔을 걸쳤다. "마약이네, 마약" 하면서.

오리처럼 우스꽝스럽게 뒤뚱대며 러시아 쪽 가이드도 난롯가에 합류했다.

"쟤는 말도 끊기 어렵더니 노래도 끊기가 참말 힘드네."

우리들은 바들의 노래를 막아가며 노래를 주고받았다.

"자, 이제 캥거루 차례야!"

하지만 호주 부녀는 시들해 했고, 영어가 서툰 러시아인들은 들은 척도 하지 않았다. 그래도 불가의 사람들만도 열 가까이, 분위기는 식을 줄을 몰랐다.

"쉿. 이건 비밀이야. 사실은 내가 돌 하나 주워왔어. 국립공원에서 이래도 되는 걸까 싶어서⋯⋯. 혹시 국가적 분쟁의 소지가 있을지도 모르잖여."

"걱정 마, 걱정 마, 여기 돌 많아. 그런 것 하나쯤 안 되겠어? 그런데, 무게 때문에 괜찮을까?"

나는 내일부터 돌멩이 500그램이 얹힌 배낭을 지게 되었다. 고백하자면 지난 ABC 트레킹에서도 아이 주먹만 한 돌멩이 하나를 업어왔다. 언제 그곳을 또 갈까 하고 안나푸르나를 통째로 메고 왔다 할까. 이번에도 마르디 히말을 등에 지고 한국까지 갈지는 잘 모르겠다. 도의의 문제가 남을 것이라.

중년 가이드의 거침없는 화제에는 각 나라 사람들의 특질을 대변하는 우스개도 들어 있다.

"한국 사람들 영어 못하는데 넌 좀 하는구나."

당연히 내 기분 좋으라고 하는 소리다.

"인사를 하면 'I'm fine. Thank you. And you?'만 해. 한국인이 미국에 가서 말이야⋯⋯."

한국인들이 희화화될 때 흔히 예가 되는 농이 시작된다. 미국에서 한국인이 아주 큰 교통사고를 당했는데, 차는 다 부서지고 자신은 피가 철철 흐르고 있는데도 경찰이 와서 사고의 경위를 물으면 "I'm fine"한단다. 같이 웃기가 편치 않은 건 겹쳐지는 기억 때문이기도 했다.

2014년 ABC 여정에서 어느 순간부터 한국말을 쓰지 않아 서구인이냐는 질문을 여럿 받았다. 까닭인즉, 한국 장년들이 있었는데 가이드에게 어찌나 함부로 대하던지 그들과 일행도 아닌 나였지만 그 가이드에게 모든 한국인들이 저렇지는 않다고 변명하고 사과해야만 했다. 5년 동안 한국에서 일하다 네팔로 돌아온 그는 한국인 대상의 가이드가 되었다. 새벽부터 길을 나설 이들이 묵는 로지에서 밤마다 술을 마시고 고래고래 고함을 지르는 것도 한국인들이었고, 네팔리들에게 마구 대하는 것도 한국인들이었으며, 구석구석 배려 없다 싶어 돌아보면 또한 한국인이었다.

내 안엔들 그런 모습이 없을까. 한국인이 아닌 척했던 비겁함이라니!

대학 학자금을 마련하려고 포터로 온 부가이라는 열아홉 청년은 그 나이들의 영민함을 한껏 발휘했고, 영어도 아주 깔끔하게 구사하여 이야깃거리가 많았다. 그는 포터로 몇 차례 오르내리고 나면 가이드가 될 수 있겠다 했고, 그러면 벌이가 세 배는 나아지니 내년이면 학교도 갈 수 있을 거라고 했다.

"내 아들도 부가이와 같은 나이야."

자기도 엄마 생각이 났던 걸까, 부가이는 도무지 곁에서 떨어지지 않고 내게 질문을 해댔다.

밤이 언제 왔더냐 싶게 난롯가에서는 저마다 수다가 끝이 없었고, 우리들은 아주 신이 넘쳤다. 웬만하면 다 오르는 길인데, 대단한 무언가를 해내고 난 뒤의 기세다. 아마도 그 시간을 함께 보낸 이들이 갖는 연대감이 주는 신명이었으리. 이렇게 날밤도 새겠다.

"나 오늘 다이닝룸에서 잘래! 괜찮아?"

식당 안 가장자리 쪽의 침상(때로 식탁도 침대가 된다)은 주로 가이드나 포터들 차지인데 그들은 무료로 그것을 이용한다(네팔의 일상 음식인 달밧을 포함하여). 그러니까 오늘밤 나는 방을 거저 얻은 거다. 그리하여 예정과 달리 하이 캠프에서 또 하룻밤을 더했다.

배낭을 방으로 옮길 일 없이 있던 자리에 그대로 둔다. 여기까지 내 짐을 내가 지고 왔다는 뿌듯함이 있다. 제 짐 제가 지지도 않고 하는 트레킹이 무슨 제 트레킹이냐는 우쭐함도 있다. ABC를 갈 때는 으레 포터를 써야 하는 줄 알고 쌌던 짐이었다. 하지만 이번 길은 혼자 질 가능성을 생각하고 나니 짐을 싸는 자세가 달라졌더랬다. 도와줄 사람이 있을 때의 목록과 없을 때의 목록은 다를 수밖에. 차를 끌고 갈 때와 짐을 몸에 붙이고 가야 할 때의 차이가 다른 것처럼 말이다. 그런데 제 것 제가 지고 다닐 때는 어떤 자유로움이 있다. 삶도 그렇지 않던가. 의존하는 삶은 비굴하기 쉽다. 스스로 서는 삶은 외롭고 힘들긴 하나 자유로울지니!

"내일은 날씨가 좋아. 내 장담하지!"

중년의 가이드는 자신의 기도 덕이 될 거라 우겼다.

"우리 학교 물꼬 기도빨(?)도 못지않거든!"

헌데, 이렇게 할머니가 되어도 '여성'은 선험적으로 가진 두려움이 있다. 예컨대 성폭력 같은. 걸어 잠글 방문도 없이 이렇게 트여 있는데 정말 여기서 자도 되는 걸까.

사고도 낮은 산에서나 난다. 높은 산까지 오른 이들은 나쁜 짓 않는다는 산꾼 선배들의 말을 방패 삼았다. 나는 산마을의 우리집 현관문을 잘 잠그지 않는데, 여기까지 와서 뭔가를 훔쳐갈 정도라면 그 성의를 봐서라도 내주는 게 옳다고 큰소리치곤 했다. 그렇게 침낭 속으로 들어갔었네.

일어날 일을
일어나게 하라

네가 아는 것을 말하고, 네가 하지 않을 수 없는 것을 하라.

그리고, 일어날 일을 일어나게 하라.

— 소피아 코발렙스카야, 《불꽃처럼 살다간 러시아 여성 수학자》 가운데

2017년 3월 2일. 네팔행 8일 차, 트레킹 5일 차.
〈하이 캠프-베이스캠프-마르디 히말 정상(5,587미터) 접근-하이 캠프-바달단다〉

달게 잤다. 대체로, 그리고 무사히.

쪼개지는 두통의 밤은 산군으로 달아나버렸다.

침낭은 충분한 집이 되어주었다.

로지의 식당 침상을 얻어 자면서 여성으로서 두려움이 없었던 건 아니나 그리 높이 올라간 산에서 사람이 사람에게 무슨 위해를 가할 수 있겠는지.

그렇다고 내리 잔 잠은 아니었다. 두어 시간 자다 깨기도 했더랬다. 하지만 극도로 몰려들던 고단은 충분히 빠져나왔다. 둘러친

식당 창으로 별들이 넘치는 물마냥 거침없이 쏟아져 들어왔다. 기분이 덩달아, 몸도 그렇게 창창한 하늘의 밤이었다.

아침도 그렇게 왔다. 쾌청하니 베이스캠프를 한 번 더 다녀올 만도 하겠다.

"가볼까?"는 "갈까?"에 이르렀다.

가자, 그러기로 하면 또 가는 거지. 예약해둔 버스표가 있는 것도 아니고, 있다 한들 못 갈 게 무어겠는가.

날마다 풀고 날마다 싸는 배낭은 고스란히 또 하루를 정리하고 시작하는 과정이다. 늘 긴장하며 살 순 없지만 순간순간의 정성스러운 움직임이 내 생을 이룰 터. 물꼬의 아이들에게 늘 그리 말하듯 가방을 여며 식당 가장자리 턱에 곱게 올려둔다.

"뭐어? 거길 또 간다고? 어제 갔는데?"

네 명의 네팔 청년들이 같이 내려가자고 했다.

우린 팀이 될 만큼 가까워져 있었다.

무서운 기세로 달려드는 마르디 히말 능선에서 서로 의지처가 되었던 동지들이었다. 베이스캠프까진 같이 밟지 못했어도.

"야, 정말 당신답다!"

갖은 찬사를 들으며 다시 신발 끈을 조였다.

"안녕. 어딘가에서 다시 만나면 서로 열심히 산 멋진 인생을 들

마르디 히말
트레일.

려주자."

마침 러시아, 호주인들도 같이 오르는 아침, 베이스캠프를 향해 하이 캠프를 또 나섰다. 러시아인들의 가이드와 포터가 베이스캠프까지는 일행들과 동행하지 않아도 된다는데 포터 부가이는 나를 따라 나섰다. 자기도 처음이라 가보고 싶다고. 어제부터 우린 둘이서 아주 죽이 잘 맞는다. 나중에 그가 가이드 일을 하기 위해서도 가보는 게 도움이 될 테다.

어제의 길을 되밟아 오른다. 베이스캠프까지 시야가 환했다.

가파르나 턱까지 숨이 막히는 길은 아니다.

날이 좋으면 이리 수월한 길인걸……

마른 마르디 히말 능선 왼편으로 히운출리와 안나푸르나 남봉이 계속 따라왔고, 저 아래 콜라 건너 산허리를 돌아가는 ABC 가는 길도 오늘은 잡힐 듯 보였다. 능선의 오른편으로는 검은 산이, 마른 풀과 삭막한 바위덩어리가 장엄하다.

다시 마르디 히말 베이스캠프에 올랐다. "일어날 일을 일어나게 하라"던 문장처럼! 폴란드인 한 커플이 먼저 올라와 있었고, 러시아인들 여섯과 나와 부가이가 같은 시간대에 깃발 꽂힌 돌무더기 앞에 섰다.

어제는 우박과 먹구름 속에서 보지 못했던 풍경이다. 아! 이런 곳이었구나. 비통한 희생도 없이 나는 이 아름다운 자리에 있어도 되는가. 이스라엘 청년을 생각했다. 어제 그러했듯 오늘도 어쩌면 그의 희생으로 이곳을 보는 것만 같았다.

없는 사람들끼리의 법도가 있듯 산에 오른 사람들끼리의 법도가 있다. 폴란드인들이 비스킷을 먹다가 나눠주었다.

"더 가보자!"

날씨도 좋잖아. 베이스캠프 너머로는 등반허가증을 받아야 하지만, 지금 그걸 받으러 산 아래까지 갈 수도 없는 노릇이니 그냥

다시 우퍼 뷰 포인트에서.

갔다. 서로를 기댄 거다. 러시아인들 가운데서는 셋만이 붙었다.

부가이랑 사이사이 걸음을 쉬며 얼마나 숱한 이야기를 나누었던지. 열아홉 청춘은 할 말도 많았다. 흔히 돈 많이 벌어 잘 먹고 잘살겠다는 걸 넘어 영혼이 건강한 삶을 꿈꾸고 있는 그의 젊음은 더욱 빛났다. 돈이 궁극의 목표라면 생이 얼마나 건조할 것인가. 란드룩에서 만났던 싱가포르 친구 못잖은 교류가 있었으니(한국으로 돌아오니 틈틈이 그가 찍은 내 사진과 안부가 메일함에 있었다).

베이스캠프를 넘어간 마르디 히말은 돌, 돌, 돌이었다.

간간이 바윗돌에 적힌 붉은 'M'이 안내가 되어주었다.

하늘 일을 어찌 알랴. 갑자기 이제 그만 내려가라는 듯 안개가 급하게 산을 가리고 우박도 떨어지기 시작했다. 러시아인들이 길을 접었고, 더 나아가고 싶어 하는 나를 부가이가 막았다.

산에서는 때로 두렵고, 때로 자신감이 공존한다. 사람에 대해서도 역시 때로 그립고, 때로 그로부터 자유롭고 싶듯. 갈 수 있겠다, 갈 거다! 하며 부득부득 나아갔는데…….

"내가 말이지, 설산으로 아주 걸어 들어가버릴 수도 있었는데, 부가이 애가 발목을 잡고 아주 싹싹 빌잖여."

로지의 식당 문을 열며 그리 너스레를 떨었네.

스무 살 언저리 《그리스인 조르바》를 읽으며 그 끝자락께 설산으로 영영 떠난 한 사람 얘기가 솔깃했었지, 아마. 히말라야 군락은 내게 그런 긴 그리움이었던 게다.

기진맥진, 딱 그거다. 한 발 다음에 다른 발을 옮기는 게 범보다 무서웠다.

내리 이틀, 두 차례 하이 캠프에서 베이스캠프에 올랐다. 보통

마르디 히말 베이스캠프에서
바라 본 마차푸차레 자락.

왕복 5시간들을 잡는 길이다. 로지에서 숨을 돌리다가 오늘은 산
을 내려가야지 싶더라. 그러고 싶으면 그리 하기로 하는 게 이번
여행의 방향성이라면 방향성이다. 낮 3시면 바달단다든 로우 캠
프든 닿을 수 있다.

  부가이가 내 아들만 같아 학비를 좀 보태고픈 마음이 일었다가
그건 과하다 싶어 바람막이 안의 새로 입은 방한복만 벗어주었다.

너무 부실한 그의 입성이었으니. 겨울 산행을 위해 지난가을 선배 하나가 마련해주었던 것이다. 헌데 그 말은 좀 하자. 한국을 떠나 보면(타국 사람들을 보노라면) 한국 사람들 너무 잘 '입고' 산다, 지나치게.

하이 캠프를 떠나 키 작은 나무들 사이로 난 길을 지나고 랄리 구라스 나무 사이도 스쳐 모래먼지 일으키는 흙길도 뒤로 보낸다. 이제 시야를 틔어놓은 언덕길쯤에서 앉았노라니 러시아인들도 가이드와 포터를 앞세우고 내려오고 있었다. 중년의 가이드가 반긴다.

"포카라에 내려오면 연락해. 창(네팔 막걸리) 한잔 하자."

그럴 만큼 가까운 마음이 없지는 않았으나 주저했다.

"약속 말자. 내일 일을 어찌 알겠어. 그냥 우연히 만나면 그러기로!"

그들은 오늘 로우 캠프까지 간다고 했다.

나는 오늘밤 어디에서 묵게 될까…….

바람마저
떠난

결국 아무리 의도가 좋다 해도, 즉 높은 이상을 가지고 있고, 가능한 한 많이 배우고 되도록 생태학적 발자국 (Ecological Footprint, 인간이 살아가기 위해 지구에서 필요로 하는 면적. 즉 자연환경과 생태계에 미치는 부정적 영향)을 적게 남기려는 숭고한 노력에도 불구하고 결국 따지고 보면 우리는 여전히 관광객일 뿐이라는 결론이 나온다. 달리 생각해보면 해외여행이 가져오는 사회 문화적이고 환경적인 결과에 대해 스스로를 속이고 있는 것일 뿐이다. 해외로 나갈 때 아무리 장한 목표를 품었다 해도 우리는 귀중한 재화와 공간을 소비하는 것이다. 그렇다면 여행을 해서는 안 된다는 말일까? 그렇기도 하고 아니기도 하다. 단순히 "즐거운 시간"을 보내기 위해서나 사회적 지위를 과시하기 위한 새로운 상징을 수집하러 나가는 것이라면 답은 "그렇다"이다. 하지만 어지간해서는 실현되지 않는 자기계몽과 해방에 이르기 위해서 여행을 한다면 답은 "아니다"이다.

— 로버트 고든, 《인류학자처럼 여행하기》 가운데

산은…… 이곳의 산은 이토록 높은데, 그저 마을 뒷산처럼 오래 곁에 있었던 양 내 산마을 길가 돌이고 나무만 같다. 그래서 경탄의 대상이기보다 너무나 자연스럽게 그저 그 자리에 있는 평범한 사물 같은. 깊숙이까지 사람이 살아서일지도 모르겠다. 바다에 살면 바다가 익고 산에 살면 산에 익는 게 사람일지라. 산은 겹겹이었으나 멀리까지 푸르렀고, 하늘은 저 끝까지 파랬다.

하이 캠프에서 같이 묵었던 이들은 로우 캠프까지 내려갔고, 나는 거기 이르기 전 바달단다에 짐을 풀었다. 아직 더 갈 만큼 해가 충분했으나 읊조리는 시마냥 산에 더 머물려는 까닭은 어지간해서는 실현되기 어려울 '자기 계몽과 해방'에 대한 숙제가 아직 남았기 때문인지도 모를 일이다. 올라갈 때처럼 여전히 로지에 다른 트레커들은 없었다. 지금은 시즌이 시작되기 직전이니까.

가족들은 모두 포카라에 가 있고 사우지 혼자 로지를 지키고 있었다. 봄이 오면 아내도 조카도 올라올 거라고 했다. 길에서 조금 벗어난 곳에 움막 같은 외양간에서 야크 치는 청년 하나가 언뜻 지나갔다. 인사를 외쳤지만 멀뚱히 바라볼 뿐이었다. 이곳 목동들이 주로 그렇듯 수줍음이거나 영어에 서툴러서이거나. 보이진 않으나 그렇게 산에 깃든 이들이 적잖을 게다. 산은 그들의 삶터니까. 이 트레일도 원래는 소나 염소를 치는 이들이 오르내린 길에서 출발했던 거니까. 보이지 않는다고 존재하지 않는 게 아닐 것이라.

올라갈 때 안개로 덮였던 로우 캠프가
내려올 땐 모습을 다 드러냈다.

　거친 바람이 온 산의 흙먼지를 식당으로 모으고 있었다. 바람막이가 잘된 건물들이 아니어서 창 벽과 지붕 사이의 틈이 크다. 식탁을 닦아놓으면 먼지, 또 닦아도 먼지, 눈도 자꾸 까끌거렸다.

　바람의 세기에도 등급이 있다. 보퍼트 풍력계급(Beaufort wind force scale)에 의하면 이렇게 다양한 바람이 있다.

하이 캠프에서 내려가며 본
바달단다.

    1. 실바람 2. 남실바람 3. 산들바람 4. 건들바람

    5. 흔들바람 6. 된바람 7. 센바람 8. 큰바람

    9. 큰센바람 10. 노대바람 11. 왕바람 12. 싹쓸바람

  이 바람은 큰 나무 전체가 흔들리고 바람을 거슬러 걷기가 힘드
니 8등급 큰바람쯤 되겠다.

  그런데 이 등급은 13등급으로 나뉘어 있는데, 0등급이 '고요'로
'연기가 똑바로 올라가는 상태'를 포함한다. 없음을 나타낸 0의 놀
라운 발견은 여기에도 있었으니! 바람의 세기에서 고요를 0등급

에 놓을 생각을 했다니!

사우지가 저녁으로 무엇을 먹겠느냐고 물었다. 고도가 높을수록 값이 조금 더 붙기는 하지만 로지들은 가격도 음식 종류도 단일화되어 있다. 여행협회에서 전 세계 트레커들에게 무난한 메뉴를 정해 로지 주인들에게 교육을 한다고 했다. 가끔 노련한 주인장이 자기 식단을 내놓기도 하지만 세계의 지붕에서도 우리는 흔한 서양식을 먹을 수 있다는 말이다. 메뉴를 읽고 주문하면 솜씨의 개인차야 있지만 크게 예상을 벗어나지 않는다. 더하여, 널리 알려진 얘기지만 한국의 신라면도 있고, 심지어 ABC 트레일에서는 한국의 단체여행객을 위해 김치찌개와 백숙도 낸다. 한국인들 그룹은 요리사를 데리고 오기도 한다는 것도 그 길에서 들었다.

어릴 적부터 해외 경험을 여럿 가진 사람치곤 나는 먹는 게 단순하다. 여행의 묘미 가운데 하나는 새로운 곳에서 새로운 음식을 먹는 것이라는데, 고기를 먹지 않는 데다 향이 짙으면 어려움을 겪는다. 젊은 날에는 그것이 내가 가진 편견 같아 자신을 괴롭히는 한 가지 이유가 되기도 했지만, 나이 먹어서는 나만의 고유한 특질로 순순히 인정하기로 했다. 메뉴에서 적절한 걸 고르지 못할 땐 메뉴에 있는 재료들로 만들 수 있는 간단한 음식을 부탁했다. 예컨대 천산산맥을 넘어 실크로드를 걸을 땐 양고기를 벗어나기 어려웠으니 주로 익히지 않은 채소만 달라고 부탁하거나 줄기콩

바달단다의 로지.

을 삶아달라고 했다. 가끔 삶은 계란을 주문하기도 하고. 이 트레
일에서는 주로 토마토와 감자와 달걀과 사과를 중심으로 먹었다.
얼마든지 리필이 가능하고 저렴한 달밧이 있지만, 고기가 들어가
지 않은 것조차 내게는 삶은 감자만 못했다.

저녁 마당에 나오니 오른쪽, 계곡 건너편으로 간드룩 마을 불빛
들이 보였고, 산 아래로 멀리 포카라의 밝은 빛들도 선연하게 가
까웠다.

밤, 난롯가에서 지도를 펴놓고 사우지와의 환담.

"내려가서 가촉으로 또 한 이틀 트레킹을 계속할까 하는

데……."

"지난번 ABC 갈 땐 어디로 갔어요?"

"비레탄티에서 시작해 힐레에서 첫 밤을 자고……."

고레파니, 푼힐, 촘롱, 시누와, 뱀부, 힌코, 데우랄리들을 짚으며 그곳의 시간들을 들려주었다.

"있잖아요, 내게 좋은 생각이 있어요. 당신은 네팔을 세 번이나 왔고 그것들을 이리 잘 기억하고 아니까, 한국에 가서 작은 사무실에 여행사를 차려요. 반은 당신 돈이 된다고요! 다들 그렇게 해요."

정말 그렇게 할까, 피식 웃는다. 대신 아이들을 안내하며 다시 오면 좋겠다는 생각은 들었다. 돌아가면 여행기를 남겨야겠다. 네팔 트레킹을 하려는 이들에게, 특히 가난한 여행자나 초행자를 위하여. 그런 생각도 드는 밤이었다.

특별한 깨우침도 자유로움도 느낄 새 없이 불가에서 점차 아래로 몸이 꺼졌다. 한 줄 기록조차 내일로 미룬다. 여행을 시작하고 가장 잘 잔 밤이었다. 산에서 내려오는 첫 밤이어서도 그랬을 테지. 곤함도 곤함이지만 낯선 여정에 대한 긴장이 좀 사라진 까닭도 있었을 테고. 이제는 내려가는 일만 남았으니까.

2017년 3월 3일. 네팔행 9일 차, 트레킹 6일 차.
〈바달단다-로우 캠프-포레스트 캠프-피탐 데우랄리〉

아침에 코를 풀자 피가 섞여 나왔다. 언제 그랬냐 싶게 바람은
멀리 떠났고, 막 세수한 아이마냥 하늘은 말갰다. 가을 운동회라
도 있을 만한 날이었다.
　로지를 둘러보다 아래 야크를 치는 목동과 눈인사를 나눴다. 엊
저녁 한번 스쳤다고 웅얼웅얼 뭔가 대답을 하는 그. 그는 나의 말
을 모르고 나는 그의 말을 알지 못하나 우리는 대화를 한다.
　9시가 지나서야 바달단다를 떠났다.

　가이드와 올라오는 한 아일랜드 할아버지를 만났다. 2014년 여
름에는 아일랜드에서 한 달을 보냈다. 현재 한국의 중학교에서 하
는 자유학기제의 모델이 아일랜드 전환학년제였고 그걸 탐방했
던 여름이었다. 할아버지는 당신 딸도 그 프로그램을(80~90퍼센트
가 전환학년제를 신청한다) 했다며 그때 병원에서 보낸 시간이 딸의
삶에 미친 긍정적 영향에 대해 들려주었다. 아일랜드는 9학년 뒤
에 하는 제도지만 한국은 7학년, 너무 이르게, 그것도 한 학년, 혹
은 한 학기만 하고 있어 적성을 찾고 진로를 정한다는 그 성과에
대해선 적잖이 의문이 든다. 제한된 관계, 제한된 환경을 넘는다
면, 그리고 하고 싶은 걸 하고, 하고 싶지 않을 걸 하지 않을 수 있

포레스트 캠프 건너 계곡을 따라 ABC 트레일
산허리가 훤히 보인다.

는 자유가 허용된다면 기대해볼 만하지 않을까 싶지만. 교육의 질
은 교사를 혹은 부모를 뛰어넘지 못한다는 사실을 다시 되짚는다.

　또 걸음을 멈추었다. 혼자 오르던 스물넷 미국 청년과 수다를
떨었다. 몬타나에서 농사를 짓는 그는 네팔에 두 번째 왔고, 나는
농부이기를 바랐던(내 바람이) 우리 아들 이야기를 했다.

"좀 더 얘기해도 되겠어?"

혼자 오르던 그여서인지 보고 싶은 아들 이야기에 신이 난 나여서인지 우리는 나무를 기대고 서서 아주 자리를 잡았다. 어떻게 길러져 우리 입에 이르는가를 알아야지 않겠냐는 먹거리 문화에 대한 생각도 나누었고, 아이는 농부가 되는 길 대신 의대를 갔지만 농부가 못 돼도 텃밭 가꾸기로도 충분하다는 위로의 말을 받기도 했다. 젊은 농부는 내게 '밝은 미래'와 동일한 낱말로 들린다. 대단한 고소득을 향한 특수작물 재배가 아니라면 젊은 농사꾼이 거의 없는 나라에서 사는 사람에게 창창한 젊은 농사꾼은 그 이름만으로도 눈부셨다. 농사로 먹고사는 게, 그리고 여행까지 가능한 젊은이가 있는 나라를 잠시 부러워했다.

짜이로 시작하고 짜이로 끝난다는 차 문화권역 안, 아침도 차로 시작하고 식사마다 차를 같이 주문한다. 틈틈이 쉴 때도.

로우 캠프에서 차를 마시고 있을 무렵, 하이 캠프를 떠나 내려온 '캥거루(가이드가 그들을 그리 활달하게 칭했던 호주 부녀)'들을 다시 만났다. 지난 ABC에서도 독일에서 아버지와 함께 트레킹 온 딸과 수돗가에서 이를 닦다 말고 수다를 떤 적이 있다. 아버지와 딸의 여행, 참 보기 좋다. 그것도 트레킹이라니!

캥거루들은 하이 캠프의 로지에서 너무 추워 고생했다고 했다. 그때 로지의 식당 안에서도 웅크리고 있던 딸에게 핫팩 하나를 꺼내 들려주고 왔더랬다.

이 앞에서 포레스트 캠프와 시딩으로 길이 갈라진다. 그들은 그곳에서 미리 부른 지프차를 타고 포카라로 바로 간다고 한다.

열여덟 나이의 딸은 건축을 공부할 거라고 했다. 한국의 고건축이 몇 마디 화제였다. 그들은 짜 맞춘 걸 빼내 집을 통째로 옮길 수 있는 한옥을 흥미로워 했다. 수행에도 관심 있어 하는 그는 명상이 자신의 삶에 가져온 변화에 대해 들려주기도 했다.

포레스트 캠프의 로지. 사흘 밤을 보내고 오니 멀리 떠났다 집으로 돌아온 것마냥 서로 반갑다. 빨랫줄에 널어놓고 갔던 빨래가 곱게 개켜져 맡겨둔 짐과 함께 있었다.

"어디로 가실 건가요?"

란드룩으로 가서 톨카로 이어지는 길도 있으니 묻는 말이다. 점심을 먹고 피탐 데우랄리까지 가련다 하니, 마침 사우니의 여동생이 거기서 로지를 한다지. 동생을 통해 여기에 로지도 짓고, 차림표의 음식들도 만들 수 있게 됐다고 한다.

"거긴 달랑 두 집 있어요. 큰 집 하나, 작은 집 하나. 작은 집이야. 만나면 바로 알 걸요. 나랑 아주 많이 닮았어. 묵을 거면 전화해 둘게요."

포레스트 캠프에서 피탐 데우랄리까지 넉넉히 다섯 시간. 어둡기 전엔 도착하겠구나.

그런데 바로 그 넉넉함이 '문제'였다⋯⋯.

해는 져서
어두운데!

주로 양과 소를 키우는 극서 지역 바주라 목동들의 곡조는 눈과 안개로 덮인 고원처럼 곡 또한 뿌연 느낌으로 다가왔더랬다. 염소와 양을 키우는 다딩 지역 타망족 목동들의 곡조는 고음을 많이 쓰고 빨라서 밝고 경쾌했다. 염소와 소를 방목하는 북부 수르케트 목동들은 소금과 비슷한 원리로 나는 반수리(Bansuri, 나무 재질에 금속 장식이 많이 붙어 있다)라는 악기를 써서 느리게 시작해 빨라지는 곡조를 가지고 있다. 타나훈 지역 마가르족 목동들은 마르샹디 강둑에서 가축들이 풀을 뜯는 동안 중간 템포로 구성된 곡을 부른다지. 테라이 지역 타루족 목동들은 물소를 초원에 끌고가 방목하며 사키예호 선율에 따라 중간 템포의 피리 소리로 새들의 지저귐을 흉내 내고 있었다.

낮 1시 45분. 포레스트 캠프에서 피탐 데우랄리로 향했다. 5시간 걸린다고 했지만 산에서 좀 빠른 내 걸음을 생각하면 4시간이면 족할 테지 한다.

란드룩에서 포레스트 캠프에 이르는 길마냥 오롯한 숲길은 퍽 빼어나다. 오래 사람의 발길이 닿지 않았던 숲은 정글이라고들 이르는 대로 겨우 사람 하나 지나갈 폭만 허용한다. 발길이 잦았음을 말해주는 흙길 사이에도 나무들은 아랑곳없이 뿌리를 뻗었다. 그곳은 그들의 삶터였으니까. 숲은 짙었고, 가끔 히말라야 목련 꽃이 떨어져 있어 한참 고개를 젖히고 나무를 찾아보기도 하고, 랄리구라스 꽃길이 놓여 다시 고개 들고 꽃구경을 하기도 했네.

"얼마나 남았어요?"
스스로 가늠하면서도 사람이 보일라치면 으레 서로 묻는다. 산길의 인사법이다, 말을 트는.
"올라가는 길은 어때요?"
굳이 대답을 다 듣지 않아도 짐작이 어렵지 않은 길이다. 기본적으로는 고도가 높아져 가지만 내가 내려온 길 역시 오름과 내림이 번복하는 길. 끝까지 들을 것도 없이 서로 다 이해했다며 아직 가지 않은 길에 대해 상대의 말을 자신이 되려 받아 하기도 한다.
그렇다, 산길이란 게 어디 내리 오르기만 하고 내리 내려가기만 하던가. '전화위복'이니 '새옹지마'가 괜히 있을까. 나쁘다고 내내 나쁘기만 한 것도, 좋다고 내리 좋지만도 않은, 오르고 내리는 것이 사람살이의 '자연'스러움이라.

"포레스트 캠프에 가면 세 개의 로지가 있는데······."

오르고 있는 이들에게 묵었던 로지를 소개해주었다. 그렇게 포레스트 캠프의 부부에게 마음을 전하고 싶었다. 진정성은 누구라도, 사람을 넘어 개도 나무도 바위도 느끼는 거니까. 같은 종인 사람이 그것을 알지 못하거나 믿지 못할 때는 있더라만.

같이 걸어 내려오던 이가 곁에서 물었다.

"그런데 소개한 사람이 진상 손님이면 어쩌시려고?"

것도 그렇네. 돕자고 한 일이 꼭 그리로만 되던가. 좋은 뜻이 꼭 그렇게만 되잖는 게 어디 이런 일이기만 할까. 하지만 그렇더라도 의도는 중요하다마다.

티하우스 앞에서 한 아르헨티나 청년을 만났다. 그도 나도 굳이 차를 마시러 들어갈 생각은 없어 길에 선 채 말을 주고받았다. 인도에서 포카라로 넘어왔다고 한다. 달포 전 집을 떠났다지. 각자가 하고 있는 수행, 요가와 명상에 대해 이어지던 이야기는 한국의 몇몇 영화감독에까지 이르렀다.

그에게도 포레스트 캠프의 로지를 당연히 권했다마다.

숲이라 어두운가 했더니 하늘이 보이는 곳에 이르자 날씨 탓이었다. 돌로 된 쉼터에서 배낭을 풀고 앉았는데, 우박이 떨어진다. 산에서 며칠 지낸 경험으로 보면 이 역시 오래지 않으리라. 아니나 다를까, 몇 걸음 만에 다시 마알간 하늘이다.

다리 쉼을 하려는 게 아니어도 한갓진 숲이 좋아 길을 벗어나 오래 앉기도 한다. 떠나온 시간이, 두고 온 사람이 곁에 내려앉는다. 떠나간 이에겐 어찌 이리 회한만 남는가.

"지금 사랑에 빠진 그대여, 오직 사랑하고 또 사랑하시라."

어느 소설 막바지에서 만난 문장이었을 것이다. 세월이 가면 때때로 중요한 건 무엇을 주느냐가 아니라 무엇을 양보하느냐가 사랑이라던가.

방향을 일러주기도 하고 다리도 쉬라는 '플래그-스톤 스텝스(Flag-Stone Steps)' 앞에 배낭을 부리고 사진도 한 장 남긴다.

너무 여유를 부렸나 보다. 아직 남은 길이 많은 듯한데 벌써 저녁이 뒤를 바짝 쫓아왔다. 게다가 길도 자꾸 갈라진다. 표지판은 친절하지 않고. 아니, 산을 오르는 사람만 있는가, 내려가는 사람도 있는 걸 올라가는 화살표만 흔하다. 어둑한 속에 방향을 모르겠는 이국에서의 깊은 산길은 삶의 비의(秘義)가 덮쳐 그만 울음으로 젖을 기세다.

아차! ABC 트레킹에서는 가이드와 포터가 있었다. 하지만 이번 길은 가이드도 없이 등에는 10킬로그램이 넘는 배낭이 있다. 생긴 지 오래되지 않은 길이라 해도 알려진 트레일이니 안내판이 있을 거라고, 그래서 지도만으로 충분하리라 생각했던 것이다. 그리 무거운 것도 아니건만 나침반은 책상에 고이 두고 왔으니.

독도법을 왜 하던가. 내 위치에서 목적지로 가기 위해 진행해야 할 방향을 찾는 것이다. 그래서 지도정치(지도상의 방위가 실제의 방위와 일치하도록 놓음)를 한다. 지도정치를 하고, 내 위치를 확인하고, 가야 할 방향을 정한다는 독도법 현장 활용 3단계. 알면 뭐하냐고. '구슬도 꿰어야 보배'인 걸.

돌아가면 이참에 독도법도 제대로 익혀야겠다. 책도 읽다 보면 다음 읽을 책이 생기고, 공부도 하다 보면 다음 공부거리가 잡힌다. 오늘 움직이면 내일 무엇을 해야 할지 계획이 된다. 그러니 '하는' 게 중요하다.

해는 져서 어두운데 또 갈림길, 잠깐 두려움이 엄습했다. 하지만 길이 좋으니 그 길은 어디라도 이어질 테고 거기서 잠자리를 얻을 수 있을 것이다. 산 구석구석 사람이 살고, 아니면 목동이라도 있으니. 네팔 산군에선 산이 마을이니.

바지런히 걷는다. 길은 다시 갈라지고 또 나는 그중 하나를 선택한다, 살아온 날들이 그랬던 것처럼. 분명한 건 길 끝에 닿으리라는 거다. 적어도 내가 더는 걷지 못할 길이 바로 길 끝일 것이다.

다시 갈림길 앞, 더듬이를 세운다, 산 아래서는 잊혔던. 잊었던 더듬이가 머리 쪽에서 앞으로 쭈욱 나와 길을 찾아 더듬거려 또 한 길을 향한다. 이제 머릿속은 집도 사람도 만나지 못했을 때 어떻게 잘지를 그린다. 관목 사이 아늑한 곳에 위로 비닐을 치고 낙

피탐 데우랄리
한 로지의 부엌.
밤에 목동들이 와서
야크에게 먹이기 위한
소금을 구웠다.

엽을 긁어모은 위에 침낭을 깔고……. 그나마 산을 많이 내려와
다행이다. 영하로 떨어지지는 않겠다.

  어둠은 더 깊어졌다. 어디로든 닿겠지, 별 뾰족한 방법이 있는
것도 아니고, 머리 안에서 비박 준비도 완료되었고, 외려 씩씩함
이 들어 건들거리기까지 하는 걸음이지만 속은 사실 가긍할진대,
저 앞에 불빛이 보인다. 포기한 순간 내게 닿는 답이여!
  "한국에서 왔어요?"

"루피인가요?"

로우 캠프 사우니의 여동생이 마중을 나와 있었다. 피탐 데우랄리로 들어서는 길이 곧장 이 로지의 뒤란과 맞닿아 있었던 것이다.

부엌에서 퍼온 따뜻한 물로 비로소 샤워도 했다. 손님이라야 방하나에 들었을 뿐이니 가스를 켤 순 없었으리. 이쯤에서는 맥주를한잔 마셔도 되겠다. 하이 캠프와 바달단다에서는 고산증을 걱정하여 내키지도 않았고, 피했다. 오늘은 밤길에도 무사히 도착했음을 축하해도 좋으리.

사우니가 가까운 곳에 앉았다.

"두 딸은 포카라에 있다면서요?"

"사립학교에 다녀요."

그에게는 네팔의 큰 도시에서 자녀들을 사립학교에 보내는 자부심이 서려 있다. 이곳 역시 갈수록 교육열이 높다. 가진 게 없는사람들로서는 교육비를 대느라 허덕이고.

"그런데, 우리 언니네는 자식이 없어요. 그래서 우리 애들을 당신 딸들처럼 보살펴요."

포레스트 캠프의 그 쓸쓸하고 한편 따뜻했던 순한 눈빛의 두 분을 다시 떠올렸다.

저녁을 먹고는 부엌으로 가 댓명의 목동들이(어딘가 어둠 속에서 툭 튀어나왔던) 소금 굽는 것을 거들었다. 깨를 볶듯이 큰 팬에 넣고 긴 나무 주걱으로 부지런히 저었다. 아주 꼬들꼬들해지면 마당의 희미한 불빛 아래 나가 절구에 찧었다. 이걸 깻묵처럼 만드는데, 야크를 먹일 준비라지. 그것을 어떻게 먹이냐 하면…… 이렇게 계속 설명을 할 수 있음 좋으련만 목동들은 영어가 짧고 나는 네팔어에 문맹이다.

그들의 발을 보며 문태준의 시 〈맨발〉을 떠올렸다. 하루 종일 양식을 탁발해 울던 것들의 배를 채우던 부르튼 발. 사는 일이 애달프다가, 그들의 생활 앞에 내 여행이 어쩐지 미안하다가, 그들이 터뜨리는 웃음을 따라 덩달아 웃었다. 아무것도 아니라고 어깨를 툭 치던 벗의 위로처럼 사람살이의 우울이 부서져 멀리 흩어져버렸다. 오늘을 살아냈듯 내일도 우리 살지라.

이들은 지금도 대나무 피리를 들고 다닐까? 옛적엔 아침 먹고 숲으로 들어가면서 저녁에 돌아올 때까지 피리가 말동무였다는데. 소나 양이나 염소들이 풀을 뜯는 동안 벗이기도 하면서 때때로 그것으로 가축을 몰기도 했다던데.

안나푸르나 좀솜 지역은 노새와 말의 등에 물건을 싣고 다니는 상인들이, 가축들이 잠시 풀을 뜯는 동안 피리를 분다고 한다. 피로감처럼 템포가 느린 곡. 마르디 히말 쪽 목동들의 곡은 어떨까?

물어보지도, 들어보지도 못하고 헤어지고 말았네.

이맘쯤 내려오니 전화는 연결이 고르다.
아들에게 문자가 와 있다.
"어머니 말씀대로 했으면……."
무슨 일일까.

인성교육은 무슨.
너나 잘하세요!

이처럼 결정적인 전환점에서 요점은 단순히 사느냐 죽느냐가 아니라 어느 쪽이 살 만한 가치가 있는가다. 가령 당신이나 당신의 어머니가 몇 달 더 연명하는 대가로 말을 못 한다면 어떤 선택을 할 것인가? …… 당신의 아이가 얼마만큼 극심한 고통을 받으면 차라리 죽는 게 낫겠다고 말하게 될까? 뇌는 우리가 겪는 세상의 경험을 중재하기 때문에, 신경성 질환에 걸린 환자와 그 가족은 다음과 같은 질문에 답해야 한다. '계속 살아갈 만큼 인생을 의미 있게 만드는 것은 무엇인가?'

— 폴 칼라니티, 《숨결이 바람 될 때》 가운데

피탐 데우랄리의 밤이다. 트레킹 엿새가 흘렀다. 지리함이 끼어들었다가 다시 다른 결의 마음이 스밀 만한 날이다. 오르고 내리는 길만큼 마음도 다르지 않다.

전화 연결이 고르자 여기저기서 들어온 문자들이 있다. 어미가 집을 떠나 있으면 바쁠 길을 짐작하여 연락을 잘 하지 않는 아들

것도 뜻밖에 있다.

로지의 사우니도 고등학교 다니는 두 딸이 있으니 어미들로서 또 할 이야기들이 많다. '착한 우리 새끼.' 모든 엄마들이 생각하는 자식이 그렇듯 우리도 그랬다. "세상 무슨 일이 일어나도 엄마는 네 편", 그것은 어떤 일이 벌어져도 저버릴 수 없는 약속 같은 것이다. 그 힘으로 우리 새끼들이 힘을 내며 살아가고 있을 것이다. 부모님들이 우리에게 그러했듯.

때로 자식은 부모에게 자부심의 얼굴을 갖게도 하지만 문드러지는 속도 함께 준다. 뜻대로 되지 않는 걸 죽도록 경험하는 게 인생이라지만 자식 키우는 데 비길까. 생에 더없이 오만했던 이도 아이를 키우며 비로소 부모만 아이를 키우는 게 아니란 걸, 생을 저잘나서 산 게 아님을 인정하고야 만다. '아들 가진 사람이 도둑놈 욕 못 하고 딸 가진 이 역시 화냥년 욕 못 한다'지 않던가. 그리하여 그들이 우리를 배신할 때 비로소 우리는 아노니, 우리 역시 부모를 배신하는 자식이었다는 것을. 부디 쉬운 길로 가라 바라던 울어머니도 혹독한 산골살이를 하고 사는 딸자식한테 기가 막혀 하신다. 마음에 안 들지만 그 삶을 헤아리려 애쓰고 뭐라도 손을 보태려 하신다. 이런 걸 불효라 말하는 걸 게다, 늘 걱정시켜 드리는.

이미 어두워 도착해서 씻고 먹고 나와 보니 헤드 랜턴 불빛 앞을 빼곤 사방이 다 밤에 잠겼다. 맞은편 아주 커다란 로지의 창도

피탐 데우랄리의 로지 마당에서 본
안나푸르나 남봉과 히운출리.

밤이 다 먹었다. 거기조차 든 사람들이 없는 걸까? 저 아래 멀리
포카라 불빛이 별빛처럼 아스라하다.

2층에 꽤 큰 다이닝룸이 있긴 하지만 온기는 없다. 묵는 이들이
더는 없으니 당연하기도 하겠다. 아래층으로 내려가 테이블이라
곤 달랑 하나 있는 식당에서 피운 난로 위에 빨래를 널었다. 사우
니 사우지도 들어가고 일을 거드는 큰 사내아이도 보이지 않는다.
이제 산의 밤은 바람만이 차지한다. '작은 나무 전체가 흔들'리니

5등급 흔들바람 급이겠다.

아들 생각이 미역줄기처럼 딸려 올라온다. 부모 자식이 뉘라고 그렇지 않을까만 내게 참 각별한 아들이다.

세 돌을 갓 지난 아이 손을 붙들고 한국을 떠나 두 해 넘게 여러 나라 공동체들을 떠돈 적이 있다. 한국에 있던 아비는 아이에게 늘 엄마를 잘 지켜주어야 한다고 말했다. 차를 타고 이동해서 새로운 곳으로 가면, 어미는 고단함으로 쓰러졌다. 눈을 뜨면 머리맡에 아이가 앉아 있다가 여기는 화장실 불을 어디서 켜고 이 공간은 무엇이며 이 집안에 어떤 게 있고…… 미리 집안을 탐사하고 하는 보고였다.

당시 내가 신던 신발은 양옆으로 지퍼가 달려 있는 단화였는데, 먼저 내려선 아이는 내가 신발에 발을 쏘옥 넣으면 싸악 지퍼를 채워주었다. 관절염을 앓고 있어 무릎 굽히기가 쉽지 않던 때였다. 불도 물도 없는 깊은 숲이었던 호주의 만두카 커뮤니티에서 겁 많은 내가 잘 지낼 수 있었던 것도, 소매치기 많은 유럽의 중앙역들에서 편히 화장실을 다녀올 수 있었던 것도 그 아이를 기댔기 때문이다.

"걱정 마세요, 누가 우리 가방에 손대기만 하면 '헬프 미, 헬프미!' 하고 큰 소리로 사람들을 부를게요!"

누군가는 가고 누군가는 온다. 가기만 하면 지구 위에 사람이

어이 남았겠으며 오기만 하면 바글거려 어찌 살았겠는가. 가장 가까웠던 벗을 백혈병으로 잃고 아이가 뱃속에 온 것을 알았고, 뗏목 '발해 1300호'를 만들어 타고 발해 항로를 복원하러 갔다 돌아오지 못한, 만주 벌판 광활한 꿈을 같이 이야기했던 선배를 잃은 해에 그 아이는 태어났다.

함께 보낸 긴 여정의 이국 길 아니어도, 9학년(중3) 나이까지 학교를 다니지 않고 멧골에서 그냥 어미 삶을 도우며 살았던 아이와 오달지게 붙어 다녔다. 바깥으로 강의를 갈 때면 그가 랩탑을 챙겨주고, 전래놀이를 가르치러 가면 보조교사 노릇을 해주었으며, 산골의 낡고 너른 학교 살림도 그 아이가 거뜬히 한몫했다. "우리 엄마는 아들 일 시킬라고 학교 안 보냈나 봐." 그런 소리를 할 만치 일깨나 하며 자랐다.

당시 아이 또래의 7학년들 열댓이 모여 밤을 보내던 때였다. 아이들이 우리 아이에게 말했다.

"너는 엄마 잘 만나 학교도 안 가고 시험 스트레스도 안 받고……."

"말 마. 대신에 나는 사느라고 힘들었어. 전기가 나갈까, 보일러가 터질까, 수도가 얼까……."

그런데 그 힘으로 뒤늦게 한 학교 공부도 좇아갈 수 있었다지. 일머리가 공부머리도 키워주고, 경험들이 공부로 모여주고, 심심

해서 본 책들이 학습에도 큰 도움을 주었단다. 게다가 학교 가기 정말 잘했지, 부모를 자랑스러워하고 어미가 하는 일도 더 많이 돕게 되었더라. "고3한테 일 시키는 엄마는 울 어머니밖에 없을 거야" 하고 툴툴대면서도.

동년배들의 경험을 자신도 갖고 싶다고 선언하고 제도학교를 가기 위해 고교 검정고시를 준비하던 8학년 때부터 EBS 강좌의 도움이 컸다. 학원이 어딨었겠는가, 멧골에. EBS 장학생 공모에 그 과정을 써서 냈고, 우수상인가 장학금을 받게 되었다는 문자였다. 이제 졸업식을 한 친구들과 대놓고 술 약속을 잡아, 저녁 버스로 읍내 가느라 마구 갈겼다고 어미에게 타박을 받던 바로 그 글이었다.

통화를 했다.
"거 봐, 엄마가 애 안 먹이니까 잘되는 거야."
그렇다, 부모고 형제고 벗이고 간에 서로 아쉬운 소리 안 하고 저 잘사는 게 서로 돕는 거다. 부모 자식이 특히 그런 듯하다. 어미가 잘살면(멀쩡히 살면?) 아이도 잘산다!
대학 입학 들머리, 아무래도 아이의 준비를 좀 도와주면 수월할 것을, 어미가 이리 가뿐히 여행길에 오를 수 있었던 것이 새삼 고마웠다. 여행 경비도 보탠 그였다, 대입 과정을 끝내자마자 과외 알바도 하며.

제도학교에서 1년을 보내고 이 친구가 갈등했던 시간이 있다, 계속 다니느냐 마느냐로. 갈 때도 "그래, 가렴" 했고, 안 간다고 할 때도 "그럼, 그러렴" 했다. 헌데 계속 다니더라. 대학가는 데 있어 학교(고등학교) 다니는 게 돈이 젤 적게 들겠더라나. 그만두는 것이 하나의 실패가 될까 하는 걱정 또한 없지 않았을 것이다. 여태 학교 안 다니더니 결국 적응에 실패했더라는.

그렇게 무사히 대학을 갔다. 괜찮은 대학들로부터 입학허가를 받은 것도 기특하지만 더 중요한 건 그가 하고팠던 공부를 한다는 것이었다. '시 쓰는 뇌생명과학자'가 그의 꿈이다.

그러나 나는 안다. 아니, 우리 모두 안다. 대입으로 모든 교육이 귀결되는 듯한 대한민국에서 대학 무사 진입으로 마치 다른 문제는 없는 양하지만 사실 교육은 그게 전부가 아니라는 걸. 다만 우리가 외면하고 있을 뿐이라는 걸. 우리의 저 바닥에는 사실 아이들을 정녕 좋은 사람으로 키우고픈 소망을 다 가지고 있다는 걸.

제도학교에 강의를 갈 때면 강사 이력에 인성교육지도자 '증'을 더한다. 요구하니 내지만 그때마다 나는 낯이 뜨겁다. 인성교육지도자라니, 내가 무슨!

인성교육진흥법은 인성교육을 의무로 규정한 세계 최초의 법이다. 우리, 최초, 그거 참 좋아하지. 2015년 7월부터 지방자치단체, 학교에 인성교육 의무가 부여되었다. 인성에 대한 가치를 국가가

피탐 데우랄리를 막 벗어나면서 돌아보니
안나푸르나 남봉, 히운출리, 마차푸차례가 거기!

개입한다니, 인성을 정량화한다니!

아이들은 가르치는 대로 되는 게 아니더라. 보고 배운다. 그런 의미에서 모든 어른은 아이들 앞에 교사다.

인성교육은 무슨!

우리 어른들이나, 나나 똑바로 살 일이다.

학교를 안 다니고 있던 아이는 곧잘 턱밑에서 그랬더랬다.

"어머니, 제 교육에도 신경 좀 써주세요."

"내가 가르치긴 뭘 가르치니? 나나 똑바로 살게."

멧골에서 살아내는 일이 만만찮았고, 돌아보면 살아야 할 다음 날이 또 와 있었다. 다만 착하게 살고자 했고, 정성스럽게 살았다. 모자라는 어미를 외려 아이가 채우더만.

원하는 결과를 얻은 대입이지만 여전히 스무 살 아이는 흔들리고 있다.

"이 나이를 먹어도 흔들려. 사람이 그런 거야, 죽는 날까지."

그럴 때 우리는 서로를 이해하고 지지하며 어려운 시간을 같이 헤쳐 나간다.

"어머니가 계셔서 참 다행이다."

"아들이 있어 참 다행하다."

도반이 따로 없다. 근래 우리의 관심사는 '계속 살아갈 만큼 인생을 의미 있게 만드는 것은 무엇인가?'다. 적어도 우리가 서로를

살리고 있으니, 목숨 하나 살리는 일만큼 귀한 일이 어딨겠느냐며
그것이 생을 의미 있게 하는 첫째가 아닌가 하였네.

그런데, 여기는!
아침에 마당을 내려서서야 이곳을 기억해냈으니…….

언제 바람이
그리 불었더냐

그리하여…… 우리의 꿈이 점차 희미해지면서, 우리는 고
통과 기쁨, 영웅심과 비겁함, 숭고함과 비열함이 뒤섞인 일
종의 공포감을 느끼며 사람들이 사는 곳으로 돌아왔다. 시
간이 지나자, 우리는 마침내 간선도로와 혼잡함 속으로 나
왔다. 모든 것이 끝났다는 사실은 나를 슬픔이라는 무게로
짓눌렀다. 이제 우리는 세상과 마주해야 했다.

— 리오넬 테라이, 《무상의 정복자》 가운데

바람만 지키던 밤이 지나자 다시 사람의 시간이 왔다. 피탐 데
우랄리의 마알간 아침이었다. 로지 마당에 내려서자 모퉁이의 타
르초 뒤로 안나푸르나 남봉과 히운출리가 펼쳐졌다. 눈 뜨자마자
눈을 채우는 풍경이 산과 산, 그것도 안나푸르나 군락이라니!

사우니가 야외 테이블로 차를 내왔다. 자주 어떤 영상 안에 내
가 잠겨 있다는 착각을 한다, 지금처럼. 마치 무대거나 영화 속이
거나 드라마 안인 것만 같은, 그래서 내가 실제 살고 있으나 그게
카메라에 찍히고 있다는 착각. 지금이 꼭 그런 순간이다.

산군에서의 아침은 한겨울이 아닌데도 이마 가운데를 가르며 들어오는 명징함이 있다. 단순히 공기가 좋다거나 자연 풍광이 맑아서가 아닌 날카로운 각성 같은. 겨울 아침에 세수를 하고 아직 물기 남았던 손으로 잡았던 시골 외가 문고리의 감촉, '쩡' 하고 울릴 듯 세상을 '쨍' 하고 가르던 그런 맑음 말이다.

"앗!"

이곳…… 낯이 익더라니 이제야 어딘지 알아차렸네. 2014년 ABC 트레킹 때 란드룩에서 내려오다 다리 쉼을 하며 사과를 먹었던 곳이 간밤에 묵은 이 로지 마당이었다.

몇몇과 같이 산을 올라갔으나 내려오는 길은 달랐던 그때의 씁쓸한 시간들이 다시 떠올랐다. 해결하지 못했던 과거는 언제고 자신 안에서 또 날을 세운다. 갈등에 대해 누가 누구를 뭐라 하겠는가. 여태 불편한 마음이 남아 있었구나, 노시인이 산수유 꽃나무에 말한 비밀처럼 이제는 그 일을 묻고 가기로 한다. 여행은 그런 너그러움을 불러주기도 하나니. 앞으로 남은 날을 결정하는 것도 아닌데 뭐하러 굳이 옛 시간을 곱씹겠는가. 미움은 하는 자보다 받는 자가 힘이 드는 일일 거라는 생각 정도가 그때 남긴 흔적이랄까. 그 짧은 순간에도 인간은 사랑과 시기와 우정과 미움과 질투 사이를 허우적댄다는 것도 남은 깨달음이라면 깨달음이다. 허니, 그저 어찌 하려 하기보다 그저 흘러가는 게 더 좋은 방법일 수도 있다. 허리까지 쌓인 눈 속에서 야크를 앞으로 끌고 가려면 때로 녀석의 옆구리를 바늘로 찔러 준다고 하듯 내 삶의 바늘 하나였다 여기고 털기로 한다.

그러다 그만 알아버렸네, 참았던 건 내가 아니라 그들이었단 걸. 너무 일찍 집을 떠났던 나는 타인을 사랑하고 이해하는 데 서툴렀으며, 타인의 날 섬을 누그러뜨리기보다 날을 더 세우는 쪽을 택했고, 내 잘못을 시인하는 데 시간이 오래 걸렸으며, 관계를 회복하기보다 외면하는 쪽이 더 쉬웠다. 아, 그들이 있어 ABC를 올랐다. 같이 먹고, 같이 자고, 같이 걷고, 같이 산에 있었다. 그들과 함께 걸었던 ABC가 없었다면 이 MBC를 걸을 수 없었을지도 모른다! 내가 무에 잘못한 게 있더냐는 억울함으로 야속했던 그들의 얼굴이 그리움으로 살아났나니.

아침, 좋다.

하기야 안 좋을 게 뭐람. 해주는 밥 먹고 일상의 일들은 두고 왔고 그저 걸으면 되는 일. 먼 길 가는 사람에겐 눈썹 한 올도 짐이 된다지만, 아무리 거친 여행이라 한들 어려울 게 무엇이 있겠는가. 흔히 수행이니 명상이니 하는 곳에 가면 참석한 이들이 다들 좋다고 한다. 아니, 안 좋을 게 뭔가. 해주는 밥 먹고 그저 앉았기만 하면 되는 걸. 그게 무에 어려워서 엄살을 피우겠는가. 그런데도 그 현재를 더 누리기 전 과거에서 달고 온 부스러기로 괴로운

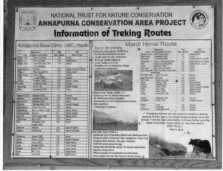

안나푸르나 베이스캠프,
마르디 히말 베이스캠프 트레일 구간 소요시간.

우리들이라니. 자, 아무쪼록, 이 순간에 있으라고 다시 자신을 다독인다.

아래가 가까우니 벌써 사람들 간격이 좁다. 띄엄띄엄 마당을 지나 산을 오르는 트레커들의 사이도 차츰 짧아진다. 아침 일찍 나서고 하오 가운데쯤엔 다음 로지에서 하루를 마감하는 흐름이 산에서는 좋더라. 씻은 뒤 마을을 둘러보고 각국에서 온 트레커들과 교류하는 풍성함도 한갓지게 즐길 수 있어서도. 하지만 좋은 줄 알면서도 꼭 그대로 되지는 않는 게 또 사람의 일이다. 번번이 나는 쉬는 자리가 길어져 해질 무렵 다음 마을에 닿고는 했다.

열댓이 줄줄이 지난다. 그룹을 끌고 올라온 말레이시아 가이드는 십수 년째의 네팔행이라 했다. 푼힐 전망대까지 가는 관광객들이었다.

오스트레일리안 캠프에서 본, 아침잠을 깨는 안나푸르나 산군(2014.11).

"뭐가 그렇게 좋아요(뭐가 좋아서 그리 자주 왔어요)?"

"직업이니까."

아……. 내가 좋아서 하는 일이 누구에게는 감동 없는 밥벌이일 수도 있겠구나. 자기가 하고 있는 일을 믿지 않으면, 그 일은 아무런 즐거움도 가져다주지 않는다. 부디 그러하길.

미처 인사도 건네지 못한 이들이 꼬리를 물고 오른다.

길을 나선다. 산 아래로 가는 길은 여럿이고, 그러니 이르는 길 또한 많을 테다. 어디로 닿든 내 길은 산을 '내려가는' 길이다. 사람들이 사는 곳. 그곳에서 "셜리, 잘 가, 모든 게 잘될 거야. 이제 너는 인생을 이해했으니까. 이제 인생에게 널 이해해달라고 요구하기만 하면 돼"라는 자크 란츠만의 《히말라야의 아들》한 구절처럼 산을 넘은 이들은 가슴을 더 펼 수 있을지도 모른다.

맞은편에서 커다란 배낭을 지고 혼자 걸어오던 중년의 독일 사내는 ABC에 간다고 했다. 이른 퇴직 이후 그렇게 걷는 삶을 살고 있다지. 그의 ABC행만도 두 번째였고, 우리는 왜 네팔로 다시 왔는가를 나누었다. 트레킹이 자신의 삶에 준 활력에 대해. 다음 번엔 자기도 마르디 히말을 올라보겠다 한다.
"하이 캠프에서 잘 때……."
로지의 식당에서 잠을 얻어 잘 수도 있음을 자랑처럼 떠드는데, 이런! 자기는 아예 처음부터 끝까지 로지의 식당에서 그리 잤다나. 이번 여행도 그럴 거라고.
나보다 더한 양반도 있었군. 역시, 강호에는 고수들이 많다.

퍼밋 체크 포스트가 있는 포타나, 그러니까 이제 산을 나온 셈이다. 입장료권을 벗어났다는 의미다. 지난 ABC 트레킹에서는 안나푸르나 산군의 마을에서 빨래가 눈에 더 자주 들어왔다, 어디로 돌아봐도 보이는 장대한 산보다 더 흔하게 장터의 작은 과일더미와 코흘리개 아이와 엄마가 보이기도 했지만. 누구의 옷일까, 그는 어떤 생각으로 삶을 살아가고 있을까 더듬어 보았더랬다. 삶을 이루는 건 대단한 무엇이 아니라 그런 소소함일 것이다.

이번 트레킹은 산에 있는, 산을 찾은 사람들이 내게로 들어왔다. 두어 살이라도 더 먹은 나이가 까닭인지도 모르겠다. 타인의 삶에 시큰둥하거나 적대적이거나 그저 자신만 보이던 젊은 날과 달랐던 것이다. 어떤 것에 대한 이해만 해도 그렇다. 나이를 먹으니 무엇을 기억하는 능력이 떨어질 뿐, 경험치들이 직조하며 이해도가 높아지는 부분이 있더라.

낮밥을 먹기엔 이르다. 담푸스까지 내리 가자 한다. 네팔의 트레일들이 거개 그러하듯 흙길과 가지런한 계단, 혹은 징검다리처럼 흙 사이에 구들로 쓰면 더할 나위 없을 것 같은 돌이 박힌 길들이 편안하게 이어진다. 그것도 아주 널따랗다. 무수한 트레커들로 다져졌을 법도 하지만 여전히 먼지가 풀풀 날리는 길이다.

잠시 오른쪽 곁길로 오르는 오스트레일리안 캠프(오캠) 들머리에 이르자 그야말로 북적였다. 마침 오늘은 토요일. 네팔은 일요일이 한 주가 시작되는 날이다. 트레킹이 아니더라도 포카라 근교 이곳으로 나들이 오는 이들 역시 최근 2년간 늘었을 것이다, 네팔 자국민들의 여행이 늘었다는 통계에 나타나듯.

지난 ABC 트레킹에서는 오캠에서 하룻밤 머물렀다. 언덕에 앉아 어린왕자처럼 해를 따라 의자를 옮겼고, 작은 식당에서는 야생조류를 찍으러 미국에서 온 사진가와 그곳에서 찍은 그의 사진들을 랩탑으로 구경했다. 앞에서 이야기한 중턱에 있는 한국인 스님 한 분이 20년 동안 빌려 쓰기로 했다는 그 오두막도 들여다보았다. 그때도 한국에 가고 없던 그였다. 정오만 지나도 가스(gas)에 숨어버리는 산들이 그곳의 아침에는 해처럼 장엄하게 솟아오르던 안나푸르나 산군이었다. 베틀 앞에 앉아 있는 처자에게서 사랑하는 벗의 누이를 위해 숄을 고른 곳도 그곳이었다. 사람의 마음에 켜켜이 얹히는 시간이라……

이미 한 번 갔었기 때문이기도 하지만 한 이틀 가족으로 트레킹을 더 하자 싶은 마음도 바빠 오캠을 지나친다. 모든 길을 다 갈 수는 없지. 못 가본 길이 더 아름다울 수도 있다. 언제나 최상의 선택을 할 수는 없다. 최선의 선택이 최악일 수도 있다. 우리는 이미 떠났고, 돌아갈 수 없다. 가지 않은 길을 기웃거려본다고 무슨 죄일까, 지나온 길을 돌아본다고 무슨 악일까. 최악이었던 길조차 나를 이루었던 길. 의미 없는 길은 없었다. 지금에 이르려면 내가 어떤 식으로든 겪었던 일들이다. 그러므로 인생에서 내가 버린 시간이란 단 한 순간도 없다!
길은 아주 널찍해졌고 그만큼 마을도 너르게 형성되어 있었다.

열대엿 살쯤의 네팔 선남선녀들이 랄리구라스를 꺾어들고 재잘댄다. 이 아름다운 꽃은 그들에게 정담을 건네는 일이기도 하리.

옛적 울 외할아버지는 산에서 내려오시는 지게 짐에 진달래꽃을 꺾어와 손녀에게 건네기도 하셨다. 꽃은 늘 그리 사랑이리. 젊음은 어디나 찬란하다. 달려오는 소인들 넘어뜨리지 않을까.

사람들은 점점 많아지는데 "나마스떼!" 혹은 "헬로우!" 아니면 눈인사 정도만 나눈다. 이제 더는 산 높은 데처럼 서로 말을 나눌 만큼 가까운 관계들이 아니다. 산 아래가, 도시가 가까우니까. 그래도 호기 넘친 중늙은이 아낙들(마치 살고 있는 마을을 벗어나는 일이 그리 자주 있지는 않은 아낙들이 계 모임으로 왔음직한)이 길을 가로막다시피 하며 가볍게 농을 걸어오기도 한다. 춘정 같은 거랄까, 나들이 가는 경쾌한 걸음에 딸려오는 노랫가락 같은, 코를 간질이는 봄바람 같은 마음으로 타국에서 온 이들에게 결코 무례이지는 않으리라 여기는 들뜸으로 말이다. 같이 한바탕 웃으며 서로 비껴났다.

나는 아줌마다. '아줌마'라는 낱말은 결혼했으나 아직 늙지 않은 여성들을 두루 부를 수 있는 말이지만 그 대상을 주로 중년으로 한다. 남녀 성별 대결이 짙어가는 지금(사실 그것이 시대의 어려움으로 일어난 자연스런 현상인지, 아니면 그것을 업고 이득을 취하는 이들의 획책인지는 모르겠다)은 여론에서 좀 잦아든 집단이지만 한때 한국에서 아줌마는 '제3의 성(性)'으로 불리고는 했다. 몰상식하거나 부끄러움을 모르거나 시끄럽다는 의미쯤이었을 것이다. 그런데 왜 그렇게 되었던 걸까. 비슷한 세월을 겪어온 이들이 갖는 연대감, 이제 어깨에서부터 무릎까지 관절 이상을 겪는 사람의 고단함, 자기 손으로 밥을 해먹는 사람이 갖는 자신감, 자신의 울타리로 자식을 건사해본 사람의 방어력으로부터 생겨난 것은 아닐까. 그렇게 보면 아름다운 이름자다, 아줌마라는 건. 내가 아줌마가 되기 전에는 해보지 못했던 생각들이다. 처지가 되는 게 그런 거더라.

담푸스 체크 포인트가 저기 앞인데, 가이드를 대동한 나이 지긋한 할아버지를 만난다. 이쯤에서는 산을 올라가는 이들을 향한 내려온 자의 애틋함이 일기 마련이다. 몇 마디 인사를 건네는데, 못 알아들은 눈치다. 영어가 서툰 프랑스 할아버지 대신 곁의 가이드가 말을 받았다. 그들은 ABC를 가는 중이었고, 나는 마르디 히말에 대한 극찬을 늘어놓으며 헤어졌다.

그런데 자꾸 뒤가 당겼다. 가이드도 갸웃거리며 뒤돌아보는 순간, 그이 앞으로 좇아갔다.

"혹시⋯⋯."

3장

안녕, 안나푸르나!
우린 어떻게든 살아갈 거야

세 시간을
되돌아가라고?

피탐 데우랄리에서 시작한 오늘이었다. 포타나를 지나 담
푸스에 다 이르러 프랑스 할아버지를 대동한 가이드를 만
났다.

"혹시……."

세상에! 맞다! 그도 동시에 기억을 불러왔다. 아무렴 툭 떨
어진 먼 곳의 같은 장소에서라면 생각해낼 확률이 더 높을
테지. 사람은 어디선가 또 만난다. 더구나 이런 산에서라면
그 만남의 즐거움이 더욱 크지 않겠는지. 간절하나 못 보기
도 하고, 외국의 큰 도시에서 하루에도 몇 차례 부딪히는
일이 있기도 하는 사람의 일이라.

"힐레에서 만났었지요? 저도 긴가민가하며 물어보려 했네요."

ABC로 향했던 2014년 11월의 힐레, 내게는 안나푸르나의 첫
밤이었고 그들에겐 마지막 밤이었다. 장년의 프랑스인 열댓을 그
와 포터들 예닐곱이 동행했고, 그들의 무사 귀환 잔치로 흥건했던
밤이었다. 나와 일행이었던 산꾼 사내들이 모두 한 방에서 여담을

풀고 있을 적에 홀로 방을 따로 썼던 나는 밖에 나와 왁자하던 건너편 로지 식당에서 그들과 어울렸더랬다. 그 끝에 모두가 숙소로 돌아간 뒤 내게 〈렛삼뻬리리〉를 가르쳐준 것도 그였다. 네팔 트레킹을 또 할 생각이다, 서로 소식 전하자, 그쯤의 대화를 뒤로 이메일 주소를 주고받으며 헤어졌는데…….

그는 살이 좀 불어서, 나는 선글라스를 쓰고 있어서, 그리고 시간이 또 흘러서 두 해하고도 여러 달이 지나 우린 그렇게 주춤거리고 난 뒤에야 서로를 알아보았다.

"내가 메일 보냈는데……."

거주지를 옮기게 되었다며 그가 메일을 보내왔더랬다. 내 멧골 삶이 전화와 인터넷이 썩 원활치도 않거니와 게으름까지 한몫하여 한참 뒤에야 열어본 메일이었다. 언제 답장해야지, 하고도 미루다 여기까지 이르고 말았네.

"미안……."

그렇잖아도 이번 트레킹에 그에게 안내를 부탁할까 고민이 없지 않아 메일을 다시 찾아 연락하려다 그만두기도 했더랬다. 고작 떠나오기 사나흘 전에야 서둘러 짐을 싸던 여행길이었던 데다 안나푸르나 쪽이라면 한번 다녀오기도 했으니 굳이 가이드가 필요하지 않다는 결론에 닿았던 것이다. 그런데 산에서 그 많은 식구들을 탁월하게 통솔하던 능력이 그 하룻밤에도 충분히 짐작되던 그였고, 가끔 생각이 나기도 했다. 무엇보다 신뢰가 갔다. 자본의

여행객이 지나면 책을 펴고 영어 노래를 부르며
사탕이나 돈을 달라는 아이들.

그늘에 살지만 발을 들여놓기 어려운 성역 같은 영혼을 가진 이
들, 자본의 힘을 거스를 수는 없어도 고개를 숙일 수 없어 얼굴을
세운 채로 하는 세수처럼 어떤 가치관을 굳건하게 지닌 이들이 있
다. 궁핍해도 자존을 위협받지 않는 이들. 네팔에서 내가 만난 몇
사람도 그랬고, 그도 그런 하나로 보였다.

　마음에 남아 있으면 그리 보는 날도 오더라. 숙제 하나 끝낸 기
분이었다. 거참……, 사는 일이 맨날 숙제일세.

담푸스의
체크포스트.

돌아가면 연락하겠다, 이번에는 꼭 하겠다고 했다. 담엔, 아니면 다다음에 에베레스트 베이스캠프에 갈 생각이고, 가이드를 찾을 양이면 그를 앞세우지 않을까.

담푸스 체크포스트를 지난다.

꼬마 녀석 셋이 길 위 언덕에서 놀다가 여행객이 나타나면 책을 펴고 영어 노래를 부르며 사탕을 달라고 했다. 네팔이나 인도에서 여행객들에게 손을 뻗는 아이들에게 주는 사탕이 정말 바람직한가 하고 번번이 번민하게 되는데, 결국 작은 지폐 하나를 건넸다.

담푸스의 한 호텔에서 본
안나푸르나 산군.

구걸에 대한 답이 아니라 노랫값이랄까. 대신 나는 학교에 기부하는 방법을 택했다. 이번 트레킹에서도.

그런데 하던 청소도 엄마가 하라고 하면 빗자루 던지고픈 마음이 어디 아이들에게만 있던가. 우리는 누구나 청개구리 한 마리씩을 안고 산다. 사진을 같이 찍고 모델료를 내놓으라 손 내미는 이나 노골적으로 뭔가를 달라는 손은 외면하고 싶으면서도, 무심하게 앉아 있는 아이나 수줍은 듯하면서도 상냥하게 인사를 건네는 할머니에겐 애써 주머니를 뒤져 뭐라도 나누고 싶어진다. 전자가 내놓으라는 요구가 온당치 않다는 반감이라면 후자는 고쟁이라도 못 벗어주랴 싶은 정감이다. 사람의 마음이란 게 참…… 주는 거 없이 밉기도 하고 한없이 주면서도 좋기도 하고. 마음이란 결코 합리적 혹은 논리의 영역은 아닌 듯하다. 그걸 굳이 무엇하러 다 해명하고 다 알아내야 할까. 물처럼 그리 흐르기도 하리. 물은 제 스스로 길을 만들기도 한다. 때로 까닭을 알지 못해도 그저 흘러가볼 일이다. 어디엔가 닿지 않겠는지.

앞서 ABC 트레킹 때 오스트레일리안 캠프에서 이곳으로 내려오는 길을 헤매 담푸스 마을 중간으로 툭 떨어졌더랬다. 길을 잃었던 거라고만 알았는데, 이번에 보니 지름길이었던 것이다. 2년이 넘은 시간 그 길은 아주 반질해져 있었다. 산을 나올 땐 서둘러지는 마음이 흔할 테니 단거리들을 택했으리라.

그곳을 중심으로 길을 되올라 지난 기억을 더듬었고 그해 묵었던 숙소를 찾아 두리번거렸다. 그리 어려운 풍경도 아닌데 언덕배기 제일 마당 넓은 집이 쉬 뵈질 않았네. 모퉁이를 돌다가도, 밥숟가락을 들다가도, 기침을 하다가도, 우듬지 사이 하늘 한번 올려다볼 때도, 그렇게 작은 틈만 생겨도 비집고 드는 '그'가 집을 찾는 걸음마다 따라와 정작 내가 찾는 게 집이 아니라 그였기 때문인 건 아니었을까. 반복해서 오가고서야 찾아들어 낮밥을 먹고 마당에 몸을 뉠었다. 안나푸르나 산군이 그가 되어 아득해진다.

다울라기리 뷰 호텔은 산을 향한 이들이 쉬어가기도 하지만 산 가까이에서 잠시 묵으려는 이들이 더 많음직했다. 2004년에도 일본 노년층 열댓이 줄을 서서 다녀가는 것을 보았고, 오늘도 일본인 노부부가 가이드를 앞세우고 정자에서 차를 마시고 있었다. 고개를 많이 들지 않아도 그 너머 마차푸차레를 중심으로 허리띠처럼 둘러친 안나푸르나 산군이 둘러쳐져 있었다. 그 거대한 산이 그리 가까이에서, 위협하듯 선 게 아니라 무심한 듯 친근한 동네 산처럼. 감탄 또한 야단스럽지 않은 탄성으로 목 안에서만 감돌게 하는 풍경이다.

"ABC 다녀오신 길인가요? 다리 괜찮아요?"

잔디마당에 앉았던 중년 아저씨가 말을 건네왔다.

몸이 아프면 아픈 곳이 몸의 중심이다, 모든 곳이다. 아픈데 다른 무엇을 할 수가 있고, 아픈데 어떻게 다른 것이 보일 수 있겠는가. 작고 여리고 힘든 이웃을 살펴야 하는 것도 매한가지라. 특수교사라서 가진 생각만은 아니다. 세상의 중심 역시 바로 아픈 그들이니까. 아플 때 아픈 그곳에 귀 기울여야 한다!

멀쩡하다가도, 아프냐 하니 아픈 듯하다. 그렇다고 선뜻 몸을 맡기기는 주저하는데, 어깨 한쪽 마사지를 받아보란다. 상카 구룽은 한국 등반대원들의 이름을 들먹이며 한때 전속으로 그런 일을 했다고도 했고, 그간 자신을 스쳐갔던 이들이 남겨준 글이 적힌 공책도 증거물로 내밀었다.

"당신은 어떻게 생각해?"

곁에서 함께 얘기 나누던, 일본인들을 안내하던 네팔 여성 가이드에게 슬쩍 의견을 물었다. 낯선 곳에선 돌다리를 더욱 두드리게 되니까.

그런데 오래 고민하지 않아도 되었다. 그가 혈을 잡아가는 걸 보자 맡겨도 되겠다 싶었다. 나 역시 몸을 살피는 일에 오래 훈련된 바 있었으므로.

"얼마를 드려야 하나요?"

"친구인데 어떻게 돈을 받아. 당신이 알아서 줘."

인도에 머물러본 이들다운 대화였달까. 군인으로 인도를 갔다가 아쉬람에 머물며 마사지도 배우게 됐다지. 두어 그룹 와 있던 일본 여행객들도 봄볕 아래 주욱 늘어서서 구경했고, 그걸 배우려는 친구 하나도 그의 설명을 듣고 있었다. 몸이 불편한 두엇이 다음 타자로 앉아도 있다. 나 역시 그의 노트에 후기를 남겨주었고, 그에게 값이 아닌 선물을 주었네.

"가축으로 트레킹을 더 할 생각인데, 그 방향에 있는 아스탐은 어디로 가야 하나요?"

아직 산을 내려서기에는 아쉬움이 있었다. 날짜로 보아서도 이삼일 더 산에 머무를 수 있겠다. 아스탐은 포카라 인근의 휴양지라고 하는데 이 철에는 사람이 많지 않을 거라고 했다. 들은 바로 짐작하기에는 서울에서 춘천행 기차를 타고 1시간쯤 가던, 옛 시절 강촌 대성리쯤이라는 인상이었다. 산으로 치자면 도봉산, 수락산, 청계산 들머리 혹은 남한산성 유원지쯤? 험하지 않으면서 접근도도 좋고 고즈넉하다면 큰 산을 다녀온 지금 쉬어가기 좋은 곳이겠다. 마라톤을 끝내고 아직 천천히 뛰면서 몸의 흐름을 정리하는 그쯤의 시간이 될 수 있을 것이다. 그곳까지 버스도 닿는다니 길이 늦어진다면 차로 포카라에 들어갈 수도 있다고 가늠했다. "정말 당신 마음에 들 거다"라고들 확신하던데…….

언덕 세 개만 넘어가면 된다며 이 길 따라 쭈욱 가기만 하란다. 그런데 네팔에선 큰 산도 동산이라 하니 주의 깊게 다시 물어야 한다.

"평상시 어른 걸음으로 얼마나 걸릴까요?"

"한 시간 반이면 될 거예요."

휘파람 소리 절로 나는 수월한 길일지라.

2014년 가을, 담푸스 끝 큰길에서 놀고 있는 퍽 많은 아이들을 사진기에 담았다. 흙더미에서 토목현장에서 흘려진 나무 덩어리를 차로 삼아 동생과 놀던, 바닥에 끌리는 체육복 바지와 허리를 드러낸 윗도리를 입은 대여섯 살 형아는 인기척을 내자 동생을 끌어안고 수줍게 일어섰더랬다. 그들을 향해 셔터를 누를 찰나, 혼자 한 곁에서 맨발로 나무토막을 흙길에 밀며 놀던 댓 살 사내아이도 사진기 안으로 들어왔다. 가판대를 지키던 엄마 곁에서 여행객을 빤히 보던 서너 살 사내아이, 집 앞에 놓인 나무로 만든 울타리 침대 안에서 노는, 형아들을 보던 두어 살 아이도 있었다. 그들도 자라 학교에 갔거나 이 마을을 떠났거나.

2017년, 이 봄에 고만한 또래의 아이들이 더는 보이지 않는다. 자란 아이들은 있는데, 태어나는 아이들 드물기는 이 멧골도 매한가지인 걸까. 한국의 산마을에 깃들어 사는 나는 세상을 등지고 줄줄이 떠나는 어른들 속에서, 수년 동안 동남아에서 시집온 젊은 아낙이 낳은 두 아이를 겨우 보았을 뿐이었다. 한국은 도시만의 문제가 아니라 머잖아 인구절벽을 체감할지도 모른다고 하던데. '아이들'이 '희망'과 대등한 낱말인 줄 안다. 그렇다면 아이의 울음소리가 들리지 않는 나라에서 희망은 무엇이 되는 걸까.

포카라로 이어지는, 하이웨이로 내려가는 페디 쪽과 아스탐으로 향하는 길이 있다. 저 멀리 골짜기 사이 흐르는 강 끝으로 포카라 전경이다. 강은 페와로 모일 테고, 그 가장자리로는 포카라가 둘러싸고 있을 테지. 아스탐을 지나 가촉으로 더 걷다가 포카라로 들어가면 무리 없는 여정이겠다.

널찍한 도로에 차도 다니니 길을 잃을 두려움 따위가 다 무어람. 페디 쪽은 아닌 걸 확인했으니 이쪽이 아스탐. 표지판은 없다. 졸래졸래 아는 길인 양 주욱 걷다가 그래도 혹시나 하여 한쪽에 건물을 새로 짓는 이들에게 말을 걸었으나 영어가 튀어나오자 지레 멀찍이 떨어진다.

두어 차례 두멧길을 돌았나, 틀림없을 길이겠다만 그래도 확인을 하자. 새로 닦이는 먼지 풀풀거리는 길(길은 여지없이 나무를 베고 언덕을 자른다. 순간순간 내 여행은 온당한가 하는 질문과 대면하게 하는!)을 한참 내려오다, 오토바이를 세우고 사진을 찍고 있는 현지인 가족을 만났다.

"여기로 내려가야 해요."

걷던 길이 아니란다. 잘못 가고 있단다. 하지만 길 아래 마을로 가는 길을 따라가면 된다지.

딱 거기 그들이 있었던 거다. 여행지의 즐거움 하나가 그렇다. 필요한 어떤 것이 거기 꼭 있어준다. 이번 여행만 해도 여러 차례 나를 구했다. 우리 삶의 그런 우연 앞에서 사는 일이 얼마나 고마웠던가. 오가는 차와 오토바이는 있지만 걷는 사람이라고는 없는 그곳에 있어준 그이들이다.

그들이 아니었으면 이 여행은 또 다른 각도로 바뀌었을 테다. 하기야 그곳에 더한 꿀이 있었을지도 모를 일이다. 하지만 지금은 아스탐으로!

큰 도로에서 벗어난 바로 아래 식당과 숙소를 겸하는 집 앞에서 다시 길을 물었다.

"잘못 왔어! 왔던 길을 되돌아가는 게 더 빠를걸. 아스탐까지 세 시간은 잡아야 해. 여기로 내려가면 페디야. 사실 이 일대가 다 페디인데 주로 페디라고 여행객들이 말하는 곳은 요 아래 마을이지. 이리 가더라도 그만큼의 시간은 걸려. 그래도 돌아가는 게 조금 더 빠를 거야. 그런데, 벌써 4시가 훌쩍 넘어가는데 여기서 묵고 아침에 되짚어 가는 게 더 낫지 않을까? 들어와요, 들어와."

상술 좋아 보이는 중년 남자다. 자기 집에 묵게 하려는 건 아닐까, 낯선 땅에서는 그런 의심이 쉬 자라난다.

그나저나 으악, 세 시간이나 돌아가라고?

당황하지 말고 침착하게 살펴봐, 내비를!

그럴 때가 있다. 간절하게 누군가 혹은 무언가가 그곳에서 기다리는 것 같은. 아스탐도 그런 곳이었다. 저녁이 내리는 이국의 산마을에서 굳이 더 산길을 걷겠다는 건 정녕 왜일까. 사물에만 관성이 있는 것이 아니다. 사랑에만 그런 것도 아닌. 적절한 열정과 무모한 정복욕의 경계선이 아주 모호해져버리는 건 8천 미터 위에서만이 아니다. 그리하여 시체들이 즐비한 건 에베레스트 산비탈에서만도 아닌.

방향을 잃고 내려선 마을 한 식당에서 아스탐행 길을 물었다. 담푸스 쪽으로 되돌아가란다, 세 시간을. 이 길을 따라가도 세 시간은 걸릴 텐데, 그래도 돌아가는 게 조금이나마 빠를 거란다. 동쪽으로 갈 길을 완전히 반대인 서쪽으로 향하고 있었다는 건데, 혹 묵어가게 하려고 더 과장하는 건 아닌가 미심쩍은 눈길을 보낸다. 어쩌자고 집으로부터 멀어질수록 의심만 커지는가.

"내가 여기서 나고 자란 사람이야. 날마다 다니던 길들이라고. 그런 사람 말 안 믿고 누구 말을 믿겠어?"

그 건조한 길, 길을 넓히기 시작하고 있어 마른 먼지 풀풀 날리는 그 길을 다시 걸어가느니 곧장 가기로 한다. 가다가 정히 아니되면 묵으면 될 것 아닌가. 아직 해도 남았는걸.

페디는 계단으로 시작해서 계단으로 끝난다, 네팔 산속 많은 마을들이 그러하듯. 위쪽 페디가 있고 아래쪽 페디가 있는데, 지금 걷는 길은 아래쪽 페디다. 2014년 ABC에서 돌아오던 길은 위쪽이었다.

마을 길을 내려오며 한 숙소를 기웃거려 마당에 섰던 청년에게 다시 길을 확인했다. 앞서 알려준 사우지의 말이 맞다. 아무렴 여기 사는 그가 잘 알다마다. 뭐 처음부터 그리 꼭 생각한 건 아니었지만.

계단, 계단, 계단, 끝이 있기는 한 걸까. 이제 끝이겠다, 그러고도 돌계단은 계속된다. 꺾어지면 또 있고, 보이지 않는 저 곳 다음엔 큰길로 내려서려니 하지만 거기 또 내리막 계단이 한없는 양 이어진다, 날마다의 삶에서 우리 앞으로 쏟아져 쌓이는 숙제들처럼. 그러나 모든 길은 그 끝에 이른다. 아무리 지겹고 힘겨워도 모든 일에는 끝이 있다. 우리 삶도 종국에는 죽음에 이르지 않던가. 그래서 싸움의 최고 기술은 이길 때까지 싸우는 것이고, 기우제를 지내기만 하면 비가 내리고야 마는 부족의 비밀도 비가 내릴 때까지 기우제를 지내기 때문 아니던가. 그러니 끝없이 한탄할 일이란 없는 셈이다. 끝까지 손을 놓지만 않는다면 인생에서 우리 모두 승자라고 말하지 못할 게 무엇인가.

네팔 젊은 남녀들이 음악을 크게 튼 소형 카세트 플레이어를 들고 올라오고 있었다. 한국의 70, 80년대 젊은이들이 모꼬지 가면 들고 가던 추억의 물품이다. 바야흐로 봄날, 그것도 주말의 한낮 아닌가. 그나저나 이마에 땀이 송골거린 까닭을 다 내려오지 않고도 알겠더라. 길기도 길었으니…….

같은 길은 아니지만 2014년 가을 담푸스에서 페디로 내려서던 길에서는 아이들을 넘치게 보았다. 담푸스도 그랬지만 페디도. 아마 등교 시간이어서 더했을 것이다. 아침부터 길에 나온, 형제로 보이던 너댓 살 사내아이 둘은 사진기를 들이대자 손가락으로 브이자를 그렸더랬다. 엄마 손을 잡고 가다 돌아보던 서너 살 여자 아이도 있었고, 담푸스에 있는 학교로 올라오던 교복을 입고 재잘대며 걷던 초등 저학년과 중학생으로 보이던 사내아이들 무리도 보았다. 두어 살 사내아이를 목욕 시키던 젊은 아낙이 사탕을 달라 손을 내미는데, 주머니가 비어 난감하기도 했던 그때. 줄 수 있을 때 받을 이가 없거나 줄 수 없는데 있느냐 묻기도 하는, 사랑 아니어도 어긋나는 일은 또 얼마나 잦은지. 지금 길에서 노는 아이들이 보이지 않는 것은 꼭 등하교 시간이 아니어서만은 아닐 듯하다. 그때 시골길에 나와 놀던 아이들은 다 어디로 갔을까.

그야말로 '만 개의 계단'을 밟고 큰 도로에 닿았다. 포카라로 이어지는 하이웨이다. 몇 개의 식당이 늘어서 있고, 호텔도 하나 있다. 대개는 여기서 트레킹이 끝나게 되고 포카라로 들어간다.

저녁해가 지다 말고 얼굴에 왔다.

늘어선 가게 중 한 집에 말을 넣는다.

"아스탐으로 가려는데……."

버스를 타고 마즈바틱에서 내리란다. 10분이면 갈 거라고.

"그런데, 거기에도 호텔이 있어요?"

없단다. 아예 포카라로 나가 괜찮은 숙소에서 자고 들어와 아스탐을 가란다. 시간도 늦었으니.

"민박도?"

잘 모르겠다고 했다. 산마을에는 게스트하우스라고 써 붙인 집들이 아니어도 마을에서 민박을 치는 집들도 있고, 그렇게 내세우지 않아도 얼마든지 잠을 얻어 잘 수는 있다. 사람 사는 마을에 얻어 잘 방이 없겠는가. 더구나 여기는 네팔이다!

어쨌든 마즈바틱으로부터도 아주 많은 계단을 가파르게, 적어도 한 시간은 넘게 올라야 아스탐에 이를 거라고 한다.

다음 일은 다음 걸음에!

"일단 마즈바틱까지 가보구요. 근데, 어떤 버스를 타야 하나요?"

지역 사람들도 그 버스를 잘 구분하지 못한다지. 그냥 지나쳐버린 버스 뒤에서 낭패스런 표정을 짓자 얘기 나눴던, 식당에서 일하던 젊은 친구가 나와 버스를 세워주었다. 다행히 버스가 잦았다. 사람들이 꽉 차 있었다. 어딘가에서 하루치의 수고를 하고 집으로 돌아가는 걸음임직한.

애쓰지 않은 삶이 어딨을까, 모든 산 것들이 그러하듯. 그대도 나도 욕봤다!

마즈바틱에 내리니 이미 6시를 넘는 시간이다. 산속이 아니어도 어두워지고 있었다. 홈스테이를 한다는 간판들이 있다. 자려고 들면 묵을 수도 있을 것이다. 하지만, 가보자!

남의 동네, 그것도 남의 나라에서, 심지어 산이라니. 산에서 얼어 죽지는 않을 것 같은 날씨를 믿고, 곳곳에 사람이 깃들어 사는 네팔 산을 좀 알게도 된 게다. 가끔 야간 산행도 한 일이 있었던 경험과 산에 익숙한 삶이라는 얼마간의 배짱도 있었다.

야간 산행에는 매력이 있다. 동절기를 빼면 시야가 좁고 주변을 살피기 어려워 위험도 하지만 쉽게 지치지 않고 진행할 수 있는, 가파른 줄도 힘든 줄도 모르고 오직 발 앞만 보며 가는, 그런 매력이 있다. 뵈는 게 없는 거지. 여름이라면 그늘만 찾아 걷는 수고도 하지 않아도 되고.

거친 상황에 놓여보면 거개 자신이 어떤 인간인가를 마주한다.

때로 아주 작은 순간에도 목숨을 거는 무모함, 나는 그런 것을 가진 사람이었던 거다.

"I can't go on. I'll go on(계속 갈 수가 없어. 하지만, 그래도 계속 나아갈 거야!)."

— 사무엘 베케트, 《이름 붙일 수 없는 자》 가운데

몇 차례나 휘돌았을까. 다시 수없는 계단과 흙길을 번갈아 오르는 사이 아주 어둑해졌지만, 헤드랜턴을 꺼내기 위해 배낭을 내려놓으면 마치 어둠 속으로 영영 자신이 사라지기라도 할세라 오직 위를 향해 걸었다. 제법 넓었던 길이 좁아지며 야트막한 야산 같은 산길의 외길이 한참 이어졌다. 오른쪽으로 무덤으로 보이는 동그마한 몇 기의 흙더미도 지나며 이제 다 왔나 싶었지만 풍경은 금세 달라지지 않았다. 그러다 가슴에 켠 불로도 더는 발 디딜 곳을 가늠치 못하고 배낭을 내리려 할 때, 꼭대기 저만치 불빛이 보였다.

다 왔나 보다! 맞아, 다 올 때가 되었지. 눈물이 맺힐지도 모를 이쯤에서 나타나야지. 그러나, "길을 잃으셨네."

또 길을 잃었던 거다. 어디서였을까?

아스탐까지 사오십 분은 더 걸어가야 한단다.

아, 어쩌라고……

"당황하지 말고 침착하게 살펴봐, 내비를!"

우리집 아이, 어릴 적에 학교를 다니지 않고 산마을에서 9학년 나이까지 어미 곁에 늘 따라다녔던, 이 아이로부터 또박또박 듣는 잔소리 내지 격려 내지 조언은 자주 그러했다. 주로 길 위였고, 운전 중이었고, 내비게이션도 부지런히 떠들고 있는데, 나는 버젓이 내비가 알려주는데도 그 길을 잘못 가기 일쑤였다. 도무지 그게 귀에 혹은 눈에 들어오지가 않는 거다. 그러면 더러 "주로 여자들이 운전하면 그렇긴 하지요" 하고 얘기하는데, 그게 꼭 운전에만 그런 게 아니라 무슨 기계류들 앞에서는 다 그 모양이다. 뒤에 앉은 아이가 잠시 한눈판 사이에 갈림길이 나오고 어쩔 줄 몰라 하면(이 아이가 내겐 내비게이션이었던) 아이는 찬찬히 힘을 주며 뒤에서 그리 말하는 거였다, 정말 무어라고 써야 할지 모르겠는 까마득한 시험문제처럼 그만 머리가 하얘지는 걸 알고서.

당황하지 말고 침착하게 살펴 봐야 할 것이 어디 내비이기만 할까…….

이제 어떡하나.

폭풍이
몰아치기 전

우리 안에는 실패한 감정도 일어나고 성공한 감정도 일어
난다. 우리는 칭찬도 받고 욕도 먹고, 존경도 받고 모욕도
당한다. 온갖 감정이 일어나는데 그것은 이중성(부정적이
고 긍정적인)을 가지고 있다. 그 두 측면을 계속 관찰해보
면 깊이가 생기고 새로운 사색을 이루어 세 번째 차원의
힘이 생긴다. 그리고 그 세 번째 차원은 축복을 가져온다.
절대적인. 그것은 고요하고 평화롭고 평온하며 동요 없는
무아경이자 즐거움이다.[*]

— 오쇼 라즈니쉬

아스탐을 찾아가는 산길, 어둠에 갇혔다. 거의 다 왔겠다 안도
하려는 순간 다시 오르막이 보이기를 몇 차례나 반복했던가. 땀으
로 흠뻑 젖어 거의 기다시피 해서 오른 길 끝, 더는 못 가겠다 털
썩 주저앉으려는 그때 불빛 하나가 보인다. 옛이야기에 나오는 도
깨비불 같은. 혹 믿고 싶은 마음이 만들어낸 불빛은 아닐까. 그런
힘이 아직도 남았더냐 싶게 달리다시피 다가갔다.

두런거리는 사람의 소리가 넘어온다. 길을 물었더니 여기가 아니란다. 낙담하자 청년이 집으로 들어가 손전등을 들고 나와 데려다주겠다고 했다. 사오십 분은 더 가야 한다는데. 머잖은 곳에 민박을 치는 민가가 없는 것도 아니나 이왕 고생한 것 호텔로 가는 게 나을 거라고 했다. 놀러 와 있던 그의 친구도 따라붙었다. '청년이 돌아오는 길은 홀로일 텐데' 하고 마음이 쓰이더니 다행이다.

"무슨 일을 하시나요?"

프랑스에서 요리 공부를 했다던가. 돌아와 네팔에서 살아볼까 했지만 다시 곧 떠날 것 같다는 청년. 청년실업 문제가 이 나라도 예외는 아니었다.

닦이고 있는, 그래서 마른 흙먼지 풀풀 일으키는 퍽 너른 길을 따라 걸었다. 어디나 길이 넓어지고 있다. 사람의 자리가 산을 잘라먹는다. "신은 인간을 만들고 인간은 도시를 만들어 이제 신은 망했다"던 시인의 노래를 생각한다. 그렇다, 이미 오래전에 신은

---

* 아래 원문을 의역한 것이다.

"Failure comes, success comes, you are praised. You are condemned. You are respected, you are insulted-all kinds of things come, they are all dualities. And you go on watching. Watching the duality, a third force arises in you; a third dimensions arises in you. The duality means two dimensions: one dimension is happiness; another is unhappiness. Watching both, a depth arises in you; the third dimension, witnessing, Sakshin.

And that third dimension brings bliss. Bliss is without any opposite to it. It is serene, tranquil, cool. It is ecstasy without and excitement."

망했고 사람의 권세는 산을 넘고 하늘을 찌른다.

어둠 속에서도 길 아래 집들이 보이기도 했고, 두어 무리 사람도 지났다. 밤마실을 다녀오시는가, 별빛을 이고 움직이는 그들은 한밤에 무슨 일이냐를 시작으로 주변 사람들 소식을 주고받았다.

"다들 서로 잘 아나 봐요?"

"이웃이니까요."

집과 집 사이는 먼 산골 마을이나 사람과 사람 사이는 가깝다.

큰길에서 벗어나 다시 논둑길로 보이는 길을 타고 올랐다. 호텔에 이르는 단거리이자 뒷길이라고 했다. 밤 8시가 넘었다. 네팔의 산에서 호텔이란 로지를 비롯한 게스트하우스며 모든 숙소를 일컫는다. 그런데 여긴 그야말로 호텔 이름에 걸맞다. 무슨 리조트라고 써놓은 걸로 봐서도 휴양지로 찾아드는 이들이 많은가 보다. 방도 여럿, 집채도 여럿, 규모가 퍽 컸다. 여기 아니고도 머잖은 곳에 환히 불 밝힌 건물이 몇 채 덩어리져 있는 곳도 보였다.

청년에게 사례비라도 줘야 하는 것 아닐까? 하지만 한국으로 갈 기회가 있을 때 그때 나도 당신한테 연락하겠노라, 그가 말했다. 나 역시 달려가마, 답했다. 그의 이름도 프로가스, 마르디 히말 베이스캠프를 향하던 젊은 일행들 가운데 한 이름자와 같다. 우리의 철수쯤인가 보다. 요새는 그 이름도 귀하다만.

이번 여행은 네팔 청년들과 함께하는 시간이 많다. 그들의 활달

함과 친절 역시 네팔을 다시 찾고픈 마음을 부추긴다. 이런 친절을 입은 이가 어떻게 어려움을 겪는 누군가를 도와주지 않을 수 있겠는가. 선순환이 일어나는 대표적 사례가 이런 것이 아닐지. 살아오는 동안 그런 친절들이 불을 밝혀주었고, 내게 친절함이 있다면 그들로 길러졌을 것이다. 그래서 좋은 세상을 바란다면 내가 좋은 사람이 될 것!

그런데 포카라 인근 리조트가 산에서 묵는 방값으로는 터무니없다.

"비수기인데, 비어 있는 방도 많은데……."

매니저가 만만찮았지만, 그럭저럭 수용할 수 있는 가격대로 협상을 끝냈다.

저녁을 먹으니, 녹초다. 하루도 쉬운 날이 없다, 이럴 때 나오는 엄살이다. 피탐 데우랄리를 떠나 포타나, 담푸스를 거쳐 아스탐으로 바로 올 길을 단다 쪽으로 잘못 갔다 페디를 거쳐 예기치 않게 버스를 타고 마즈바틱, 거기서 다시 산을 거슬러 올랐고, 그 길마저 빗나가 한밤에야 들어온 아스탐.

가족까지 한 이틀 더 트레킹을 하자고 온 길인데, 내일은 내일의 계획대로 날이 흐를 것인가…….

안개는 마르디 히말을 묻고
마차푸차레로 간다.

2017년 3월 5일. 네팔행 11일 차, 트레킹 8일 차.

〈아스탐〉

　이른 아침, 숙소 2층의 커튼을 젖히자 안나푸르나 남봉과 히운출리, 마차푸차레가 발을 내밀었다. 아침을 여는 안나푸르나군을 사진기에 담기 위해 3층 옥상으로 올라가 난간에 아슬아슬하게 몸을 뻗었다. 눈 부비며 깨는 작은 아이를 보는 따스함과 조심스러움이, 거대한 산이 잠을 깨는 풍경을 보는 것에서도 다르지 않다. 자연은 수업을 하는 교실의 복도를 지나는 살금거리는 발자국을 크든 작든 인간에게 요청한다. 또한 무언지 알 수는 없지만 분명 좋을 것임에 틀림없으리라 기대하는 마음으로, 깍지 낀 두 손을 턱 쪽에 모아 붙이고 눈을 꼭 감았다 뜨는 순간의 설렘도 지니게 한다. 아, 저기 붉은 기운이 노루 꼬리만큼씩 산 끝에서 번져온다!

숙소를 나와서 마을을 돌았다. 어제 헤매며 들어섰던 길은 어디인지, 원래는 어디로 왔어야 하는지 살폈다. 산 안에서는 다닥다닥 붙어 있던 집들이 그래도 산을 좀 내려왔다고 간격이 조금씩 벌어져 있고, 농토도 꽤 널찍하다. 여전히 다랑이 논밭이지만. 3월 초의 들녘은 그루터기들만이 채우고 있다. 아니 빈들이라 해야 더 어울리겠다. "바람만이 남은 이곳"이라던 김광석의 노래 한 구절처럼. 2층짜리 건물도 심심찮게 있었다.

짧은 방학이라 닫혀 있는 마을 윗자리의 초등학교도 기웃거렸다. 그렇지 않더라도 10시나 시작하는(고개 곳곳에서 아이들이 넘어오니) 이곳 학교들이라 아이들을 볼 수는 없을 시간이다.

마을의 다른 쪽 끝으로 걷다가 영어가 유창한 젊은이를 만났다. 안나푸르나 에코빌리지라는 일종의 리조트에서 일한다고 했다. 거기에 요가 명상센터도 있다고.

"지난번에 네팔왔을 때 트레킹 마치고 포카라에서 일주일 머물렀는데, 그때 명상센터도 갔었어요!"

"그럼 저희한테도 한번 와볼래요?"

묵으러도 오고, 식당도 오고, 에코빌리지 시스템을 보러도 오고, 요가명상을 위해서도 심심찮게들 온다고 했다. 네팔인들도 오지만 타국에서들 더 많이. 하지만 한국인이 묵은 건 기억에 없다 했다. 요새는 세계 어디를 가도 한국인이 많지만 특정한 곳으로 몰리는 경향이 없지 않나 보다.

2001년 가을부터 만 세 돌을 갓 넘긴 아들 손을 붙들고 3년 동안 일곱 개 나라의 공동체를 돌아다녔다. 당시 한국에서 공동체를 실험하면서 500~600여 개 되는 전 세계 공동체와 대안학교들을 검색하고 몇 곳을 방문했던 때였다. 그런데 네팔에서 그런 공간을 다시 만난 거다. 무엇이 그토록 무리하게 이곳으로 발길을 끄는가 싶더니 이것이었던 걸까. 이 또한 유유상종의 예이런가.

일 많고 탈 많은 산마을에서 삶을 밀고 가는 힘 가운데는 아침마다 하는 수행 덕이 컸다. 날마다 저축하는 놈과 공부하는 놈은 당해낼 재간이 없다지 않던가. 몸과 마음을 그렇게 다져 다음을 살았다. 그것은 기도의 한 방식이기도 했다. 작년 제도학교 3년 만에 대학을 가게 된 아이에게 어미로서 하나 도운 게 있다면 아침마다 하는 티베트 절(대배) 백 배였다. 천산산맥을 넘는 실크로드

40일 여정에도 하루도 빼놓지 않고 했던 백 배였다. 사람 하나 보내는 일로 황폐해졌던 가슴을 가눌 길 없어 일상은 푸석거렸고, 그래서 떠났던 네팔행이었다. 이제 좀 수습하라는 말처럼 들린 요가명상센터 소식이기도 했으니.

에코빌리지에서는 마을의 학교에 보탤 손발을 모집하고 있기도 했다. 세 해 동안 방문했던 공동체들 중 호주의 어느 곳에서처럼 장구 한 장단과 강강술래를 가르칠 수도 있으리.

여기 잠시 묵어봐도 좋겠다.

"그런데 저는 이미 숙소를 정했는데……."

사우지가 전체 프로그램에서 숙박비만큼을 공제해주겠다고 했다. 그렇다면 더욱 망설일 까닭이 없지. 가촉으로 가는 길을 접고 이 마을에서 이틀을 묵기로 한다.

태양광과 음식물 쓰레기·배설물을 이용한 가스를 쓰는 대체에너지 쓰임도 보고, 마당에서 식구들이 기계로 빨간 커피콩 껍질을 벗기는 걸 지켜보기도 했다. 벌써 벗겨진 커피콩이 멍석에 널려 있는 곁에서 큰 개 한 마리가 넘치는 볕을 쬐며 늘어지게 자고 있었다. 그래서 개 팔자가 상팔자인 거라.

요가 수업에도 동행했다. 유비, 아침에 만나 이곳으로 나를 이끈 그가 방글라데시 요가대학을 나온 강사였던 것이다.

센터로 들어서자 방석 몇 개와 요가 매트가 깔려 있었고, 정면의 절반은 싯다르타 돋을새김이 있었다. 그 옆 칠판에는 오늘의 문장(Quotes of the day)으로 오쇼 라즈니쉬의 말을 옮겨 놓고 있었다. 결국 관찰자가 되는 것이 명상의 전부라 할 수 있다는(This is what meditation is all about, just become a watcher).

한 시간의 수행을 같이 끝낸 유비가 마당 너머 언덕 쪽으로 내려서는 계단을 앞서갔다. 언덕에 걸쳐지게 지어진 요가센터 건물은 마당 쪽으로는 지하였고, 언덕 쪽으로는 마루가 나와 그 아래 몇 마리의 젖소 축사로 쓰이고 있었다.

비탈진 언덕은 넓었고, 산책길과 길게 널어선 바위 여러 곳에 움푹 들어간 곳들이 있었다. 유비랑 각자 한 곳씩 파고들어 한참 명상으로 보내기도 했는데, 그가 어느 틈에 찍은 내 사진으로 그 시간이 남겨지기도 했다.

부엌과 메인 식당과 숙소와 요가센터가 잔디마당을 중심으로 배치되어 있는 마당의 중앙에는 원형 단이 있었고, 아랫단은 의자 구실을, 다시 그 한가운데는 화단이면서 해먹도 걸어두고 있었다. 언덕에서 돌아와 돌로 된 긴 의자에서 책도 읽고 해먹에서 낮잠도 자고, 하룻밤을 묵고 오늘 돌아간다는 한 무리의 터키 중년들과 잠시 함께 보내기도 했다.

유기농 식단도 마련되어 있었다. 하기야 화학비료가 흔하지도 않은 곳이라 관행농이 더 적을 수도 있을 것이다. 부엌에는 이곳

아스탐의 숙소에서 본
안나푸르나 산군.

에서 거두고 말리고 갓 볶아서 갈아둔 커피가 불 위에 올려져 있
고 짜이도 준비되어 있었다.

　내가 오기 전에 터키 사람들을 위한, 대나무로 도코를 만드는
시연이 있었단다.
　"저도 보고 싶어요!"
　맡은 이가 다시 보여주겠다고 했다. 한국으로 가져갈 수 있을
만한 크기로 직접 만들고 싶다고 하자 재료도 준비해주었다.
　노동요를 불러도 좋으리. 도코를 엮는 아저씨랑 〈렛삼삐리리〉를 같
이 흥얼거리다 한국의 노래들을 들려주었다. 구전동요 〈찔레꽃〉도
불렀고, 〈섬집아기〉도 불렀으며, 마르디 히말 베이스캠프에서 리
사이틀을 했던 서정춘의 〈여행〉도 불렀다. 마침 그게 대나무를 묘
사한 거라 노래를 하나하나 뜯어 설명까지 해가며. 아름다운 시는
공유도 빠르다. 유비는 노래들을 더 들려 달라 채근하며 그 풍경
을 영상으로 담기도 하였더라.
　내가 만든 작은 것으로도 충분하거늘 바구니를 다 만든 아저씨
도 자신의 커다란 바구니를 선물이라며 내민다. 그렇게 받았던 선
물을 다 가지고 다녔다면 네팔에서 아주 살림을 차렸을 거다. 여
기서 잘 쓰시라 되밀었네.

　곧 비가 빠졌다.

아스탐의
에코빌리지.

"비 빠진다!"

남도 바닷가에 가면 사람들은 비 내릴 때 그리 말했다. 그들의
세계에는 바다가 가장 큰 면적일 테니 비가 바다에 빠지는 풍경
역시 그만큼 흔했을 것이고, 그래서 그런 표현도 나왔으리라.

어디에 사는가가 언어를 결정한다. 아무렴. 환경과 문화는 분명
언어에도 담기기 마련이라 여행지에서 그곳 사람들이 쓰는 말의
리듬에 귀 기울일라치면, 말을 알아듣지 못할지라도 그 지역에 대
한 이해도 보다 넓어진다. 네팔 산자락에서 듣는 말에선 구릉처럼
곡이 많고 한번씩 돌부리처럼 받치는 부분이 있다. 말에 계곡이
있고 돌계단이 있고 울창한 숲이 들어도 있다. 너른 지대로 가면
또 다른 운율일 것이다.

에코빌리지는 발 빠르게 생태를 상품으로 잘 만든 공간이라는 인상이 컸다. 하지만 정작 더 훌륭한 상품은 사람이 만든 것들이 아니라 둘러친 안나푸르나 산군이 그리는 선(Line)이었고, 다음은 소담한 마을이었다. 그야말로 천혜의 자원이라는 말이 절로 나왔다. 알래스카의 호시노 미치오는 《노던라이츠》에서 '머나먼 자연'이라는 표현을 썼더랬다. 지구 어딘가에 태초의 모습이 아직 남아 있다는 상상만으로도 우리의 마음이 풍요로워지는 곳이 있다면 거기가 알래스카라며 "인간이 영혼으로 찾아가는 머나먼 자연"이라고 했다. 네팔의 안나푸르나군 히말라야군들 또한 그렇지 않겠는지.

그런데 숙소로 돌아오자 매니저가 단단히 뿔이 나 있다……

자주를
잃어버린 세계에서

'여행'을 뜻하는 영어 단어 'travel'은 'trouble' 혹은 'toil'(고생)을 어원으로 한다. 먼 과거부터 여행은 고난의 연속이었던 것이다.

— 하마다 아쓰오, 《여행과 질병의 3천 년사》 가운데

3대 가족을 중심으로 한 가족기업인 에코빌리지는 마을 사람들 몇몇을 일꾼으로 쓰고 있었다. 저녁을 먹은 뒤 돌아오는 밤, 일터에서 집으로 돌아가는 마을 아낙들이 나를 숙소까지 데려다주었다, 이백여 미터도 되지 않는 길이었지만.

리조트의 매니저가 잔뜩 부어 있었다. 식사를 이곳에서 할 줄 알고 싼값에 방을 주었다는 거다. 날마다의 삶에 처세 잘하기도 참 쉽지 않다. 그의 편에서는 그가 옳겠고, 내 형편에서는 또한 내가 옳겠다. 나는 나대로 비싼 방값이었으므로 식사는 다른 곳에서 해도 된다고 생각했던 터. 숙박료를 협상할 때 식사를 이곳에서 한다는 전제를 단 것도 아니었다. 언제나 우리는 각각의 셈법

을 가지고 산다. 심지어 서로 합의를 끝낸 사안조차 제 기대랑 다를 땐 화를 낸다.

"내일 내가 에코빌리지로 가겠소!"

왜 우리집 손님을 너희가 가로챘느냐고 따지러 간단다. 그는 요가명상 프로그램에도 불만이다. 자기네도 있는데 왜 굳이 거기 가서 하느냐고. 이미 유비랑 그곳 프로그램을 안내받은 뒤에야 이곳에도 요가 프로그램이 있음을 간판에서 읽기도 했거니와 굳이 외부강사를 불러서까지 프로그램에 참여할 생각은 없었다. 이 모든 것에는 잘나가는(?) 에코빌리지 대한 그간의 분통도 섞여 있다. 그곳은 사람이 풍성했지만 이곳은 유럽에서 온 사내 하나와 나를 포함한 동양인 두 사람이 전부였으니. 그곳은 부엌을 중심으로 안정감이 있었지만, 이곳은 듬성듬성 바람구멍처럼 일자리에 구멍이 많았으니.

누군들 시끄럽길 원하겠는가. 더구나 이국에서라면 더욱. 때 아닌 폭풍이다. 속이 소란한 밤이었다. 주머니가 넉넉하면 문제될 것도 없는 일이었을지도 모른다. 하지만 꼭 돈 문제만도 아니다. 그러나 또한 얼마쯤의 돈이면 문제가 되지 않았겠지. 산속에서는 없던 일이었고, 나는 분명 산을 내려온 게 맞았다. 또한 나는 갈등의 상황을 슬기롭게 잘 푸는 사람이 아니었다. 갈등은 늘 난감하며 힘든 일이고, 그리고 아리다. 적어도 그것은 큰 산 하나를 올랐다 내려왔다고 금세 달라질 수 있는 일은 아니었다. 갈등에 놓이는 상황, 그리고 그것을 해결하는 과정이 또한 그가 어떤 사람인지를 보여주는 일일 것이다.

2017년 3월 6일. 네팔행 12일 차, 트레킹 9일 차.
〈아스탐 - 밀란촉 - 포카라〉

사방의 눈부신 안나푸르나 산군도 이제는 벽화처럼 붙박이가 되어 어제의 들썩이는 감흥 대신 일상의 풍경으로 와 있었다.
마을을 걷고, 다시 에코빌리지로 들어섰다. 매니저와의 불화를 들려주었다.
"이제 당신들 공이에요."
내게 온 공은 내가, 상대에게 간 공은 상대가 받으면 될 것이다.

요가명상센터로 들어서려 할 때 유비가 불렀다.
"젖 짜는 거부터 보실래요?"
센터 긴물 아래(이쪽 편에서는 지하지만 언덕 편으로는 트인) 우리에서 식구들이 젖을 짜는 과정은 동물 복지에 저런 풍경도 있겠구나 싶더라. 유비가 노래를 불러주기도 하며 평온을 만들었고, 할아버지와 일을 돕는 마을 사내는 젖을 짤 때 소가 불편하지 않도록 충분히 헤아려주고 있었다. '명상적인 풍경'이라는 표현이 허용된다면 이 순간을 그렇게 쓸 수 있을 것이다.

에코빌리지의
요가명상센터.

명상을 하고 나와 늦은 아침을 먹은 뒤 빌리지 뒤란으로 이어진
언덕을 다시 걸었다. 가촉까지의 트레킹 대신 이곳을 한껏 걷는다.
　그런데 고백하자면, 그 모든 시간에는 매니저가 들이닥쳐 소란
할 시간에 대한 긴장이 있었다. 다행히 폭풍은 오지 않았다. 무수
히 마음에서 친 고동이었을 뿐. 얼마나 많은 일이 그러한가. 실체
는 그냥 그 자리에 있는데 내 안에서 사람이 움직이고, 일이 요동
치고……. 그가 왔다 한들 그건 또 그 무슨 폭풍이겠는가. 그 역시
그렇게까지 어리석을 이유가 없었다. 달라지는 건 아무것도 없으
니. 내 '그니'만 해도 그렇다. 다만 그는 한국에서 제 삶을 사는데,

내 안의 그가 마구 돌아다니고 있었다. 나는 떠나왔는데, 마음은 나를 따라오지 못했다.

에코빌리지에 인사를 하고 숙소로 돌아왔더니 매니저는 포카라로 나가고 없다. 손님을 데리러 갔다고 한다. 화도 제풀에 접었던가 보다. 맥없어졌네. 그런데, 나는 갈등에 좀 더 적극적으로 상대를 헤아리며 접근할 길이 아주 없었던 걸까. 나는 도망가거나 피하기 바쁘기만 했던 게 아니었나. 한 사람의 상한 마음에 대해 아무리 스쳐 지날 관계라지만 그렇게 무책임하고 방관해서야……. 생각해보면 그에게는 먹고사는 밥벌이의 문제였다면 나는 한때의 유흥 문제일 수 있었다. 애초에 서로 무게가 달랐던 사안이었다. 그렇다면 밥벌이가 더 절박한 것 아니겠는가.

사람의 마음(혹은 사람의 귀함)을 따라가지(헤아리지) 못하는 것은 결국 내가 좋은 글을 쓰지 못하는 결정적인 이유일 것이다. 글은 곧 삶이니까! 팁을 조금 남긴 것이 작으나마 위로가 된다면 고맙겠다. 솔직히 어쩌면 돈이 가장 쉬운 일이다. 후원만 해도 그렇다. 시간 내기보다 돈 내기가 가장 쉬울지 모른다. 그렇다고 해서 이 말이 '돈 내는 후원을 가벼이 친다'는 말은 당연히 아니다.

아스탐에서 포카라로 나가는 버스를 물으니 아침 9시에 한 대가 달랑 있다고 한다. '버스가 있다고 했으니 있겠지' 하고 확인을

아스탐.

안 했던 게 문제였다. 벌써 떠나버린 뒤였다. 그렇다고 하루를 더 묵을 건 아니다. 포카라에서도 하루 이틀 쉬었으면 좋겠고, 비행 하루 전엔 카트만두도 들어가야 하지 않을까.

버스가 잦은, 아스탐과 또 다른 길이 만나는 멜보트를 지나 밀 란촉 방향으로 포카라행 하이웨이가 나올 때까지 한 시간 반을 걸 었다. 비로소 안나푸르나를 나왔다! 더러 만나는 사람들은 엄마 등에 붙어가는 아이를 어르며 아는 체 하듯 내가 들고 가는 작은 도쿄를 화제로 말을 붙였다.

포카라 들머리 버스 종점에서 택시로 포카라 시내로 들어와 '투어리스트 버스 파크(Tourist Bus Park)'에 먼저 들러 카트만두행 버스를 예매해놓았다. 아주 값싼 버스에서부터 리무진까지 갖가지더라.

페와탈을 낀 레이크사이드의 한 게스트하우스에 짐을 풀었다. 버스터미널에서 호객행위를 하던 그곳의 사우지를 따랐던 것이다.

아직 해가 많이 남았다. 이젠 익숙한 포카라 여행자 거리다. 이 거리의 끝은 커다란 호텔. 2014년 ABC를 내려온 날 하루쯤은 아주 편히 묵으리라 생각한 곳이었다. 그 여행의 끝에서 패러글라이더를 타고 그 곁의 들에 내려앉기도 했더랬다. 맨발로 이 끝에서 저 끝으로 어슬렁거렸다. 아주 한산했다. 기웃거리는 가게들에도 사람이 드물었다.

포카라의 늦은 밤, 배가 아팠다. 산을 내려온 이완 현상이거나 아니면 우유 탓일 수도 있다. 내겐 날 때부터 제 기능에 문제가 있는 장기가 있는데, 향이 강하거나 낯설면 잘 못 먹고 탈이 나버리기 일쑤다.

아침에 늦게까지 쉴 생각으로 시리얼과 우유를 샀더랬다. 숙소에서 페와탈을 보는 것으로 노닥거려도 좋겠다 싶어, 늦도록 놀고 들어오다 열린 가게라곤 하나 있는 곳에서 먼지를 털고 샀다.

그걸 또 맛본다고 살짝 떠서 시리얼 한 줌을 우유에 섞어 먹었는데…….

변기에 앉아 아주 물을 쏟아냈다. 열댓 차례는 족히 될 게다. 다행히 잘 때는 좀 나았는데, 이런! 한밤중에 깼다. 자꾸 아래쪽이 미끌거리는 느낌. 속옷이 젖어 있었다. 약을 먹어 다스려야 하나…….

시골 외가에서의 어느 방학, 만삭이던 이모가 진통을 시작하고 마을의 산파가 불려왔다. 소란했던 새벽부터 아침까지 산모를 가까이 두고 있었던 우리들(방학을 맞아 이곳저곳에서 모인 외사촌들)이 '태어남'을 경험했던 경이로움은 태어난 아이가 마흔 가까운 나이가 된 지금도 서로에게 잔정을 주게 한다.

꽤 긴 병상의 날을 접고 할아버지가 세상을 떠났던 때의 며칠도 짙은 기억이다. 몸의 남은 모든 것들을 쏟아내고 가족들에게 마지막 웃음을 선사한 뒤 눈을 감은 당신 앞에 우리의 슬픔이 크기도 했지만 한편 그 죽음은 선하게 평생을 살았던 농군의 덕망을 칭송하는 마을 사람들이 함께한 보냄의 '잔치'였다. 그러므로 한 세계에서 다음 세계로 넘어가던 당신의 꽃상여가 마치 꽃가마같이 하늘거렸다고 느꼈던 것은 우연한 착각이 아니었을 게다.

사람이 나고 죽는 엄청난 경험의 세계가 날마다 먹고 자는 집에서 이루어졌고 그런 시간들이 우리로 하여금 존재에 대해 깊이 사유하게 하지 않았던가 싶다.

비로소 안나푸르나를
떠나다.

　삶과 죽음을 관리하던 우리들 삶의 기법은 이제 집을 나가 전문
가들 손에 맡겨진지 오래다(전문가를 부정하겠다는 의도는 아니다. 그러
나 또한 이 시대가 인문학적 소양의 바탕 없이도 얼마든지 전문가를 배출하기
도 한다는 걸 애써 아니라고 부인하지도 않겠다).

　질병만 해도 그렇다. 꼭 의사가 아니더라도 우리들에게는 자신
과 제 식구들의 건강 문제를 어느 정도까지는 스스로 책임질 줄
알았던 과거가 있었다. 시냇물이 저절로 맑아지는 자정력처럼 우

리 몸도 그럴 테지. 제힘으로 회복할 힘을 잃었을 때야 밖으로부터 무언가를 공급해주어야 할 것이다. 자연에서 온 몸이니 자연 안에 치유법이 있지 않을까? 이름 높은 한약재가 아니어도 명아주며 쇠무릎이며 대추며 생강이며 바위취며 우리 다니는 길섶에서 나고 자라는 것들로 우리 몸의 문제를 해결할 수 있지 않을까? 일찍이 우리가 그런 기술을 가졌던 것을 민간요법이라 부르지 않았나.

태어남과 죽음을 관장하고 질병 앞에 자주적으로 무언가를 해왔던 세계를 잃어버린 시대 앞에서, 스스로 삶을 관리할 줄 알았던 힘을 정녕 되찾고 싶다. 그것이 멧골에서 내가 속한 '자유학교 물꼬'가 아이들과 대체의학들을 공부하는 까닭이기도 하다.

몸의 자정력에 기대기로 한다. 아침에는 좀 나아지길…….

내 생각은
내가 걸어온 삶의 결론

눈보라에 마르디 히말 베이스캠프로 기어이 가던 순간을, 그리고 안개를 가르고 정상으로 접근하던 그때를, 그예 아스탐을 오르던 그 밤을 다시 생각한다.

왜 그렇게 기를 쓰고 올랐던 걸까.

왜 그렇게 사투를 벌이듯 자신을 몰아가는 걸까.

산행에서만 그런 게 아니다. 나는 중·고등학교 때 단축마라톤 선수였다. 잘해서 가져다 붙이는 선수가 아니라 그야말로 시합을 나가는 선수.

스스로 놀랐던 경험이다. 단거리에서 두각을 나타내는 것도 아니었고 더러 중거리 달리기에서 오래달리기를 잘하는구나 정도였는데 마침 사라졌던 여자 단축마라톤이 부활되며, 뛰다 보니 맨 앞이었다. 반에서, 학년에서, 학교에서, 지역에서, 그러다 전국대회까지 가게 됐던 거다.

달리다 보면 첫 데드포인트를 만난다. 그런데 그 순간을 넘고 나면 바로 그 순간을 넘은 힘이 다음 달리기의 힘이 된다. 그때의 희열!

그래서 달렸고, 그래서그래서 산을 가고, 그래서 그래서 그래서 또 살았다.

트레킹은 그런 힘을 만들어내고 있었던 거다. 그런데 더 지혜로운 이라면 거기 자신을 두지 않고도 그러한 힘을 발휘할 수 있을 테지.

2017년 3월 7일. 네팔행 13일 차.

〈포카라〉

비로소 트레킹을 끝냈다. 어제였다. 포카라가 기다리고 있었다.

레이크사이드(이 역시 카트만두 타멜의 여행자 거리와 기능이 같을)에 짐을 부려놓고 책을 읽다 어스름 녘 숙소를 나와 예전 네팔에 왔을 때 맺었던 두어 인연들과 만나 밥을 먹었고, 페와호숫가를 돌거나 거리를 걸었다.

현지인들이 하는 작은 가게에서 쉬고 먹고 마시고, 길거리에서 여행자들과 여행담을 나누기도 했다. 포카라에는 트레킹이 아니어도 산책을 위한 좋은 길도 흔하고, 익스트림 스포츠에 관심 있다면 패러글라이딩이며 래프팅 등의 놀잇거리도 널려 있다.

페와호를 앞에 두고 안나푸르나 산군이 주욱 늘어선 절경도 날좋을 때 포카라가 주는 커다란 꽃다발이다.

늦은 밤 들어와 밤새 배앓이를 했다. 저녁부터 살살 아팠던 배는 강도가 심해지다가, 나중에는 기다시피 해서 욕실을 들락거렸다. 물을 마시고 또 마시는 것으로 몸을 달랬다. 민족의학을 들먹이지 않더라도 아프면 제 생활을 더듬어볼 일이겠다.

처음 서울을 떠나 산마을에서 공동체 실험을 하겠다고 했을 때 열이면 열 선배들이 다 기겁을 했다.

너 같이 도회적인 인간이 산에?

어둠에 좌절하고 추위라면 끔찍해 하면서?

벌레라면 몸의 반응이 유달라 물리면 여러 날 열이 나고 근육통에 시달리기 일쑤인 네가, 그것도 산에?

게다가 너같이 안 공동체적인 인간이 공동체를?

성공했든 실패했든 그런 시간을 건너 지금에 이르렀다. 삶의 데드포인트들을 지난 힘이 다음을 밀고 왔다. 영민하지 못해 머리보다 몸을 쓰는 깨달음이 빨랐다. 나는 산오름이 지독하게 필요한 인간이었던 게다.

일찍이 20년의 수형 생활 동안 많은 사람들과 만났던 신영복 선생은 《담론》에서 "그 만남에서 깨달은 것이, 바로 그 사람의 생각은 그 사람이 걸어온 인생의 결론"이라 했다.

그렇다, 지금 하고 있는 내 생각은 살아온 결론이고, 그것이 나. 내 생각이 나. 내가 어디를 보느냐가 나. 내가 어디를 향해 가느냐가 나. 내가 걸어가는 길이 나다!

산에서 도 닦는다고, 오방색으로 색 점괘를 풀거나 사주풀이를

포카라의
페와탈.

하는 내게 가끔 사람들이 내일 일을 물으러 왔다.

"지금 어떻게 살고 있는가를 보면 내일을 알지, 뭘 물으러 와
요!"

여명이 틀 때야 조금 편해진 몸으로 잠에 들었다. 느지막이 깨
어나니 볕도 좋고 바람도 좋았다. 빨래를 해서 널고 책을 읽고 다
시 누웠다. 이제 좀 쉬어줄 때, 지금은 산을 나온 때.

배앓이가 꼭 그 원인만도 아니었을 것을 가게로 가 간밤에 산
유통기한 지난 우유와 시리얼을 바꿔 달라고 했다. 내가 미처 확
인하지 못한 잘못도 있겠으나 유통기한이 이리 오래 지난 것을 파
는 건 아니잖느냐, 당신도 모르고 팔았을 테지, 환불을 요구했다.

이해해주라, 우리 가게 물건들이 거의 마찬가지 상황이다, 그렇

지만 돈으로 말고 대신 가져갈 물건을 찾아봐주면 안 되겠느냐 했다. 립밤이 있었다. 네팔을 다녀왔거나 다녀온 누군가를 알면 꼭 하나씩 쥐고 있는 그것이다. 두루 나누어도 좋을 테지.

2014년 한 작가와 인연을 맺었던 찻집으로 갔다. 카트만두에서 이사를 준비하던 주인장은 그 사이 포카라에 집을 짓고 여전히 여행사를 하면서 커피를 내리고 있었다. 일본인 아내 역시 전과 같이 빵을 굽고. 작가와 주인장의 인연은 내게로 넓혀져 우리는 아주 가끔 안부를 묻는 벗이 되었고, 잘 받았던 대접을 한국의 산마을에서 갚겠다 했으나 아직 그날은 오지 않았다.
"연락하시지……."
"계시면 뵙고 아니면 말고, 했지요."

어디를 가도 찻집을 기웃거린다(이때의 차는 대용차 말고 그야말로 찻잎을 따서 제다(製茶)한 차를 말한다).
차를 좋아하고, 그만큼 오래 마셔왔다. 하지만 그런 시간치고 이름을 올린 다인 모임 하나 없다. 차란 게 마시자고 있는 것이고 편히 마시면 된다고 여기기 때문이기도 하고, 때로 현란한 차 도구와 숭배에 가까운 다례 형식이 불편하기도 해서, 엄두도 못 낼 가격일 때도 있어서, 마치 한국인의 지적허영 혹은 오만과 맥을 같이 하는 것도 같아서.

다례 형식 그것대로 의미가 있는 이는 그리하면 될 것이고 불편하면 아니하면 될 테지. 대접에 담긴 차라고 못 마실 게 무어람.

네팔의 차는 세계적으로 품질이 뛰어나지만 체계적인 경제 구조나 원활한 수출 무역 시스템이 없어 실제로는 전 세계 차 시장에서의 점유율은 낮다. 대륙의 깊은 내륙에 있는 지리적 이유도 바다를 낀 중국과 인도와 스리랑카와 인도네시아, 대만에 밀리는 까닭이겠지.

이곳의 차는 그 맛이 모서리 없이 둥글둥글하다. 네팔 지인을 통해 얻어먹던 차를 현지에서 마시고 있으니 그 흐뭇함이라니!

차를 어지간히 갖췄다 싶은 가게에 들어갔다. 전 주인으로부터 이어받은 지 채 3개월도 되지 않은 주인장이라기에 펼쳐 놓은 다기 앞에서 내가 차를 달였다. 잘난 체지. 재밌잖나. 덕분에 중년에 가까운 서구 여자들이 구경만 왔다가 나갈 땐 차를 들고 갔더라.

가끔 중국황실다례 시연을 한다. 춤추듯 현란한 손짓이 많은. 한국의 몇 되지 않는 소림사 무예 고수였다는 허주 스님은 나를 마지막 다례 제자로 두고 몇 해 전 세상을 떠나셨다. 사람은 가도 흔적은 그리 남는다.

2017년 3월 8일. 네팔행 14일 차.
〈포카라 - 카트만두〉

날 샐 녘 버스터미널로 갔다. 포카라로 올 때는 비행기를 탔고, 카트만두로 돌아가는 편은 버스를 타기로 했다. 일곱 시간 소요.

생수와 아침 도시락, 리조트 뷔페식 점심이 포함된 리무진 표를 그제 예매해 놓았다.

그런데 표에 문제가 생겼다…….

비극을
건너가는 법

삶의 처연한 시간들도 잘 지나는 법이 그런 것 아닐지. 그
냥 '지나가기'. 비켜가는 것이 아니라 그것을 관통하여. 아
픈 사랑도 분노도 그것을 잘 지나는 법은 한가운데로 걸어
가는 것. 더위를 피하는 법 역시 더위 속으로 걸어가 버리
는 거라는 농담처럼. 분명한 건 어디로든 '흘러간다'는 것
이다. 모든 일은 일어났다 사라진다는 점에서 동일하다. 별
뾰족한 수가 있는 것도 아니다. 살아남은 자는 살아가는 것
이다.

안나푸르나, 안녕!

포카라를 떠난다. 산을 나와 레이크사이드에서 이틀 밤을 묵었
다. 이른 아침, 카트만두로 가기 위해 버스터미널로 갔다.

그런데 2,500루피로 예매한 버스가 아무래도 이상하다. '자가담
바'라는 같은 이름을 쓰는 버스가 하나는 2,500루피, 다른 하나는
2,000루피. 앞은 세 줄 좌석, 뒤는 네 줄 좌석이니 앞의 버스가 좀

더 자리가 널찍하고 편하다. 내가 지불한 금액은 2,500루피인데 정작 버스는 2,000루피용이었다.

"어떻게 된 겁니까?"

"(그 정보를) 어디서 들었어요?"

"사람들로부터도 듣고 인터넷으로도 확인했어요."

아니, 상황을 설명해주면 되지 그 사실을 어떻게 알았느냐를 왜 묻는가.

자기들끼리 한참 툭닥툭닥하더니 500루피를 돌려준다. 사정을 잘 모르는 여행객을 대상으로 더러는 2,000루피 버스를 2,500루피 버스인 양 슬쩍 표를 파는 일이 있는 듯하다.

일이 왜 그리 되었는지 그들은 설명하지 않았고(못했고?) 사과도 하지 않았다. 나 역시 화를 내지 않았다. 여기는 네팔이니까. 그들은 그들의 방식으로 사는 것일 테니. 때로 정직하고 더러 그렇지 못하기도 한 건 사람 사는 동네 어디나 그럴 게다. 사람이 나쁘겠는가, 세상이 나쁘지. 그렇더라도 그냥 지나칠 수 없었던 건 같은 상황에 놓일 다음 여행객을 위해서도 그랬다고 하자. 하지만 작은 일에 분노하는 작은 사람이기 때문이기도 했으리.

카트만두까지 일곱 시간 남짓 걸렸다. 중간에 한 리조트에서 뷔페식 낮밥을 먹었다. 버스 회사에서 제공하는. 네팔은 요거트가 정말 맛나다. 2014년 11월 네팔행에서 들른 박타푸르에서는 요거트가 담긴 일회용 용기가 구운 그릇이더라. 종이컵보다 그게 더 싸다는 네팔.

버스가 포카라를 떠나 절반쯤 갔을 때 여승무원들이 타고 왔던 버스에서 자기 회사의 다른 버스(왔던 곳으로 가는)로 갈아탔다. 반만 오고 다시 자신이 온 도시로 되돌아가는 것이었다. 장단점이야 있겠지만 퍽 괜찮은 방식으로 보였다.

버스가 카트만두에 거의 이르렀다 싶을 때 건너편에 앉았던 나이 많은 아버지와 중년의 서구인이 어깨를 으쓱하며 한마디 건넸다. 괜찮냐고. 깎아지른 천 길 낭떠러지는 둘째치고 맞은편 차들과 비껴가는 것이 곡예와 다를 바 없었으니 하는 말이다. 게다가 줄이지 않는 속도라니…….

"정신없이 자서 다행이네요."

막바지에야 눈을 떴던 터였다.

"타멜로 가는 건가요?"

같이 버스에서 내린 젊은 여자에게 물었다. 캐나다에서 온 그와 또 다른 한 사람과 'n분의 1'로 택시비를 나누었다. 여행지에선 여행객들끼리 고마워할 일이 많다. 같은 처지니까.

늦지 않은 하오였다. 비행기는 이튿날 밤 11시니 거의 이틀이

포카라
버스터미널(Tourist Bus Park).

남은 셈이다. 게스트하우스에서 쉬다가 타멜 거리를 아슬랑아슬
랑하다가 여행객을 만나 수다를 떨다가 기념품 가게를 기웃거리
다가 그리운 이에게 엽서도 한 장 쓴다.

2017년 3월 9일. 네팔행 15일 차.
〈카트만두 - 인천〉

  2015년 4월, 나는 파리에 있었다. 버스 안에서 곁에 섰던 젊은
프랑스 할머니가 말을 붙였다.
  "소식 들었어요? 네팔에 큰 지진이 났대."

그들은 대개 국제사회의 여러 가지 이슈를 화제로 꺼낸다. 파리의 내가 만난 그런 문화가 좋다.

지나간 늦가을에 다녀왔다고 하자 그때 다녀오길 잘했다고, 다행이라고 안도해주었다. 호텔로 돌아와 TV를 켜자 온통 네팔의 지진 소식이었더랬다.

그해 4월 25일, 네팔은 1934년 이후 가장 강한 지진(규모 7.8)을 만난다. 이 지진으로 네팔, 중국, 인도, 파키스탄, 방글라데시에서 8,400명 이상이 사망한 것으로 추정된다고 했다. 카트만두 계곡의 카트만두 더르바르 광장을 비롯해 파괴된 유네스코 세계유산만도 여럿이었다. 지진이 일어날 당시 부상자 61명에 실종자 수십여 명을 포함해 700명에서 1,000명 이상이 에베레스트 산에 있었다고 한다. 지진 직후 카트만두 트리부반 국제공항은 일시적으로 폐쇄되었다가 다음 날인 26일에 다시 열렸다. 채 한 달이 지나기도 전에 7.3 규모의 지진이 또 일어나 총 사망자가 9천에 이르고 부상자도 2만 2천 명에 이르렀다고 알려졌다. 완전히 파괴된 가옥 수만도 14만 채를 넘어 이재민과 사회·경제적 피해가 이루 말할 수 없었다. 당장 식수와 위생시설, 보건시설의 문제뿐 아니라 약 560만 명의 노동자가 생계에 부정적인 영향을 입었다. 특히 경작지·식량 저장창고·농기구들의 피해가 심각해 농업 종사자만이 아니라 네팔 전체의 식량 상황도 말이 아니었다고 한다.

버스로 들어오다
본 카트만두.

최소 95만 아이들의 일상도 무너졌다. 정신적인 피해도 피해였
지만 지진 이후 인신매매, 아동노동, 아동학대에 더욱 노출되었
다. 5,000여 개의 학교 3만 6천 개의 교실이 부서졌고, 1만 7천개
의 교실이 부분적으로 파손되었다. 그리고 약 150만 명의 학생들
이 교육의 기회를 잃었다고 했다.

이른 아침 타멜 거리에서 바로 이어진 바자르를 걸었다. 길은

카트만두
더르바르 광장.

카트만두 더르바르 광장으로 이어졌다. 내친김에 택시로 파탄 더르바르 광장까지 갔다.

2년이 흘렀지만 2015년 지진의 흔적은 아직도 건물 사이 사람 사이에 선명했고, 그 속에서도 사람들은 여전히 삶을 쌓고 있었다. 압바스 키아로스타미의 영화 〈그리고 삶은 계속된다〉의 한 장면처럼. 비극을 그렇게들 건너가고 있었다.

누군가 잠깐 거든다면 일이란 게 얼마나 수월하더냐. 사다리에 올라가 있는데 아래서 가위 하나 집어주어도, 밥상을 차리는데 수저만 놓아주어도, 밭에 물을 뿌리는데 호스만 잡아주어도……. 하물며 큰 불행이라면 더욱 그러할 것이다.

그때 나는 프랑스에 있어 재해를 피했고, 그들은 네팔에 있었다. 모든 불운은 언제든 내 것일 수도 있었다. 그러므로 내 일이 아니라고 말하지 못한다. 우리가 어려운 일을 겪는 이들과 연대해야 하는 첫째 까닭이 그것일 것이다. '사람의 마음'으로도 그렇다. 어려운 이를 어떻게 지나칠 수 있겠는지. 갈 길이 멀지만 집이 세워지고, 밥을 짓고, 아이들은 다시 학교로 가고 있었다.

많이 머물 계획이 아니라고 하자 택시 아저씨가 입장료를 지불하지 않는 길들을 안내했고, 대신 그만큼 전을 펴놓은 길가에서 먹을 것을 샀고(사주었고?), 아저씨에게 돈을 더 지불하기도 했다.

타멜로 돌아와 전통악기며 물건 몇 가지를 흥정하고, 적절한 수

준의 가격을 고려했다. 책임여행이란 그런 것일 터다. 가장 값싼 가격으로 샀다는 게 꼭 자랑거리는 아니다.

서점에 다시 들렀다. 아이들에게 다례를 가르치고 있는데, 차를 많이 마시니 아무래도 좋은 차에 탐심(貪心)이 생긴다. 그런데 품질 좋은 홍차와 백차 가격이 1킬로그램에 13,000루피까지 한다. 네팔 물가로는, 그것도 주머니가 넉넉지 않은 여행자가 사기는 쉽지 않다. 이 집 저 집, 눈만 즐겁다가 늘 좋은 차를 나눠주시는 한 어르신께 드릴 선물로 서점에서 대중적인 가벼운 홍차라도 좀 사기로 했다.

아, 저것!

여기까지 지독하게 내 허리를 감고 왔던, 아니 사실은 내가 그의 손을 붙잡고 왔을, 이제는 곁에 없으나 결국은 곁에 '있는(내가 보내지 않는 한)' 그를 반추하며 포스터 한 장을 샀다. 산을 사랑하고 책을 좋아하고, 그리고 내 삶에 환희였던 사람.

에베레스트 초등 60주기 기념 포스터였다. 뉴질랜드의 에드먼드 힐러리와 네팔의 셰르파 텐징 노르가이가 담겼다. 정상 아래에 30여 분 먼저 도착해 힐러리를 기다린 텐징이었지만 두 사람 중 정녕 누가 먼저 올랐냐고 집요하게 묻는 기자들에게 끝까지 "함께"라고 대답했던 둘이었다.

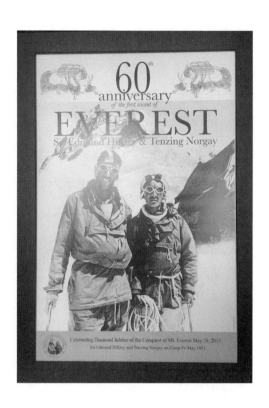

에베레스트 초등 60주기
기념포스터(2013).

　다시 '그'를 생각한다. 내 결핍이 그에게 더욱 직진케 했을 것이
다. 홀로 자랐던 내 어린 날과 달리 형제가 많은 그가 좋았고, 남
다른 우애가 없는 건 아니나 같이 자란 경험이 거의 없는 우리 형
제의 서먹함 대신 그 댁의 화기애애함이 좋았다. 내가 읽지 않는
책을 그가 읽어 좋았다. 혹여 우리는 매번 자신의 결핍으로 그걸
채우기 위해 사람에게 목매는 건 아닌가.
　나는 생의 매순간 또 다른 '그'를 만날 것이다. 건강하게 사람을 사랑할 수 있기를 바란다. 그러려면 스스로 건강해야 내 사랑도 건강할 수 있고 상대에게도 풍성한 생을 채우게 할 수 있을 테다.

　다시 '그'를 생각한다. 어긋지기 시작하던 때를 되짚어본다. 오해를 시작한 마음 앞에선 어떤 진실도 무력하다. 아니면 내가 정말 좋은 사람이 아니었을 수도 있다. 그러나 내가 나쁜 사람이라고 나는 인정할 수 없다. 내 어떤 부분이 좋은 사람이지 못할 수는 있어도 어느 누구도 나쁜 사람은 아니다. 하지만 그의 마음이 편하기 위해 내가 나쁜 사람이어야 한다면 그러기로 한다. 혹 그가 내게 좋은 사람이 아니었다고 모두에게 그가 그런 것 또한 아니다. 우리의 어떤 면이 부딪혔고, 그게 서로의 존재를 건드렸거나 아니면 그럴 정도가 아니었는데도 지혜가 모자라 그리되었거나. 나도 억울하고 그도 나만큼 억울할 수도 있을 것이다. 우리가 다른 곳에서 다르게 만났더라면 달랐을 수도 있었을 것이다. 안타깝게도 이쯤에서 우리는 갈등을 빚었나니, 더는 길이 없다면 헤어지는 것도 방법이다. 그건 죽자는 말과는 다른 말이다. 사람은 결국 살자고 헤어지기도 하는 것이다. 그리고 우리는 배웠겠지, 사람에 대해 더 넓게, 자신에 대해서 더 깊이.

　그에게 가 닿아 있던 팽팽한 끈을 끊는다. 그 순간 그도 떨어져 나가지만 나도 뒤로 벌러덩 엉덩방아를 찧는다. 그 정도는 감수해야 비로소 끊을 수 있다. 상처 없이 어떻게 사람을 놓을 수 있단 말인가. 상처는 필연이다. 하지만 그것은 종국에는 아물고 만다.

그래서 모든 이의 마음에 '사랑은 가도 옛날은 남았던' 것이다. 그리하여 우리 모두는 긴 세월 뒤 적의 없이 다시 만날 수 있는 것이다. 괜찮다, 괜찮다, 다 괜찮다.

그립겠지. 그리울 것이다. 그리움이 어디 연인과의 일이기만 한가. 연인이 아니라고 해서 그리워하지 못할 게 무언가.

마지막 밤, 공항으로 가는 택시비를 빼고 얼마간의 루피를 저녁 값으로 남겼다.

어디를 가면 좋을까. 타멜을 좀 걸었고, 무얼 먹을까 잠시 생각할 때 누군가 앞에서 다가왔다.

어떻게든
살아간다

우리가 보여주는 연민은 우리의 무능력함뿐만 아니라 우리의 무고함도 증명해주는 셈이다. 따라서(우리의 선한 의도에도 불구하고) 연민은 어느 정도 뻔뻔한(그렇지 않다면 부적절한) 반응일지도 모른다. 특권을 누리는 우리와 고통을 받는 그들이 똑같은 지도상에 존재하고 있으며 우리의 특권이(우리가 상상하고 싶어 하지 않는 식으로, 가령 우리의 부가 타인의 궁핍을 수반하는 식으로) 그들의 고통과 연결되어 있을지도 모른다는 사실을 숙고해보는 것, (……) 연민만을 베풀기를 그만둔다는 것, 바로 이것이야말로 우리의 과제다.

— 수전 손택, 《타인의 고통》 가운데

네팔에서의 마지막 하루. 비행기는 카트만두발 23시 15분.

체크아웃을 한 뒤 타멜 거리의 게스트하우스에 짐을 맡기고 거리로 나왔다. 서점이며 기념품 가게들을 드나들며 물꼬에 잘 쓰이겠다 싶은 물건들을 찾고 제비가 모이 물어오듯 하나씩 챙겨 배낭

옆에 쌓아 놓았다.

마침내 길거리에서 사랑기도 샀다. 앞서 두 차례의 네팔행에서 눈독만 들였던 악기다. 가격이 가게보다 좋기도 했거니와 산마을에서 지진 피해 복구를 위한 판매를 왔다고 하기에 그에게서 샀다. 옆에 마들을 든 아저씨도 있었으나 그것까지는 부담스러웠다. 값으로도 짐으로도. 저가항공은 초과 수하물료가 만만찮으니.

당장의 필요로 사려는 물건은 아니니 오가다 다시 만나면 그땐 사라는 뜻일 테지. 그때는 가격에 대해 서로 스스로 결정한 바도 있을 것이다. 하지만 거리를 몇 차례 오가는 동안 더는 그가 보이지 않았다. 결국 마들은 못 사나 보다. 포카라에서는 짐이 될까 싶어 눈으로만 보고, 카트만두 거리에서는 사랑기에 밀리더니.

사랑기와 함께 손에 건네진 지진 피해 복구 도움 요청 유인물을 보며 이라크 전쟁을 통해 고통이 소비되는 시대를 비판했던 수전 손택의 《타인의 고통》을 떠올렸다. 발행 부수와 시청률에서 앞서기 위해 더 자극적으로 더 선정적으로 더 충격적으로 타인의 고통을 상품화하고 소비하게 하고 그리하여 정작 눈앞에 드러나는 타인의 고통에 대해 무감각하게 한다던.

타인의 고통을 이해하는 것이 정말 가능한가. 책에서 수전 손택은 "전쟁을 겪어보지 못한 사람들이 분쟁 지역 사진을 보면서 전쟁을 이해한다고 착각한다"라고 짚었다. 미디어의 발달로 우리 눈

앞에서 벌어진 것처럼 훤히 들여다보며 그들의 고통을 일종의 스펙터클로 소비하고 모니터를 끄는 순간, 사라지는 영상처럼 어느새 잊어버리는 우리다.

그는 연민 그 너머로 가자 했다. 우리와 그들이 다른 세계에 살고 있는 게 아니며 내게도 얼마든지 일어날 수 있는 일이자 어쩌면 내가 누리는 특권이 그들의 고통과 연결되어 있을 수도 있다는 걸 새겨주었다. 그들의 이야기가 얼마든지 내 이야기가 될 수도 있다는 것이야말로 우리가 절박하게 무언가 행동해야 하는 가장 큰 설득의 지점이 아니겠는지.

풀죽은 아이처럼 아쉬움으로 돌아서는 순간, 마들이 눈앞에 나타났다. 그제야 '사실 들고 오기 그리 큰 것도 아니야'라고 되뇌었다(사랑기처럼 마들 역시 다양한 크기가 있다). 그도 나도 더는 흥정하지 않는다. 그도 아쉽지 않을 가격에, 나도 그들의 마을에 도움 될 정도의 가격으로 합의한다. 그래도 처음 부른 가격의 5분의 1밖에 되지 않아 끄트머리 돈은 받지 않는 것으로 다소의 미안함을 대신했다.

학교의 수행방에서 쓰고 있는 싱잉볼(Singing Bowl)도 크기가 다른 걸로 하나 샀다.

"우리도 그냥 다 싱잉볼이라고 불러요."

네팔어로도 티베트어로도 그 본래 이름을 알고자 했으나 시원스레 대답하는 이가 없었다. 잊히다 어느새 낱말을 잃었을지도 모른다.

이누이트는 눈(Snow)에 대해 가지고 있었던 오십여 가지의 낱말이 이제 불과 몇 남아 있지 않다고 한다. 어디, 언어만 그럴까. 토착인의 말이 사라진 것처럼 그 말이 공유하던 지혜와 기술도 사라지고 지속 가능했던 여러 삶의 방식 또한 사라지고……. 세상은 그렇게 흘러간다. 하지만 그것을 거슬러 오르는 이들 또한 분명 있나니! 내 멧골의 삶인 자유학교 물꼬도 어쩌면 그렇게 거슬러 올라가는 한 무리 가운데 있다.

새로운 것도 알았다. 싱잉볼을 그 크기에 따라 싱잉볼, 메디테이션볼, 힐링볼로 나누더라. 오래전부터 그랬는지 말하기 좋아하는 이들이 만든 건지, 아니면 수완 좋은 한 장사꾼의 의견이었는지 모를 일이지만. 현지에서 만나는 정보들에 대해 몇 차례의 검증이 필요하다. 그저 한 개인의 농, 또는 그만의 가치관일 때도 적지 않기 때문이다.

악기와 엽서와 지도와 산 사진과 차와…… 이제 쇼핑도 끝냈고, 남은 시간은 길가의 큰 카페에서 아주 자리를 펴고 여정을 정리하거나 책을 읽는다. 아차, 마음에 걸리는 관계 하나에 엽서도 한 장 띄우리. 여행은 말 붙일 좋은 거리가 된다. 그래서 서먹한 사이가 달라질 수 있다면야!

여기선 굳이 우체국을 찾지 않아도 된다. 엽서를 파는 웬만한 가게는 우표와 함께 가게 우체통을 앞에 두고 있다. 거기 넣어두면 자신들이 일정하게 우체국을 간다. 정말? 응, 이전에도 그렇게 보낸 엽서가 무사히 한국에 닿았더랬다.

얼마쯤의 저녁 비용을 남긴 루피를 들고 어디로 갈까, 걷고 있었다. 마땅한 데가 없네. 밟히는 것도 약에 쓰려면 없던 개똥이 아니던가.

모퉁이를 돌자 한 아저씨가 쑤욱 식당 전단지를 내민다.

"가까운가요?"

바로 앞이라며 그가 건물과 건물 사이로 들어갔다. 타멜을 뒷길까지 꽤 돌아다녔다고 생각했는데, 이런 뒤란이 또 있는 줄은 몰랐다. 타멜 들머리께 건물 사이 고작 몇 걸음 안을 들어서니 여행사들이 밀집해 있는 너른 곳이 있었다.

'사랑기'라는 3층(우리 식이라면 2층) 식당 간판이 먼저 보였다. 팬스레 낮에 산 악기 이름이 보여 반가웠는데, 자기네 가게는 거기 이르기 전 2층의 '블랙 워터(Black Water)'란다. 거기라도 좋다.

검은 물이 적어도 오염된 강이라는 뜻은 아닐 게다. '검은 바다(Black Sea)'라는 의미로 먼저 다가왔다. 흑해를 떠올렸고, 고대 그 언저리를 야만족들이 점령하고 있어 '비우호적 바다', '불빛이 없

네팔의 현악기 '사랑기'.

는 바다'로 불렸다던가. 섬이 없어 풍랑을 만나더라도 피하지 못
하고 난파해 '죽음의 바다'라고도 했다 한다.

　블랙워터는 미국의 악명 높은(?) 민간 군사기업의 이름이기도
하고 미국의 여러 주에도, 캐나다 · 뉴질랜드 · 아일랜드 · 스코틀
랜드 · 잉글랜드에도 있는 강이다. 왜 그 이름을 붙였느냐고 물었
고 주인장이 대답했으나, 그의 영어를 잘 알아들을 수 없어 거듭
되물었던 물음을 다시 하지 못하고 접었다. 짐작해보는 재미로도

충분했으니까.

세상의 모든 눈물이 검은 강이 되어 흘러간다던, 신이 있다면 세상은 왜 이리 슬프냐며 검은 강이 하염없이 눈물을 안고 흘러간 다던 한 가수의 노래도 있었더라지.

음식은 텍스와 서비스료가 포함된 적정 가격에 맛도 일품이었다. 17년 동안 이탈리안 레스토랑에서 일하고 친구와 함께 가게를 냈다는 주인이었다.

"전단지가 효과가 있는지 잘 모르겠더니……."

"몰라서 못 왔지요. 저 같은 사람들이 있을 겁니다. 계속 나눠주세요."

저녁 시간이고 사람이 많아 그만 들어왔다던 주인은 전단지를 들고 다시 나갈 거라고 했다.

"제가 글을 쓸 기회가 있다면 당신 식당 이름을 꼭 알릴게요."

그래서 쓴다, 블랙 워터! 한 사람이 열심히 살아온 세월에 대한 찬사.

아, 나를 위해 거기 달을 걸어두다니! 여행자는 오직 자신이 우주의 중심이므로 이런 착각이 그리 낯설지 않다. 층계참 야외 테이블에서 저녁을 먹는 동안, 딱 거기 네팔의 달도 휘영청 떴다. 그런 우연들이 얼마나 많이 내 삶을 채워주었을 것인가. 때로 간절함이 닿아 그렇기도 했고, 아니면 어떤 전환을 위한 뜻밖의 생의 선물이기도 했다. 고맙다, 고맙다, 고맙다, 그렇게 내 생을 꾸려준 그 신비가 네팔에서의 마지막 밤도 찾아와 주었더라지. 뜻하지 않은 위로들이 우리 생을 또 얼마나 어루만져주던가. 그것으로 또 한 걸음 걸어갈 것이다.

나이 들고 가장 크게 변한 게 있다면 시간에 대한 움직임이다. 예전엔 칼같이 맞춰 다니고, 그런 만큼 뛸 일도 많았다. 하지만 지금은 그게 힘든 줄 아니 일찌감치 움직이게 된다. 불과 일이 년 사이의 변화다.

넉넉하게 도착한 공항에서 비로소 메일도 확인한다. 아프리카에서 선배가 보낸 글월 하나가 와 있다. 시카고에 머물 적에 인터넷 매체에 글을 연재하기 시작했는데, 그 첫 글을 보고 멕시코에서 온 당신의 연락을 받았더랬다. 소식 끊어진 지 20년이 흐른 뒤였다. 그리고 간간이 온 소식들, 멕시코에서 술집과 여행사를 하며 마약상의 총에 맞기도 하고 이명박 정부 때 캐나다 깡통 유전 개발에 가 있더니 이제 아프리카 기니 최초의 자동화 공장 프로젝트에 합류하고 있었다. 어떻게든 살아가고 있다. 삶은 그렇다. 어떻게든 된다. 아니면 죽거나.

가끔 그런 생각을 한다. 자살조차도, 얼마나 설득력이 있는 얘기일지 모르겠지만, 어쩌면 자신을 살리기 위한 길이었을 거라는,

살다 살다 도무지 안 되니 살려고 애쓴 길이 그 길이었을 거라는. 우리가 하는 모든 행위는 다 살자고 하는 짓이다. 어떤 생명이 죽고자 하겠냐 말이다.

네팔 사람들 속에 있으면, 산군에서라면 더하다. 삶이 수월해진다. '그냥 살아가면 된다'는 걸 곱씹게 된다. 네팔의 가장 큰 매력은 그것인지도 모른다. 다음 네팔 여행은 산으로 들어가, 로지도 게스트하우스도 아닌 길을 가다 이르는 집의 문을 두드려 잠을 청할 것이다. 어떻게든 되리, 이곳 사람들이 가르쳐준 대로.

인천발 네팔로 가는 항공편은 열세 시간 경유라 항공사에서 제공하는 호텔에서 잘 묵었다. 돌아오는 편은 네 시간이 안 되는 기다림, 누울 수 있는 소파에 누워들 기다리더라. 담요 혹은 숄은 하나 미리 챙겨두면 좋을 테지.

경유지인 광저우엔 올 때 내리던 비가 이적지 그러기라도 했는 양 내리고 있었다. 세상은 언제나 거기 있고 변한 게 있다면 그저 너라는 듯 말이다. 하지만 내가 변하면 세상이 변하지 않던가. 그때도 내렸고 지금도 내리나 이 비는 그 비가 아니다!

인천공항에는 기다리는 소식이 있나니.

성공이란
간절했던 열망 속에 이미 들어 있는 것

사랑은 아프거나 기쁘거나 아니면 건조하거나.
고마움을 잊지 않으면 안 좋을 게 없다. 어디 사랑만 그럴까.
내가 아는 것은 아직 내가 사랑하고 그리워한다는 것. 다음
일은 다음 걸음에. 다만 나는 오래 사랑할 것이고 그리워할
것이다.

광저우를 떠나 인천공항행 비행기 안.
고단키도 하련만 멀뚱멀뚱.
간다, 한국으로, 물꼬로.
군대 간 이들이 오랜만에 휴가를 나오면 오는 그들은 한참만이
지만 맞는 우리들은 금세더라, 아이들 크는 것마냥.
"벌써 열 살이야?"
"벌써가 뭐야!"
"참내, 남의 일이라고……."
보름이 그리 긴 날도 아니지만 먼 길 떠났다가, 그보다 더 먼 산
을 올랐다 내려온 길이 아주 아득하기도 하련만 나날을 살아가고

있는 이들에게야 무에 대수랴. 하지만 내겐, 긴 긴 긴 시간이었다. 특히 그리운 사람을 뒤에 두고 돌아서 온 시간이.

허진호 감독의 영화 〈봄날은 간다〉가 있었다. 사랑을 믿지 않는 여자와 사랑을 믿는 남자의 사랑 이야기쯤이라 할. 믿든 믿지 않든 사랑은 '사실'이었고, 사랑은 유구히 남는다. 사람이 지옥을 지나갈 수 있게 하는 것도 결국 사랑 아니던가. 사랑만 제대로 해낼 수 있다면!

모든 갈등은 내가 서툴기 때문이었다, 사랑에. 사랑을 제대로 하면 이별도 제대로 한다. 문제는 이별이 아니고 그것으로부터 무엇을 얻었느냐가 아닐지. 산을 거뜬히 넘어낸 이는 다음 산 앞에 설 용기와 체력이 생기고, 산을 넘은 경험과 이해로 다음 산을 오를 수 있으며 나아가 다음을 더욱 의미 있고 가치 있게 계획할 수 있다. 사랑엔들 다를까.

멧골이 기다리고 있다. 산에 살아도 산이 그립다. 그래서 산에 살고 산에 또 간다. 거기 내가 몸담은 자유학교 물꼬가 있다.

세월을 건너오는 동안 물꼬도 변화를 겪어왔다. 당연하다. 변하는 것이야말로 변하지 않는 역설일 것이다.

30년 전 제도학교에 반대하며 시작했던 대안학교 물꼬였지만 지금은 제도학교를 지원하고 보완하는 역할이 크다. 입학하고 졸

자유학교 물꼬의 명상정원
'아침뜨락'의 아고라.

업하는 제도 대신 때마다(학기 중에도) 아이들이 와서 머물고 있다.

지금은 오랫동안 천착해왔던 생태라거나 공동체라거나 무상교육 같은 무거운 담론에 거리를 좀 두고 어디에서건 뿌리내린 모든 삶의 수고로움에 찬사를 보내며, 나날을 살아가는 일 그 자체가 결과이자 물꼬를 통해 사람들을 만나는 일 그 자체가 성과인 곳이다.

아이들의 학교로 시작했지만 지금은 아이들의 학교이자 어른의 학교이고, 그 규모로는 어른 학교로서의 기능이 더 커졌다. 어른들이 즐겁게 살아야 우리 아이들이 그걸 보면서 '아, 어른이 되는 건 저런 거구나' 하며 어른의 삶에, 내일의 자신의 삶에 기대를 가지지 않겠는지. 뭘 가르치겠는가, 우리 어른들이나 잘 살자, 똑바로 살자, 그런 생각들을 한다. 아이들이 어디 가르치는 대로 되더냐, 보고 배울 뿐.

물꼬가 산골살이를 시작할 땐 의도적인 공동체 성격이 컸지만 지금은 자연스럽게 사람이 흐르는 곳이다. 각자 자신의 삶터에서 있다가 때마다 게릴라처럼 모인다. 여전히 임금 없이 꾸려지는 학교이며 얼마쯤의 후원과 기꺼이 낸 사람들의 손발로 꾸려가고 있다. 자본주의 아래 그런 공간이 가능하다니, 날마다의 기적이다.

"그런데 물꼬에서 뭘 배워요?"

뭐 안 한다. 안 가르친다.

그저 '그냥' '같이' '지낸다', 산다. 돌보지 않음으로 돌보고 가르치지 않음으로 가르친다.

굳이 몇 가지 짚자면, 일상을 견지하는 일을 중요하게 여긴다. 제 앞가림은 하자. 그렇다고 다 요리를 잘하자거나 청소를 잘하는 전문가가 되자는 게 아니라 적어도 일상의 사사로운 일들은 제 손으로 좀 하자는 말이다. 공부만 잘하면 아무런 문제가 없는 세상에서 파 다듬고 양파 까고 걸레 빨고 설거지 하고 개수대 치우고 의자 밑 쓸고…….

"청소의 핵심이 뭐?"

"후미진 곳! 모든 사물에는 이면이 있다!"

우리 아이들의 대답이다. 재미나게도 이 청소의 핵심이 결국 작고 여리고 힘이 약한 이들을 살피게도 하고, 어떤 사실에 대해 이면을 볼 줄 아는 눈도 틔우더라.

예술 활동도 한다. 예술가라는 전문가도 있겠지만, 삶의 아름다움을 그들만 아는가. 평범한 우리들도 아름다움을 표현할 수 있을지니. 그렇게 우리는 노래하고 춤추고 그림 그리고 만든다.

물꼬에서는 명상도 중요한 공부다. 마음의 근육을 키우는 것도 중요하더만. 행복도 연습이고 습(習)일 수 있다. 우리는 좋은 마음을 유지하려 애쓴다. 세상의 평화를 원한다면 내가 평화가 되어야지 않겠는지. 사람의 일이 결국 마음이 하는 일 아니던가.

지식을 키우는 공부 못잖게 일도 한다. 머리만 키운 괴물이 아니라 전인적 인간이고자 한다. 멧골에서 홈스쿨링을 하다 제도학교를 갔던 한 친구는 일을 통해 길러진 힘이 공부도 하게 하더라 했다. 일머리가 공부머리도 되더라지.

마지막으로, 물꼬에서 날마다 입에 달고 사는 말이 있다.

'마치 아무 일도 없던 것처럼!'

정성스럽게 살기. 늘 긴장하며 살 수는 없지만 순간순간이 모여 우리 생을 이루므로 날마다 애쓰며 살기. 의자 뺐으면 밀어 넣고, 신발 벗었으면 가지런히 놓고, 설거지 했으면 개수대 닦고 행주 빨아 널고……

미국에 머물 때 좋은 일자리를 제안받았던 적이 있다. 하지만

'자유학교 물꼬'의 대문.

뒤도 돌아보지 않고 돌아왔다. 미국 친구들이 의아해했다.

"남들은 여기서 자리 잡지 못해 난리인데 너는 왜 굳이 돌아가
려 해? 소셜워크만 해도 미국에서 하는 게 지원으로 봐서나 노동
으로 봐서나 훨씬 유리할 텐데……."

"거기에 물꼬가 있으니까. 아이들이 있고 동지들이, 동료들이,
벗들이, 도반들이 있으니까."

그렇게 왔고, 여전히 그것은 내가 한국을 떠나지 않는 까닭이자
먼 곳으로 떠났다가도 다시 돌아오는 이유다.

나는 성공했다! 성공이란 간절했던 열망 속에 이미 들어 있는 거니까. 준비 없이 간 네팔행도 성공했다. 무엇이 성공이더냐. 잘 먹고 잘 지냈고 사람들과 행복했다. 마음 좋았다. 언젠가 한 어르신이 "마음 좋은 게 제일이지" 하셨다. 그렇다. 그랬다.

살아 있어 고맙다. 살아 그를 만날 수 있을 테니 고맙다. 될 일은 되고 안 될 일은 안 되며 생은 갈 것이다, 그를 만나지 못한다 해도. 무거운 문제는 해결이라고 그만큼 무거운 게 아니다. 때로 전혀 생각지 못한 곳에서 아무것도 아닌 채 발견되어 허탈함으로 그간의 몸씀과 마음씀에 다리가 풀려 털썩 주저앉게도 된다. 어딘가에서 그를 만나기도 하리.

적어도 우리는 사는 척할 수 없다. 오직 살 뿐이다. 살아서야 산다고 하는 거다. 살아 있어 참말 뜨겁게 고맙다.

세상은 공 게 없고, 혹 성과가 보이지 않아도 어떤 식으로든 내 몸에 붙어 있다. 너와 헤어졌던 모든 상처들, 건너느라 힘을 다 뺀 강, 오르느라 숨이 턱에 찬 산, 도대체 기세가 죽지 않는 삶의 파도들, 절대 익숙해지지 않는 생채기, 하지만 그것이 또 나를 밀고 가는 힘으로 오더라. 하여 살아갈 만하다. 살아 있어, 살아갈 수 있어 벅차게 고맙다.

공부하는 놈과 저금하는 놈은 당해낼 재간이 없다. 날마다 조금씩 하는 것의 무서움. 보폭을 줄여 속도를 낮추고 정성스럽게 계속 걷기. 한 발 다음이 두 발이다. 날마다 걷는 자를 이길 도리는 없다.

뚜벅뚜벅 걸어가기로 한다. 그저 힘껏 살기. 세상 끝날까지 지극하게 살다 가기, 그게 내 삶의 최고의 꿈이다.

그런데 사람들이 물었다. 여행이 어땠냐가 아니라 경비가 얼마나 들었냐고. 네팔 가려면 얼마나 드냐고……. 얼마가 들었을까?

쾅! 하고
시간이 사라지기 전

사람들은 이상이라는 것이 결국은 실현할 수 없는 것이라
고 말한다. 안나푸르나는 우리에게 있어 실현된 이상이었
다. 우리들의 젊은 마음은 우리들의 상상력을 고취시키기
위해 만들어진 가공적인 전망에 홀리지 않았다. 산은 우리
에게 대자연의 활동 무대였다.
생사의 갈림길에 서는 그곳에서 우리는 우리가 잘 알지 못
하는 인간의 본성 중에서 가장 필요한 자유를 찾았다. 신비
주의자는 우리가 산의 아름다움을 찬미했던 신성한 이상
을 숭배할 것이다. 정신적인 빈곤 속에 다가갔던 안나푸르
나는 앞으로 우리가 의지하며 살아야 하는 보물이다. 왜냐
하면 이제 우리 앞에 어려운 삶이 놓일 것이기 때문에. 모
든 사람의 인생에는 저마다의 안나푸르나가 있다.

— 모리스 에르조그, 《초등 안나푸르나》 가운데

어디나 사람이 살고, 저마다 삶은 수고롭다. 여행은 서울 사람,
네팔 사람으로 일반화시켜 뭉뚱그리는 시선을 서울의 누구, 네팔
의 누구라는 특정 사람을 만나는 일로 만든다. 여전히 길 위의 풍

경보다 더 빛나던 사람들을 만났고, 객관적이고 물리적인 시간과 거리만이 친구를 만드는 게 아니란 걸 또 새삼 알게 된다.

네팔, 그곳에서는 길을 잃는 걸 두려워하지 않아도 된다. 거친 잠자리도 괜찮기만 하면. 그들은 그 어떤 곳의 사람들보다 선하고 친절하다. 심지어 밤의 산길에서조차. 사람들이 네팔로 다시 가는 건 결코 그곳의 풍광과 낮은 물가 덕만은 아니다.

이번 여행은 네팔을 더 그리운 땅으로 만들었다. 사람들의 삶에는 저마다의 네팔이 있을 테지.

5,587미터의 마르디 히말! 6,000미터 이하는 산으로 쳐주지도 않는다는 안나푸르나 군락에서, 그것도 신성시되는 마차푸차레 바로 앞에서, 그 절경에 턱없이 모자랄 법도 할 풍경에서 어쩌면 마르디 히말은 지나치게 밋밋한 산일지도 모른다. 하지만 그곳에 가보면 그곳이 얼마나 특별한 곳인지, 먼지 묻은 보석을 닦아낸 것처럼 그곳이 얼마나 찬란한지를 마침내 알아버릴지니. 난바다에 나선 것처럼 망망대해에 떠 있는 느낌을 주는 산, 그저 덤덤히 바위들로 이루어진 산일 뿐인데 묘한 긴장감과 설렘을 부르는 마르디 히말. 화려한 산군에서 외려 수수해서 더 빛이 나는 산이라.

나는 내가 그 산을 본 줄 알았다. 아니었다. 그곳의 꽃이, 바위가, 바람이 나를 응시하고 있었다. 인간이 그들을 찾아간 게 아니라 그들이 인간을 받아주고 있었다.

돌아오는 인천행 비행기에서 지난 보름을 돌아보며 손전화에 찍은 사진을 넘겼다. 문득 이번 여정 최고의 풍경은 안나푸르나 남봉도, 히운출리도, 안나푸르나도, 한치 앞도 뵈지 않는 눈보라 속 마르디 히말도 아니라는 생각이 들었다. 마르디 히말 베이스 캠프에서 하이 캠프 로지로 돌아오던, 발목 삔 벗을 앞세우고 모두 함께 내려가던, 수풀 속의 한 줄 동행인들이었다. 산에 함께 깃든 사람들의 풍경은 눈물 나게 고왔다(돌아와서 캔버스에 유화로 옮겼다!).

더하여 이 여행이 더없이 좋았던 것은 많이 웃었기 때문일 터다. 어느 누가 마음 좋고 싶지 않고, 웃고 싶지 않겠는가. 난소암으로 투병하다 생을 마친 요네하라 마리가 죽기 전 마지막으로 쓴 책이 세상의 모든 웃음을 다룬 《유머의 공식》이었던 것은 우연이 아닐 것이다.

2017년 3월 10일.
〈인천공항〉

3월 10일 금요일 아침, 인천공항을 내려서자 대통령탄핵심판 결과가 기다리고 있었다. 성공회대 김동춘 교수는 "나라의 문명 수준은 불법행위와 부정의가 발생했을 때 이를 교정할 수 있는 제도적·법적 장치의 완비 여부, 그리고 피해자의 고통에 대한 국민들의 공감 수준에 달려 있다"고 했다.

"대한민국은 민주공화국이며 그 주권은 국민에게 있고, 모든 권력은 국민으로부터 나온다(헌법 제1조)." 얼마나 가슴 뛰는 문장이런가. 이 헌법과 법률을 위배한 대통령의 퇴진을 외치며 광장을 지켰던 이들에게 뜨겁게 고마웠고, 적이 미안했다. 광장은 그 끝이었고, 또한 시작일 것이다.

한편 또 다른 광장을 떠올린다. "새는 좌우의 날개로 난다(《새는 좌우의 날개로 난다》, 이영희)." 양쪽 날개의 불균형으로 "크레파스보다 진한, 푸르고 육중한 비늘을 무겁게 뒤채면서, 숨을" 쉬는 푸른 광장으로 뛰어들었던 젊은이(포로수용소에서 중립국 행을 택할 수밖에 없었던, 최인훈의 〈광장〉 주인공 이명준)를 생각한다. 정녕 좌우가 서로 깊이 경청하고 따뜻한 눈으로 보기를, 그래서 치우치지 않은 날갯짓으로 훨훨 이 나라가 날 수 있기를.

변함없는 건 자기 생 앞에 우리가 계속 살아갈 거라는 거다, 그게 네팔이든 한국이든 어디든……. 그리고 삶은 계속된다…….

살아봤지만 사는 일은 번번이 벅찼고, 일 많은 멧골의 내 자리로 다시 돌아오는 마음이 또 멀고 길었다. 하지만 어쩌면 여행은 또 얼마쯤 살아가는 힘이 될 수 있을 것이다. 하기야 날마다 밥을 해먹는 것도 아니고 해주는 밥 먹으며 일상에서 져야 할 책임도 없는 곳에서 무엇인들 아니 좋았을까. 터진 수도를 고치지 않아도

마차푸차레 앞의 마르디 히말.

되고, 무너진 벽을 세우지 않아도 되었으며, 새는 바닥 원인을 찾기 위해 온 세간을 들어내고 장판을 뒤집거나 괭이질을 하지 않아도 되었다. 명상단체니 기도원이니 절이니 여행이니 일상의 책무를 떠나 있는 시간이 무엇인들 좋지 않을쏘냐!

가끔 성직자인 벗들에게 치는 큰소리가 있다.

"저잣거리에서 살아가는 나야말로 수행하고 살아!"

나는 돌아왔다. 당장 먹는 게 보다 간소해졌고, 그리고 일상에

마르디 히말에서는
아직 드물었으나
트레일 어디서나
작은 기도처가 흔한 네팔.

서 만나는 일들의 무게가 조금 가벼워지기도 했다. 네팔이 거기 있기도 하고 내게 있기도 하면서.

여행은 결국 내가 사는 나날의 삶에 그리 연장된다. 우리가 죽어가고 있더라도 실제로 죽기 전까지 우리는 여전히 살아 있는 것이다.

누군들 삶에 윤기를 내고 싶지 않겠는가. 여행을 통해 삶을 선순환시키고 싶을 것이다. 어디 갔다는 자랑질이 아니라 여행에서 만난 풍경과 사람들, 순간들이 내 삶을 흔들어주고 그 자극이 사유를 넓혀주고 내 삶을 다시 확장 시켜준다면! 사람은 모두 각자 다른 꿈을 꾸고 그래서 같은 길을 걸어도 다른 것을 인식하고 같은 사물에 대한 것조차 그것을 기억하는 것이 다르리.

이제 내 가까이 '그'는 없다. 그러나 그의 존재로 나는 든든하다. 사람의 존재는 그렇다. 심지어 세상을 떠나고도 여전히 내 곁에 있기도 하다. 아버지만 해도 그렇다. 내 살 집 지으러 저 세상에 먼저 갔다는 생각이 들곤 한다. 슬프기보다 당신 없는 세월이 다만 쓸쓸한.

카를로스 루이스 사폰의 소설에서 읽었을 것이다. 세월이 가면 때때로 중요한 건 무엇을 주느냐가 아니라 무엇을 양보하느냐라는 걸 알게 된다던가. '그'에게 주는 게 다라고 생각했던 건지 모르겠다. 다시 만나는 '그'에게 어쩌면 나는 양보가 가능할 수 있을 것 같다.

이번 길을 나설 때, 내가 하는 여행에 언젠가 꼭 한 번 따라가고 싶다고 소망하던 예닐곱 살 아래 후배가 있었다. 혼자 하는 여행처럼 내게 모든 결정권을 주었고, 어떤 땐 정말 그가 쫓아오고 있음을 잊어버리기까지 했다. 도시에서는 따로 걸었고, 산에서는 두 번째 마르디 히말 베이스캠프를 밟을 때만 빼고 거의 함께 걸었다. 그는 내 여행의 증언자였고, 그가 있어 더욱 든든했음은 틀림없다. 예컨대, 밤늦게라면 카트만두의 여행자 거리라 해도 숙소로 얼른 들어갈 것인데 그가 있어 수월했던 밤길이었다(뒤늦게야 고맙다는 말에 인색했음을, 내가 그런 사람임을 또 마주한다).

하지만 워낙 좀 몰아붙이는, 저하고 싶은 대로 걷는, 또 여정이 열려 있는 여행에 아무리 제 의견 다 놓고 따라붙었다지만 그에게 이 여행이 쉽지는 않았을 것이다. 그런데도 매우 흡족한 그였다.

"이런 게 여행이지!"

다니는 동안 그가 자주 던진 말이다.

꼭 정해진 일정이 아니어도 더한 모험과 설렘이 함께했다는 말이었을 수도 있겠고, 길에서 만난 사람들과 무수히 나눈 따스한 대화에 대해서였을 수도 있겠으며, 어느 정도 적절한 가격을 지불하긴 하지만 아주 큰돈이 아니어도 가능한 여행이란 점에서 그러했을 것이고…….

"얼마 안 들었어."

그래도 경비를 굳이 묻는 이들이 있다, 꼭 있다.

"그래서 얼마 들었냐구?"

나? 인천 출발에서 인천 도착까지 꼬박 보름행이었다. 왕복 항공권에 히말라야 사진이며 몇 가지 기념품과 마지막 타멜 거리에서 산 우표까지 포함해서 네팔 직항 왕복표에도 미치지 않았다.

허리띠 졸라맸을 거라고? 들어가는 날 나쁘지 않은 호텔에서 하룻밤 잘 쉬면서 여정을 준비했고, 필요할 땐 택시를 탔지만 같은 방향의 사람들과 택시비를 분담했으며, 먹고 싶은 걸 못 먹지 않았다. 좀 더 인색했다면 좋은 손전화 한 대 값도 안 됐을 것이다.

마르디 히말은 ABC랑은 또 달랐다. 당연한 말이겠지만 ABC에서 만날 수 있었던 야크 훈제실이라든지 도처에 널린 돌을 쌓아올린 기도처라든지, 펄럭이는 타르초조차도 아주 드물었다. 산자락마다 부족도 다른, 살림 꼴의 차이도 있을 것이다. 틀림없는 건 한국의 우리 삶이 너무 많은 걸 가지고 산다는 반성을 일게 한다. 사람이 사는 데 그렇게 많은 게 필요치 않다. 뭐도 있어야 하고 그러니 또 뭐가 있어야겠고, 그렇기 때문에 이것도 있어야 하며 저것도 없으면 안 될 것 같고. 정말 그러한가. 쓰던 물건들을 어느 날 정리하기 시작하면 안다. 어느새 물건은 또 늘어나 버리지만 낯설게 보고 정리하기 시작하면 당장 자신이 너무 많이 가졌다는 걸.
　나는 평균으로 잡더라도 태어난 쪽보다는 죽는 쪽에 더 가까워질 나이에 이르렀다. 그렇지 않더라도 언제나 집을 나설 때 다시 이곳으로 돌아오지 못할 수도 있다는 생각을 하며 다시 뒤를 돌아보고 물건을 더 가지런히 두고는 했다. 나는 내가 죽고 난 뒤 그 뒷자리를 정리하느라 다른 이들을 고생시키고 싶지 않다. 그런 위기감이 든 후 정리에 더 마음을 쓰기 시작했다. 누구는 버릴 물건을 결정하는 기준은 그 물건이 자신을 설레게 하는지의 여부라고 하더라. 정리를 하자면 버리는 물건이 나오는데 그것은 버리는 게 아니라 재창조, 재정립이다. 내 삶을 다시 세우는 일이 된다.

그런 것만이 네팔 산의 전부는 아니다. 네팔에는 누가 들려준 네팔 말고도 당신의 네팔이 기다리고 있다!

> 혹시 알아요? 너무 열심히 살았는데 갑자기 쾅! 하고 시간이 사
>
> 라져서 할머니가 되어 나타나면 어떡해요? 그땐 나이트 대신에
>
> 카바레를 가야 하나?
>
> ― 김언수, 《캐비닛》 가운데

걷기를 시작하는, 혹은 사랑하는, 어디로든 가려는, 가난하나 특히 네팔 여행을 꿈꾸는, 그래서 젊은(나이만의 이야기이겠는가) 그대에게 마르디 히말 트레킹을 권한다. 언제든 물으시면 기꺼이 답을 드리리.

부디 아름다운 시절이시라.

'두문즉시심산(杜門卽是深山).'

문을 닫아걸면 이곳이 곧 깊은 산중이다,

혜곡 최순우 선생의 옛집에 걸린 편액이다.

여행 없이도 일상에서 강건하길,

핑계대지 말길,

연대하고 싸우길,

그리고 착하게 살길 내 삶에 주문한다.

네팔 안나푸르나 산군의 한 자락 마르디 히말,

나는 내가 그곳으로 간 줄 알았다.

아니었다.

그가 날 보고, 그가 날 받아들여 주었다.

내가 간 게 아니라 그가 부른 것이었다.

어느 날 당신도 부름을 받으리.

바람이 차고 넘치면 닿는다는 그것이 또한 부름이리.

혹 그대가 지금 이곳을 펼쳤다면, 귀 기울여 보시라.

살 때 모르는 것을 떠나보면 알게도 되고

떠나서 알지 못한 것을 돌아와서 알기도 한다.

마르디 히말은 돌아오니 더 귀한 곳이었다.

그곳에서 안나푸르나가, 마차푸차레가 더 잘 보였다.

말이 많은 산들 곁에서 그저 묵직하게 앉아

제 자신보다 다른 산들을 더 빛나게 배경이 되어주는 산,

자기에게 빛이 비춰지지 않아도

뒷배로도 생이 얼마든지 빛날 수 있음을 말해주는 산이었다,

주인공이 아니어도 연극을 받쳐주는 존재들의 쓰임처럼.

자신이 아니라 다른 존재를 보여주는 산,

그렇게 또 나를 가르치는 그곳이었다.

마르디 히말을 소개할 가장 적절한 한마디를 찾으려면 '묵묵함'
을 들겠다.

살아오며 묵묵히 나를 지켜봐준, 지켜준 사람(들)이 있었다.

어처구니없을 수 있는 내 행동조차 지적질 않고

나쁜 마음을 지녔을 때조차 스스로 돌아올 수 있도록 한 이들이

바그마티 강가 파슈파티나트 화장터.
사두(수행자)의 머리 위로 꽃잎 하나 날려 떨어지고.

있었다.

그가 혹은 그들이 마르디 히말이었다.

저마다 마르디 히말이 있으리.

사랑한다, 사랑한다, 사랑한다.

나도, 그대도, 그리고 고단하나 빛나는 우리의 삶도.

참고도서·참고자료

토마스 F. 혼베인, 《에베레스트: 서쪽 능선》, Mountaineers Books

니코스 카잔차키스, 이윤기 옮김, 《그리스인 조르바》, 열린책들

신영복, 《감옥으로부터의 사색》, 돌베개

에릭 메이슬, 김강희 옮김, 《보헤미안의 샌프란시스코》, 북노마드

스테판 베즈루츠카, 《네팔 트레킹 가이드》, MountaineersBooks

W.E.보우먼, 김훈 옮김, 《럼두들 등반기》, 은행나무

브루스 채트윈, 《파타고니아》, Vintage Books

야스민 삼데렐리 감독, 영화 〈나의 가족 나의 도시(Almaya-Welcome to Germany)〉

김탁환, 《거짓말이다》, 북스피어

배리 로페즈, 신해경 옮김, 《북극을 꿈꾸다》, 봄날의책

포레스트 카터, 조경숙 옮김, 《내 영혼이 따뜻했던 날들》, 아름드리미디어

피터 매티슨, 이한중 옮김, 《신의 산으로 떠난 여행》, 갈라파고스

소피아 코발렙스카야, 김혜숙 옮김, 《불꽃처럼 살다간 러시아 여성 수학자》, 시와진실

로버트 고든, 유지연 옮김, 《인류학자처럼 여행하기》, 펜타그램

폴 칼라니티, 이종인 옮김, 《숨결이 바람 될 때》, 흐름

리오넬 테라이, 김영도 옮김, 《무상의 정복자》, 하루재클럽

사무엘 베케트, 전승화 옮김, 《이름 붙일 수 없는 자》, 워크룸프레스

하마다 아쓰오, 김돈하 옮김, 《여행과 질병의 3천 년사》, 심산문화

수전 손택, 이재원 옮김, 《타인의 고통》, 이후

모리스 에르조그, 김경호 옮김, 《초등 안나푸르나》, 평화출판사

김언수 , 《캐비닛》, 문학동네, p.182

허말라야-마르디 히말 트레킹기

모든 사람의 인생에는 저마다의 안나푸르나가 있다

초판 1쇄 발행 2020년 5월 20일

지은이　옥영경
펴낸이　김현숙 김현정
펴낸곳　공명
디자인　최윤선 정효진
출판등록　2011년 10월 4일 제25100-2012-000039호
주소　03925 서울시 마포구 월드컵북로 402. KGIT센터 9층 925A호
전화　02-3153-1378 | **팩스** 02-6007-9858
이메일　gongmyoung@hanmail.net
블로그　http://blog.naver.com/gongmyoung1

ISBN 978-89-97870-40-0　03810